아아
탄두리

Mama Tandoori

by Ernest van der Kwast

Copyright © 2010 by Ernest van der Kwast
Korean translation copyright © 2019 by Viche, an imprint of Gimm-Young Publishers, Inc.
All rights reserved.

Originally published with De Bezige Bij, Amsterdam
This Korean language edition is published by arrangement with De Bezige Bij b.v. through
MOMO Agency, Seoul.

This publication has been made possible with financial support from the Dutch Foundation for
Literature. **N** ederlands
letterenfonds
dutch foundation
for literature

마마
탄두리

에른스트 환 데르 크봐스트 장편소설

지명숙 옮김

비채

MAMA TANDOORI

차
례

여행가방
두 개

모든 이야기는 여행가방 두 개에서 시작된다. 우리 어머니는 팔찌, 목걸이, 귀걸이 등의 귀금속이 가득 찬 여행가방 두 개를 들고 1969년 네덜란드에 도착했다. 그러고 나서 병원에 딸린 기숙사 방에 숙소를 정하자마자 바로 간호사 근무에 들어갔다. 여행가방은 침대 밑 깊숙이 잘 모셔두었다. 인도에서 귀중품을 보관하는 데는 뭐니 뭐니 해도 침대 밑이 제일이라고 어머니가 언젠가 내게 귀띔해준 적이 있다. "도둑이 들어도 절대로 침대 밑은 뒤지지 않는다더라고." 그러자 아버지는 몰래 귓속말로 속삭였다. "인도에서는 침대 가진 사람이라곤 눈을 씻고 보려야 볼 수 없거들랑."

이 여행가방 두 개는 그렇게 수년 동안 어머니 침대 밑에 잠들어 있었다. 싱겁게 큰 나팔귀를 가진, 그야말로 전형적인 네덜란드 토박이인 우리 아버지가 외국 여성, 바로 우리 어머니에게 반하게 된 그 무렵까지. 나는 당시 상황이 어땠는지는 자세히 알지 못한다. 사실 굳이 알고 싶지 않다. 단지 그 여행가방들이 언젠가 꽃동네 오두막집으로 옮겨져 이인용 침대 밑에 놓이게 되었다는 것만으로 충분하다.

의대생이었던 아버지는 종일 나팔귀를 책에만 파묻고 있었는데, 어머니가 간호사로 일해 우리는 그나마 빵 조각으로라도 끼니를 때울 수 있었다. 물론 어머니의 경우에는 빵 대신 인도식 난으로. 어머니가 언젠가 내게 푸념을 늘어놨다. "너희 아버지는 정말 델리 생쥐만큼이나 지지리도 가난했어." 그러자 아버지는 내 귀에 대고 몰래 소곤댔다. "델리 생쥐 팔자만 되었어도 다행이게?"

꽃동네 오두막집은 이웃집 소음이 온종일 끊이지 않았고, 삐딱하게 한쪽으로 찌그러져 있었으며, 아버지 겨드랑이 냄새보다 더 고약한 악취를 풍겼다. 적어도 어머니가 말해준 그대로 얘기하자면 그랬다. 이젠 그 당시 상황을 알아낼 길이 없다. 꽃동네의 모든 집들은 다 철거되어버렸고, 현재 부모님이 살았던 지역에는 거대한 아파트 단지가 버티고 서 있다. 시간이란 늘 허기에 시달리는, 뭐든 닥치는 대로 통째로 삼켜버리는 잡식성 동물이다. 그럼에도 우리 아버지 암내만은 끝끝내 집어삼키지 못했다. 그건 어쩔 수 없어 보인다. 어머니 진단으론 아버지 직업 때문이다. 아버지는 사체를 해부하는 병리과 의사이다.

"이게 또 무슨 냄새지?" 어머니가 그렇게 식탁에서 물으면 아버지는 "글쎄…… 탄두리 화덕에 구운 닭 요리 냄새 같은데"라고 대답했다.

"송장 냄새야! 죽은 사람 냄새가 내 음식 맛을 다 망쳐놓는다니까!"

그러면 아버지는 접시에 코를 바짝 들이대고 "음, 냠냠! 맛깔스러운 탄두리 치킨"이라며 능청을 부렸다.

"당신 겨드랑이에서 나는 냄새잖아!" 어머니가 쏘아붙였다. "송장 악취가 당신 겨드랑이에 배어버렸단 말이야. 그 양팔을 제발 좀 옆구리에 딱 붙이라고 했잖아!"

옛날을 돌이켜볼 때마다 식탁 머리에 앉은 아버지 모습이 눈에 선하다. 안간힘을 쓰며 양팔을 옆구리에 딱 붙인 모습. 양손에 엉성하게 매달려 덜거덕대는 포크와 나이프.

나는 어린 시절 아버지 직장을 방문한 적이 한번도 없다. 아버지가 양팔을 시체 속에 푹, 겨드랑이까지 닿도록 밀어 넣고 있을까봐 겁이 나서.

시끄럽고 악취가 진동하며 비스듬히 기울어져 있는 꽃동네 오두막은 오래 살 만한 곳이 못 되었다. 그래서 어머니와 아버지는 바로 새집 마련에 나섰다. 로테르담의 고급 주택 지역인 크랄링언의 예리코란 대로에 자리한 집 한 채를 어머니가 찾아냈다. 그 거리 81번지에 있는 삼층짜리 저택이었는데, 널찍한 정원이 딸렸고 헤리쩐이라는 이름의 세입자도 하나 딸려 있었다. 나에게는 그 헤리쩐 씨를 만나볼 기회가 주어지지 않았다. 내가 세상에 나오기 전에 그는 우리보다 먼저 그 집을 탈출해버렸기 때문이다. "저런 악마 같은 여자! 저런 악마 같은 여자!"라고 고래고래 악을 쓰면서.

예리코란에 자리한 저택은 엄청난 금액에 매매되었는데, 어머니는 요령껏 집값을 깎아내렸다. 옷, 가구, 침구, 닭고기 할 것 없이 안 깎는 게 없는 우리 어머니답게. 흥정은 어머니에게 취미, 아니, 일종의 스포츠였다. 상인들이 마지못해 정가에서 얼마간 빼주기를 기다리느라 나는 청소년 시절의 절반을 가게와 백화점에서 보냈다. 어느 가구점에서의 경험이 아직도 생생하다. 어머니가 상점 주인에게 말했다. "이 가격이라면 인도에서는 이따위 이층 침대는 백 개도 사고 남을 거예요." 인도에서는 이층 침대 같은 건 구경조차 힘들다는 말을 나는 감히 입 밖에 꺼낼 엄두도 내지 못했다. 나는 그저 어머니가 시키는 대로 고분고분 따랐다. 매트리스 위에 벌러덩 드러눕고는 일어나라는 어머니 신호가 떨어질 때까지 그대로 버티고 있었다. 일어날 때 시각은 오후 4시 반이었는데, 그 가게에 발을 들인 지 자그마치 여섯 시간이 지난 후였다. 가구점 주인은 복싱 대회에서 12회전 경기를 치른 선수처럼 녹초가 되어버렸다. 이윽고 어머니의 얼굴에는 승리의 미소가 번졌다. 정가의 80퍼센트 할인을 받아내고야 만 것이었다.

예리코란 집을 거래하던 중개인도 역시 녹아웃당했다. 들은 이야기에 따르면 어머니는 어머니의 여행가방 두 개와 그 집을 맞바꾸자고 제안했다고 한다. 중개인은 어머니의 황당한 제안에 어리둥절했다. "현금 거래만 되는데요"라는 중개인의 반응이 그만 어머니의 분노에 불을 붙였다. "아니, 사람을 모욕해도 분수가 있지!" 어머니가 한껏 흥분하며 대들었다. "이 여행가방 두 개만 있으면 우리 인도에서는 도시 전체를 싸잡아 살 수 있단 말이에요!"

중개인은 여행가방을 내려다보면서 이맛살을 깊게 찌푸렸으며, 그의 막막한 시선은 점점 더 침울해졌다. 아마도 그는 다른 직업을 찾아야 한다는 회의에 빠져 있었을 것이다. 인생의 행로를 지나다 우리 어머니와 우연히 마주친 사람이라면 누구든 자신이 길을 잘못 들었다는 결론을 내릴 수밖에 없었으리라.

어머니는 중개인의 침묵을 관심으로 해석했다. 요컨대 가방 안에 들어 있다는 그 보석들을 어머니가 조목조목 늘어놓았다. 코걸이, 발찌, 팔찌, 귀걸이, 목걸이…… 게다가 금관도 하나 끼어 있다고 했다.

중개인이 난감한 눈으로 아버지를 올려봤지만, 자신에게 떨어진 발언 금지령을 의식하고 있던 아버지였다. 아버지에게는 그저 호흡을 계속하고 고개를 끄덕이는 정도만 허용되었던 것이다. (특히 고개를 끄덕이는 것은 당연히 어머니가 말할 때에만 가능했다.)

중개인이 조심스레 가격을 제시했다. 어머니가 고개를 살살 내 젓더니 가격을 둘로 나눴고, 거기에서 다시 10만을 뺐고, 그걸 루피로 환산했고, 그러고서 또다시 둘로 나눈 다음에야 비로소 금액을 결정했다.

아버지가 중개인을 다독이면서 그의 귀에 소곤댔다. "잘될 겁니다. 다 잘될 겁니다. 이렇게 같이 사는 저 같은 사람도 있다는 걸 한번 생각해보세요."

이어서 주택 점검이 실시되었고, 그럴 때마다 으레 가격을 더 깎으려는 어머니의 시도가 끈질기게 계속되었다. 중개인은 기절까지는 하지 않았지만 주택 점검을 할 때엔 늘 집 앞의 돌계단에 기진맥진 주저앉아 잠시나마 숨을 돌리지 않으면 안 되었다. 그 사람 역시 12회전을 치른 복싱 선수처럼 완전히 탈진했음이 분명하다.

마침내 어머니는 여행가방 두 개에 들어 있는 내용물을 로테르담에서 으뜸가는 보석상에 갖다 팔았다. 그리고 그 돈으로 예리코란 81번지를 구입했다.

설령 이 거래에 의심을 품은 사람이 있다면 반사신경이 기민해야만 할 것이다. 자칫했다간 밀방망이 세례를 면치 못하게 될 테니까. 내가 어렸을 때 밀방망이가 부서지는 바람에 로티 빵조차 못 먹은 경우가 간혹 있었다.

밀방망이 때문에 머리에 얼음주머니를 대고 있던 아버지의 모습도 눈에 선하다. "델리 생쥐 팔자만 되었더라도 다행이련만. 델리 생쥐 팔자만 되었더라도 다행이련만."

예리코란 집의 부모님 침대 밑에 여행가방이 놓이는 일은 없었다. 이제 왕할아버지의 유품인 현미경과 바스마티* 쌀자루와 같은 다른 귀중품들이 그 자리를 대신했다. 아버지는 그동안 공부를 마쳤고 인턴으로 일하는 월급쟁이가 되었다. 어머니 말로는 봄베이** 역전에서 짐 나르는 일꾼 수입과 맞먹는 수준의 월급이었다.

봄베이는 내가 태어난 도시이다. 형들은 둘 다 네덜란드에서 태어났는데 나는 왜 인도에서 태어났는지 모르겠다. 아버지는 로테르담에서 근무하던 중이었는데도 어머니가 구태여 봄베이로 가서 날 낳아야 했던 이유가 내게는 오늘날까지도 수수께끼이다. 추측컨대 파격적인 할인 혜택이 그 이유가 아니었을까 싶다. 할

* 낟알이 길고 홀쭉한 인도 쌀.
** 봄베이는 뭄바이의 옛 이름으로, 1995년 뭄바이로 바뀌었으나 현재에도 봄베이로 많이 일컬어진다.

13

인 혜택은 우리 어머니를 끌어들이는 마력과도 같은 힘을 행사한다. 붉은 천이 황소를 흥분의 도가니로 몰아넣는 것처럼.

내 나름대로 시나리오를 한번 구상해본다. '인도 항공사'에서는 동반 아동이 무상으로 탑승하는 것을 허용한다. 편도에는 보호자 일인당 아동 셋을 동반할 수 있다. 왕복에는 아동 넷까지 가능하다. 그러자니 아버지는 동행하지 않고 집에 남아 있어야 했고 또 그에 순순히 응했을 게 뻔하다. 굳이 어머니의 강요가 아니었다고 해도.

내가 어머니 배에서 나오자마자 샤르마 이모부가 전화로 아버지에게 해산을 통고했다. 아버지는 내가 딸이라고 알아들었다. "전화선에 새들이 앉아 있었거든." 아버지가 언젠가 내 귀에 소곤댔다. 아버지는 원체 귀가 절벽이라서 자기가 듣고 싶은 말만 골라 듣는다고 어머니가 내게 한바탕 넋두리를 늘어놓고 난 직후였다. "데오도란트 같은 단어는 네 아버지 귀에는 전혀 먹혀들지 않아. 비누도 귀머거리 귀로는 들으나 마나이지. 여봐요, 제발 샤워 좀 할래요? 같은 조언일랑 쇠귀에 경 읽기거든."

하지만 내 관심은 딴 데로 쏠리고 있다. 다시 그 두 개의 여행 가방으로. 여행가방이 크랄링언 지역에 자리한 장중한 저택으로 둔갑한 셈이었다. 부모님은 일층과 이층에 거주했고, 다락방은 헤리쩐 씨가 사용했다. 그런 상태가 아무 탈 없이 계속되었다. 적어도 '세입자 권리 보호'라는 네덜란드 법률 용어가 어머니 고막을 건드리기 전까지는. 그 용어는 헤리젼 씨 입에서 나왔다. 어머니가 폭발해버렸다. "뭐, 세입자 권리 보호?" 어머니가 격앙된 어조로 소리쳤다. 마치 지독히 불결한 성병 이름을 들은 것처럼. "우리 집에서 나가요! 당장, 당장 나가라고요!" 그럼에도 헤리젼 씨는 계속 눌러앉아 있었다. 적어도 사흘간은.

싸움이 벌어진 첫째 날, 어머니는 까만 쓰레기봉투들을 뒷마당으로 가져가 태웠다. 시커먼 연기로 하늘이 뒤덮이는 동안 그녀는 살풀이를 했다. "악귀야, 물러가라! 저 인간의 몹쓸 귀신아, 냉큼 사라져버려라!" 이에 그치지 않고 새벽 3시에 일어나 빗자루로 천장을 쿵쿵 올려쳤다. 동시에 누가 불치병에 걸렸을 경우 인도에서 흔히 읊어대는 주문을 외웠다.

둘째 날, 어머니는 동네 근처에 있는 자연공원 안의 어린이농장으로 가서 쇠똥거름을 훔쳐왔다. 기어이 풋거름을 찾아내려다가 하마터면 꼬리가 잡힐 뻔했다. 어떤 꼬마 녀석이 경보를 울린 것이었다. "엄마! 엄마! 저 아줌마가 벨라의 똥을 가방에 집어넣고 있네요!" 봉변을 모면하고 무사히 집으로 돌아온 어머니는 위생장갑을 끼고서 위층 남자를 몰아내기 위한 제물떡을 만들기 시작했다.

셋째 날, 헤리젼 씨는 설사가 나기 시작했고 어머니는 수도관을 잠가버렸다. 그러곤 계속 빗자루로 천장을 쿵쿵대면서 인도에서 옛날부터 내려오는 고사를 읊었다.

넷째 날, 어머니는 헤리쩐 씨의 갑작스러운 이사에 감사드리기 위해 모든 힌두교 신들에게 바치는 융성한 성찬을 차려놓았다.

그리하여 여행가방 두 개의 가치는 골치 아픈 세입자 문제까지 깨끗이 해결된 저택으로 격상되기에 이르렀다.

우리 부모님은 예리코란에서 십 년간 살았으며 식구는 더 늘지 않았다. 어머니는 다니던 직장을 그만두었는데 아들 셋 뒷바라지로 일손이 부족했기 때문이다. 아버지는 정식 의사 면허증을 취득했는데, 월급은 이제 방갈로르에서 릭샤 끄는 인력거꾼 수준이 되었다.

나는 그런대로 원만한 유년기를 보냈다. 아마도 내가 너무 어린 탓에 주위에서 일어나는 모든 일을 제대로 의식하지 못했기 때문인 것 같다. 나는 우리가 그저 평범한 가족이라고만 여겨왔다. 집집마다 우리 어머니 같은 어머니가 있고, 집집마다 "생쥐 팔자만 되었더라도, 로테르담, 데이벤터, 후스는 고사하고 델리 생쥐 팔자만 되었더라도"라고 투덜대는 아버지가 있다고.

우리 큰형은 지적장애인이다. 큰형은 여전히 우리 집안의 모든 게 정상이라고 믿는 유일한 사람이다. 아버지들은 원래 양팔을 상체에 딱 붙인 채 식탁에 앉아 있다고 알고, 또 정원에서 쓰레기봉투를 태우는 것도, 주택 중개업자들이 밀방망이 세례를 받는 것도 다 지극히 정상적인 일로 안다. 이 마지막 사건은 부모님이 81번지에서 십 년이라는 세월을 보낸 예리코란 집을 팔 때의 일이다.

어머니는 더 나은 집에 눈독을 들였다. 크랄링언 호수를 마주 보고 있는 경관이 끝내주고, 차고와 테라스가 딸린 별장식 주택. "우리 사정으론 턱도 없지." 아버지 말에 어머니는 "아무렴, 당신 재주론 어림 반 푼도 없겠지" 하고 받아넘겼다.

어머니는 예리코란 집을 차익을 남겨 판 다음에 그 돈으로 별장식 주택을 사려는 심산이었다. 어머니가 이번에는 일전에 예리코란 집을 팔았던 중개인을 제쳐두고 다른 사람을 선임했다. 그때 그 중개인은 도서실 사서로 근무하고 있을 확률이 높았다. 즐비하게 진열된 수많은 책들 사이, 적막과 정적 속에서.

새 중개인은 어머니가 원하는 예리코란 집의 매매 요청가를 '비적정가'라고 일컬었다. 어머니는 두말없이 방을 나갔다. 처음에는 그 단어가 어머니에게 좀 생소하기에 사전을 찾아보려고 그러나 싶었다. 그런데 다시 나타난 어머니의 손에는 밀방망이가 들려 있었다. "비적정가?" 어머니는 이번에도 비적정가가 무슨 위독한 성병이라도 된다는 듯이 격앙된 어조로 소리쳤다. "당장 이 집에서 나가지 못해!"

아버지가 서둘렀다. "어서 도망치세요."

중개인은 의자에서 후다닥 몸을 일으켜 쏜살같이 대문 쪽으로 내달았다.

큰형이 외쳤다. "엄마, 빨리, 빨리."

작은형과 나는 창피해서 입을 꼭 다물고 있었다. 우리는 그동안 우리 가족이 정상적인 가족이 아니라는 걸 확실히 깨닫고 있었다.

중개인은 더 이상 우리 집에 발을 들이지 않았고, 어머니는 자신이 직접 나서서 집을 팔겠다고 장담했다. 그리하여 우리는 집 밖으로 황망히 줄행랑을 치는 사람들을 매주 접하게 되었다. 어머니는 학창 시절에 장래가 촉망되는 달리기 선수였고 어머니 침실 서랍장 위에는 아직도 커다란 우승컵들이 서 있었다. 그 컵들은 광택을 잃고 녹이 슬었지만 어머니 발걸음은 여전히 날렵하기만 했다. 사십대 중년임에도 불구하고 마치 신들린 사람처럼 단거리 경주를 거뜬히 해치워내곤 했다. 종종 어머니는 따라잡은 사람의 멱살을 거머잡고 상투적인 울분을 터뜨렸다. "그 돈이면 인도에서는 골함석 한 장도 못 구한다고!"

복도의 카펫에 마모된 흔적들이 노출되기 시작했을 무렵, 마침내 지긋한 노신사가 와서 어머니가 수락할 만한 구입가를 제안했다. 그 액수에 대해서는 두 개의 서로 다른 이야기가 전해진다. 하나는 아버지의 이야기, 또 다른 하나는 어머니의 이야기인데, 물론 어머니 말이 언제나 맞다는 점으로 미뤄보아, 요청가의 두 배가 넘는 액수였을 것이다. 이런 점에서 우리 어머니는 빌름 프레데릭 헤르만스와 일맥상통한 면이 있다. 소설가 헤르만스 씨도 역시 자신의 말이 언제나 맞았고[*] 금전 관계 문제로 싸움을 벌여 물의를 빚기 일쑤였다. 물론 중개인이 아니라 출판사가 그 상대였다는 점이 다르긴 하지만. 계약금 문제로 출판사와 교환한 서신이 기억난다. 헤르만스 씨의 담당 출판사였던 드 베이저흐베이의 출판인 헤르트 뤼버하우전이 보낸 편지 중에 "단지 숫자 '영' 하나 떼고 결제했을 뿐인데"라는 내용이 나온다.

우리 어머니였다면 그 편지에 어떤 조치를 취해야 마땅할지 망설이지 않았을 것이다. 냉큼 밀방망이를 집어들고 암스테르담 중심가 환 미어르휄트스트라트의 사무실로 쳐들어가서는 뤼버하우전 씨의 머리에다 그 숫자 영 하나를 다시 붙여줬을 것이다.

별장식 주택이 거래되었다. 어머니의 지인 하나가 자기의 파란색 미니버스를 가져와 이사를 맡았다. 공인받은 이삿짐센터들이란 터무니없이 비싸기만 할뿐더러, 인도에서는 그런 식의 업체는 아예 존재하지도 않았다. 그래서 낡은 미니버스가 예리코란과 티베리아스란을 서른일곱 번 왔다 갔다 했다. 어머니의 수집벽은 그사이 병적인 형태로 발전했다. 구세군의 기상과 열정을 발휘하여 대형 폐기물을 보호하고 지켰다. 어머니는 다른 사람들이 길거리에 내다버린 물건들을 집으로 거두어들였다. 고장 난 라

---

* 네덜란드 현대문학 3대 작가 중 한 명인 헤르만스의 소설 중에는 《내 말이 언제나 맞다》(1951)가 있다.

디오, 녹슨 자전거, 망가진 가구들 등 온갖 폐기물을 모조리 주워 와 예리코란에 산더미처럼 쟁여뒀다. 언젠가는 그걸 인도에 가져가서 뭇사람들을 행복하게 만들어줄 셈이었다. 그게 어머니의 꿈이었다. 빈민들, 천민들, 타고난 몸뚱이 하나 빼고 가진 거라곤 아무것도 없는 사람들은 무엇이든 받는 대로 만족한다. 그게 비록 화면이 안 나오는 텔레비전 수상기일지라도 흔쾌히 받게 되어 있다.

어머니의 먼 과거는 어둠의 장막이다. 나는 그에 대해서 아는 게 별로 없다. 수치심의 자물쇠가 어머니 입을 꼭꼭 걸어 잠가버렸다. 그럼에도 어머니는 거지나 다름없었던 생활, 그러니까 아주 까마득한 오래전의 삶에 대한 악몽 때문에 아직도 한밤중에 잠을 깨곤 한다. 비명 소리 끝에 입을 벌린 채 깨어난 어머니는 심야의 어둠으로 위안을 삼는다. 어머니의 기억 속 깜깜한 절벽보다는 몇백 배 더 밝으니까.

두려움에 싸인 티베리아스란 이웃들이 버티컬블라인드 뒤에 서서 우리 집 이사를 지켜봤다. 파란색 미니버스가 잇따라 나타나서는 연거푸 새로운 폐기물을 대문 앞에다 쏟아내곤 했다. 그들 눈에는 파란색 미니버스가 영락없이 집안 쓰레기를 수거하러 오는 시청 쓰레기차의 반대꼴로 보였다. 가전제품, 자전거, 가구들로 금세 쓰레기산이 만들어졌다. 이사한 다음 날, 동녘이 찬란하게 밝아오는데도 여전히 대문 앞에 그대로 쌓여 있는 쓰레기

산. 이사하는 데 무려 스물여덟 시간이 소요되었다. 미니버스로
다녀올 때마다 아버지는 번번이 내뱉었다. "이제 다시는 이사 안
할 거야!"

　그 후에도 부모님은 세 번 더 이사했다. 정확히 말하면 두 번
반이다.

　2005년 2월 24일 내 데뷔작이 출간되는 날, 부모님이 캐나다
로 이민하기로 결정했다고 밝혔다. 아버지가 토론토 병원에 초빙
되었을 뿐만 아니라 연구 경력자 대우도 받게 되었다. 월급이 꽤
괜찮아진 건 사실인데, 인도의 평균 수준이라고 어머니가 덧붙
였다.

　왕실 가족들이 여행하는 것만큼이나 번거롭게 부모님은 토론
토로 떠났다. 여러 번 비행기를 갈아타고서. 어머니는 이삿짐을
꾸리는 데 석 달이 걸렸다. 아버지가 미리 대양 건너편으로 가서
숙소를 정하고 근무를 하고 있는 동안, 어머니는 수집물의 이사
준비에 밤낮으로 분주했다. 낮에는 자전거로 로테르담의 여러 슈
퍼마켓에 들러 빈 상자들을 모아왔다. 밤에는 그 상자들을 채웠
다. 원래는 빵에 뿌려 먹는 초콜릿 과자 혹은 커피나 과일들이 들
었던 상자들 안으로 이젠 어머니가 수집한 폐기물들이 들어갔다.
누군가가 버린 전화기부터 닳아빠진 자전거 안장까지.

　어머니가 인도를 떠날 때에는 여행가방을 두 개 들고 왔던 반

면, 캐나다로 떠날 때에는 컨테이너 두 개도 모자랐다. 국제 이사는 어마어마한 양의 예비 물품과 식량으로 만반의 준비를 갖춘 군사 이동처럼 이뤄졌다.

아버지가 어머니를 새집으로 맞이했다. 그런데 임시 거처인 이 집은 주로 가죽 바지를 입은 남자들의 왕래가 잦은 지역에 자리한 아파트였다. 아버지 혼자서 집을 사서는 안 되었다. 아버지는 그럴 수완도 안목도 없다는 어머니 판단에서였다. 그래서 아버지는 셋집을 구할 수밖에 없었다. "아무리 그래도 그렇지, 호모들 틈으로?" 어머니가 공박했다.

"방값이 원체 저렴해서." 스스로를 가난뱅이라 믿게 된 아버지의 변명이었다. 그렇게 믿어버리는 게 아버지로서는 속이 편했다. 아내가 애당초 인도에서 가져온 보석으로 집을 샀다. 그 뒤에도 또 한 채, 그리고 또 한 채. 자신은 보팔의 어느 바느질꾼의 쥐꼬리만 한 월급밖에는 받지 못했던 판국에…… 그런 체념이 마음의 평정과 평화를 가져다줬다. 게다가 또 그렇게 해야만 밀방망이 세례를 면하고 아버지도 여느 남편들처럼 느긋하게 소파에 앉아 신문이라도 읽을 수 있는 처지였다.

어머니는 이내 새 주택을 찾았다. 블로어스트리트에 자리한(수영장, 피트니스 공간과 도서관 시설을 겸비한) 최고급 로즈달 콘도미니엄 단지의 아파트. 하루 종일 이사박스를 이십삼층으로 옮겨야 했던 탓에 엘리베이터 네 대가 전부 정체되기도 했다. "혹시 슈퍼마켓을 열 계획이신가요?" 하고 나이 지긋한 여자 주민 하나가 어머니에게 말을 건넸다. 그러나 그보다 세상물정이 밝은 경비원은 우리 어머니가 어떤 부류인지를 단박에 알아차렸다. 절대 상종해서는 안 될 여자.

조지 씨는 키가 작고 뿔테 안경을 걸친 노장이며 온종일 콘도미니엄 단지의 경비실 창구 뒤에 앉아 있었다. 주민들에게 인사를 하는 게 그의 주 업무이고("안녕하세요, 헨더슨 양!" 혹은 "크레넌 씨, 좋은 하루 되세요!" 등) 아주 간간이 걸려오는 전화를 받는 게 전부였다. 조지 씨로서는 이상적인 직업이었다. 하루 종일 의자에 죽치고 앉아 있기만 하면 되었고, 그러다 보면 시간이 제풀에 지나가고, 또 그러다 보면 퇴직 날이 야금야금 다가오고 있었다. 적어도 우리 어머니가 조지 씨의 인생여로에 나타나기 전까지는 그랬었다. 아파트의 여느 주민들과 마찬가지로 어머니는 소정의 아파트 관리비를 지불했다. 어머니는 그런 관리비에서 관리인이 하인이라는 결론을 이끌어낸 유일한 주민이었다. 인도에서 부유층의 집안일을 도맡은 머슴. 이를테면 일종의 노예를 고상하게 순화시킨 직종.

"저어, 죠르르지 씨." 어머니는 줄곧 그를 부려먹었다. "저 바나나 상자들을 들어다가 우리 아파트까지 좀 옮겨다줄래요?" 혹은 "우리 화분 꽃들이 시들어가는데, 오늘 물 주는 거 잊으면 안 돼요." 혹은 "남편이 정말이지 데오도란트가 급히 필요하거든요."

23

그러다 보니 조지 씨는 어머니 목소리가 대리석 아파트 로비에 울리기 무섭게 잽싸게 숨어버리곤 했다. 다른 경비원들도 있었지만 어머니는 그들에게는 기껏해야 "혹시 조지 씨 어디 있는지 알아요?" 정도의 질문밖에 던지지 않았다. 그러면 그들은 조지는 오후가 되어야, 아니면 밤이 되어야 출근할 거라고 대답했다.

엄동설한이 지나고 길고긴 여름도 지났다. 그리고 그는 아마도 그의 인생에서 가장 반가운 소식을 접하게 되었다. 다름 아니라 바로 우리 부모님의 이사 소식이었다. 조지 씨는 경비실 창구 아래 쭈그리고 앉아서 어머니가 아파트 이웃 여자에게 전하는 말을 귀동냥했다. "우리 이사 가게 됐어요." 어머니는 새 콘도미니엄의 장점을 나열했다. 욕실 두 개, 높은 천장, 다용도실. 조지 씨는 풀떡 몸을 일으켰고, 어머니가 "암만 생각해도 역시 조지 씨와 헤어지는 게 제일 서운하거든요" 하고 말하는 순간 눈물이 글썽해졌다.

로즈데일에서 삼 년이나 살았으니 다시 이사할 시기가 되었다고 어머니는 판단했다. 마운트 시나이 병원 부근에 호화판 콘도미니엄을 건축하는 걸 눈여겨봐뒀었다. 아버지가 도보로 출근해도 좋을 만한 거리였다. 지금은 매일 수백만 인구의 대도시 교통을 헤치고 이십 분간 자전거를 타고 통근해야 했다. 아무리 폭설이 쏟아지고 영하 15도의 빙판길이라도. 자전거는 어머니가 로즈데일 차고에서 훔친 거였다. 자전거 두 대가 방치되어 있었다. 둘

다 안장에 먼지가 수북이 쌓인 채로. 하나는 아버지, 다른 하나는 어머니 차지가 되었다. 여기서 나는 눈을 감는다. 눈을 감고 줄에 갈려서 망가져가는 열쇠를 떠올린다. 아버지는 곁에 서서 웅얼대면서 기다리고 있다. 인도의 모든 신들을 향해 기도를 올리고 있다. "제 아내가 이성을 되찾게 해주십시오." 어머니는 태연자약 줄질을 계속한다. 어머니에게는 잘못이 전혀 없다. 방치된 두 대의 자전거를 그저 거두고 챙길 따름이다. 그러곤 내가 눈을 뜬다. 다시 눈에 들어오는 이 글자들을 직시한다. 나에게 잘못이 전혀 없기를 바랄 뿐이다. 내가 부모님을 그저 거두고 챙기기를 바랄 뿐이다.

조지 씨가 나날이 살맛이 더해가는 동안, 부모님은 업자에게 가서 욕실의 대리석과 바닥에 깔 원목 그리고 벽 색깔을 선택했다. 또 화강암 혹은 스테인리스스틸의 조리대, 적색 혹은 레몬색 식기장 등의 취향에 따른 주방 인테리어도 가능했다. 네 달 후에는 일체의 설비가 완비되어서 사십층에 자리한 그들의 초현대식 새집으로 입주하는 일만 남았다.

하지만 부모님은 이사하지 않았다. 명목상 이유는 거실이 너무 작고, 수영장에 창문도 없고, 또 주변 입주자 태반이 중국인이라는 거였다. 어머니가 특별히 중국인을 꺼리는 건 아니었다. 단지 자신을 잘 이해해주지 않는 사람들을 마뜩찮아했는데, 그런 사람들 숫자는 그 중국인 입주자들 말고도 상당수였다.

진짜 이유는 어머니 눈에 황당하기 짝이 없는 이사 비용이었다. 로테르담부터 토론토까지의 이례적인 국제 수송비에 한해서는 아버지 직장에서 전액 환급되었다. 그러나 토론토에서의 이사는 본인이 부담하지 않으면 안 되었다. 공증된 여러 이삿짐센터들의 가격표를 보고 기겁한 어머니는 어떻게 해야 하루빨리 새 아파트 열쇠를 다른 사람에게 넘겨줄지가 암담하기만 했다. "페니는 현명하고 파운드는 멍청한 짓이다"라는 영국 속담이 있다.* 우리 어머니의 처사를 정확히 꼬집어주는, 그리고 아버지의 운명을 더더욱 서글프게 만들어주는 표현이다.

부모님에게는 로즈데일의 아파트가 미처 팔리지 않은 게 천만다행이었다. 반면 조지 씨의 심정은 처참하기만 했다. "정말 좋은 소식이 있어요. 우리 이사 안 가기로 했어요"라고 어머니가 전하는 순간 그는 쓰러지고 말았다. 일주일간 병원 신세를 지고 다시 출근하긴 했지만, 모든 게 예전 같지 않았다.

그동안 어머니는 새 중개인을 구했다. 어머니는 로즈데일 아파트를 다행히 팔지 못한 중개인에게는 더 이상 일을 맡기고 싶어 하지 않았다. 인도식 논리는 모름지기 타의 추종을 불허한다.

새 중개인 찾는 일은 수월했으나 아파트 살 사람 찾는 일은 그렇지 않았다. 미국에서는 부동산 저당금을 갚지 못한 사람들에

- be penny-wise and pound-foolish. 소탐대실이라는 뜻.

대한 첫 번째 기사가 신문에 보도된 판국에* 어머니는 원가보다 1만 달러를 더 요구했다. "콘도 전체에서 여태껏 팔리지 않은 건 우리 아파트 하나밖에 없으니 대체 어찌 된 일이에요?" 어머니가 따지고 들었다. 중개인은 사레들린 재채기를 한바탕 해댄 후 아버지를 올려다봤다. 하지만 어머니가 아버지에게 내린 발언 금지령은 여전히 그 효력을 발하고 있었다.

기적 중 기적으로 아파트가 일곱 달 후 팔렸다. 상하이에서 온 어떤 백만장자가 딸 몫으로 장만했다. 그 딸이 머지않은 장래에 우리 부모님이 고른 호두나무 원목을 깐 바닥 위를 걸어 다니고, 절대 과열되지 않는다는 냄비들과 그럴듯하게 조화를 이루는 적색 식기장을 열고, 또 아버지가 늘 꿈꾸어왔던 회색 대리석의 욕실에 물방울을 떨어뜨릴 터였다.

이렇게 해서 여행가방 두 개의 가치는 10만 달러 더 오르게 되었다.

어머니는 최근에 다시 콘도를 보러 다니는 중이었다. 물론 어머니 혼자서. 아버지는 병원일로 출장 나와서 유럽을 순회하는 중이었는데, 그 김에 내처 이탈리아에 사는 나에게도 들렀다. 아버지는 난생처음 나를 부둥켜안아주었다. 그리고 손자가 먹은 젖

<hr />

* 2007년 시작된 미국 서브프라임 모기지 사태.

27

을 올깍 할아버지에게 게운 것도 난생처음이었다. "다 그 송장 냄새 때문이라고." 어머니 해명이 전화선을 타고 울렸다. 아버지가 손자의 귀에다 대고 소곤댔다. "넌 절대로 인도 여자하고는 결혼하지 말고 오래오래 행복하게 살아야 한다."

한 달 반 된 우리 아들. 고사리 손의 아기가 눈을 치뜨더니 멀거니 앞을 바라보고 있었다. 아기는 아무것도 모른다. 듣고 본 모든 걸 어느새 까맣게 다 잊어버리고 말 것이다. 언젠가 녀석에게 할머니 이야기를 해주려고 한다. 첫 손자를 맞고도 비행기값이 아까워서 방문할 엄두를 못 내면서도, 중개인과 함께 호화 펜트하우스를 보러 다니는 할머니에 대해서. "너희 엄마가 또 눈에 드는 아파트를 하나 찾은 모양이야." 아버지가 식사 중에 알렸다. 아버지의 양팔은 느슨해진 감이 있었으나, 포크와 나이프는 여전히 양손에 어설프게 매달려 흔들거렸다. "300만 달러짜리래."

나는 눈을 지그시 감고 어머니를 그려봤다. 언젠가 훔친 그 자전거를 콘도 입구 앞에다 세운다. 그런 다음 허리를 수그려 톱니바퀴 사슬에 바지 자락이 끼지 않도록 허리에 두른 고무줄을 뺀다. 그 고무줄을 날름 외투 주머니에 쑤셔 넣고 중개인에게 악수를 청한다. 얼마 후 그들은 승강기 안에 서고, 눈 깜짝할 사이에 초고층에 이른다. 중개인이 펜트하우스 문을 열자 무한대의 공간이 펼쳐진다. 어머니가 안으로 발을 내딛는다. 콘도의 맨 꼭대기 층에서 그리고 세계 금융위기가 절정에 도달한 시점에서 어머니

28

는 욕실, 침실, 디자이너 주방, 빼어난 온타리오 호수 경관이 펼쳐진 거실을 두루 살핀다.

보석, 팔찌, 목걸이, 귀걸이 등이 든 여행가방 두 개의 진가를 파악한 사람은 단 한 명도 없었다.

어머니가 말한다. "근사하군요."

열 번째
입

  어머니 사진은 신문 1면에 두 번 올랐고, 한 번 더 오를 뻔했다. 어머니가 신문에 나온 첫 사례는 1966년, 네덜란드에 오기 삼 년 전이었다. 〈타임스 오브 인디아〉에서 유명한 영화배우의 임종 간호를 담당하고 있던 간호팀 사진을 실은 적이 있는데, 그중 한 명이 우리 어머니였다. 좀더 정확히 말하면 잿빛 구름장 중 한 피사체가 우리 어머니였다. 신문은 빛이 바래서 사진의 선명도를 잃어버렸다. 남은 형태라곤 큼지막한 검은 반점(영화배우)과 무수한 검회색 점들(아리따운 미모의 인도 간호사들 예닐곱 명)뿐이다. 그날의 〈타임스 오브 인디아〉는 은행의 금고 안에 소중히 간직되어 있었다.

  간혹 어머니는 금고에서 신문을 꺼내와 손님들에게 보여주었다. 우리 집을 방문한 사람들은 두 부류로 나뉘는데, 〈타임스 오 브 인디아〉 첫 장을 구경조차 못 한 사람들과 〈타임스 오브 인디 아〉 첫 장이 무슨 성화라도 된다는 듯이 심혈을 기울여 관찰하지 않으면 안 되었던 사람들이다. 방문객들은 다른 검회색 점들을 어머니로 헛짚기 일쑤였지만 어머니는 그걸 바로잡아준 적이 한 번도 없었다. 그건 자존심이 허락하지 않는 일이었다.

어떤 검회색 점들이 어머니 형상인지 나는 올바로 알고 있었 다. 은행 금고실에서 어머니가 내 귀에 대고 가르쳐준 적이 있었 다. "저기 저 조금씩 밝아지는 회색 점들 보이지? 저게 나란다. 프 리트비라지 카푸르 씨 손을 잡고 있는 게 나야." 영화배우의 침상 제일 가까이 뭉쳐 있는 형상이 어머니였다.

어머니는 자신의 사진이 실린 다른 신문의 1면이 행여나 방문 객들의 눈에 띌까 두려워했다. 그게 우리 집 현관 매트 위에 떨어 져 있던 날, 1996년 12월 12일 목요일에 나는 몰래 그걸 직접 내 눈으로 봤다. 내 기억으론 춥고 눈이 하얗게 덮인 날이었다. 바람 은 낫으로 살을 베는 듯했고, 크랄링언 호수에서는 스케이트 타 기가 한창이었다. 옆집에서 롱스케이트를 하나 빌린 나는 바르 휄트캄프*라도 된 것 마냥 우쭐댔다. 어머니는 큰형과 함께 한쪽 모퉁이에 서서 구경했다. 큰형은 스케이트를 못 탄다. 읽지도 쓰

---

* 네덜란드 스피드 스케이트 국가대표.

지도 못하고, 또 셈을 하거나 시계를 보는 것도 못 하니 그럴 수밖에. 큰형의 장기는 재채기이다. 물론 그마저도 가끔 줄재채기가 발작적으로 나올 때에만 그렇지만.

1996년 12월 12일이 바로 큰형이 그런 재채기발작을 일으킨 날이었다. 몇 초 간격을 두고 형의 코가 폭발해버릴 듯했고, 일 분마다 크랄링언 호수 위로 뱃고동 소리가 연방 울려퍼졌다. 형은 외투 소맷자락으로 콧물을 씩 훔쳐내곤 했다.

한번은 우리 가족이 함께 간 음식점에서 주문한 식사가 나왔을 때 형이 과민반응을 보여 심하게 재채기를 해댄 일이 있었다. 강낭콩과 사워크림이 든 멕시코 전통 타코. 우리 가족이 외식을 할 때면 어김없이 찾는, 로테르담 옛 항구 자리에 위치한 멕시코 음식점 포포카테페틀에서였다. 그런데 집에서 출발 직전 우리는 모두 수도에서 물 반 리터쯤을 꿀꺽꿀꺽 들이켜야만 했다. 음식점에 가서는 음료수를 주문해서는 안 되기 때문이었다. 음식점 음료수값은 어머니 눈에 그야말로 적정선을 넘어 턱없이 비쌌다. 콜라 한 잔 값 가지고 슈퍼마켓에 가면 1.5리터짜리 콜라를 두 병은 살 수 있었다. 할인판매 기간에는 심지어 세 병까지도 가능했다. 종업원이 아페리티프°로 뭘 드시겠냐고 묻거든 우리는 일제히 입을 모아 "괜찮아요"를 합창해야 했다. 물론 아버지도 하나

●　식전에 마시는 술.

가 되어. 어머니 눈에 비싼 건 음식값도 매한가지련만, 일단 음식점에 온 이상 음식마저 거절할 순 없는 노릇이었다.

내 어린 시절의 단골집이었던 바로 그 포포카테페틀에서 우리 큰형이 끔찍한 재채기발작을 일으켰던 것이었다. 종업원이 우리에게 맛있게 드시라는 깍듯한 인사를 막 끝낸 참에 형의 콧물이 난데없이 튀어나와 사방으로 날아오르더니 타코에 착륙했다.

"티코 맛에는 전혀 영향이 없구먼." 어머니는 개의치 않고 흔연히 먹어댔다.

큰형도 따라서 한 점을 집어넣는다 싶더니 즉각 재채기와 함께 올칵 다 토해버렸다.

아버지가 참다못해 화를 냈다. "그만해." 아버지가 반복했다. "제발 좀 그만하라고!"

"내가 그러는 게 아냐." 읽지도 쓰지도 못하고, 셈도 못 하고 시계도 못 보는 형의 대꾸였다. "이게 그러는 거라고." 그러면서 자기 몸을 손가락으로 가리켰다.

어머니는 사진사가 다가오는 걸 봤다. 그는 산짐승이 먹이를 사냥하듯이 어머니와 큰형 둘레를 한 바퀴 빙 돌았다. "갈색 피부의 여인이라나." 어머니가 손에 든 목요일자 신문을 흔들어대면서 입을 열었다. "그자가 글쎄 눈밭에 있는 갈색 피부의 여인을 사진에 담고 싶다고 하더라고."

"와아, 빈센트 멘철 씨가." 아버지는 무척이나 자랑스러운 모양이었다. "자타가 공인하는 거장, 빈센트 멘철 씨가 당신을 사진에 담고 싶어했다니!"

"누구라고?"

"빈센트 멘철. 여왕 사진도 바로 그 사진작가가 찍었다고."

"그자를 어디서든지 한번 마주치기만 하면 내 밀방망이로 그냥 대가리를 작살내버릴 텐데."

어머니 불만은 사진을 찍을 만한 옷차림새가 아니었다는 것이었다. 어머니는 평소 낡아 해져서 거의 폐기 지경에 이른 옷을 입고 다녔다. 어머니는 절약이 온몸에 밴 자그마한 인도 여성이다. 이스라엘 작가 메이어 샬레브의 논픽션 《나의 예루살렘》에 이런 대목이 있다. "목욕한 물을 가지고 빨래를 하고, 빨래한 물을 가지고 바닥을 닦고, 바닥을 닦고 난 물을 정원에 내다붓는다." 1996년 12월 12일에 어머니가 입고 있었던 옷은 맨 처음 큰형이 입었고, 연이어 작은형이, 그다음엔 내가 물려받아 놀이터와 모래밭에 놀러 갈 때 입어서 닳고도 닳아빠진 옷이었다. 〈추접스러운 여자〉*의 주인공 엄마에게나 어울릴 만한 너저분한 누더기를 걸친 어머니 몰골이 〈엔알세이 한델스블라트〉** 1면에 보란 듯이 실린 것이었다. 게다가 사진 속의 큰형은 턱도, 외투도, 그리고 벙

• 어느 일탈 가족의 방랑을 그린 네덜란드 연속극이자 영화.
•• NRC Handelsblad. 네덜란드 대표 일간지.

어리장갑도 온통 콧물로 뒤범벅이 되어 있었다.

"이제 어떻게 낯을 들고 바깥에 나가지?" 어머니가 고충을 털어놨다. 우리는 고급 주택가 지역인 크랄링언 내에, 그중에서도 특히 돋보이는 티베리아스란에 살고 있다는 것은 곧 동네 사람들이 모두 〈엔알세이〉를 구독하고 있다는 의미였다. 보나 마나 동네 사람들이 모두 어머니 사진을 봤을 게 뻔했다. "아, 그 남루한 차림의 갈색 피부 아주머니!" 어머니가 의도한 건 이게 아니건만, 과거의 손아귀에서 벗어나지 못한 까닭에 이런 볼썽사나운 꼴이 돼버렸다. 빈곤, 전쟁 그리고 아홉 명의 형제자매가 어머니 성격에 깊은 상흔을 남긴 것이었다.

"내가 열 번째 입이었어." 어머니가 언젠가 내게 말했다. 그리고 나지막한 목소리로 어머니 가족이 살던 지역을 점령한 무슬림들에 대한 이야기를 들려줬다. 어머니는 궁색하기 짝이 없던 시기에 집안의 열 번째 입으로 태어났다. 석 달 되었을 무렵 온 가족이 피난길에 올라야 했다. 어머니의 어머니는 공포와 불안에 얼마나 떨었던지, 젖 한 방울 나오지 않았다. 핏덩이인 열 번째 입이 젖을 달라고 보챘으나 어찌할 도리가 없었다. 하다못해 물 한 모금도 먹일 게 없는 처지였다. 그런 생사의 고비에서 갓난애의 목숨을 건져준 건 염소였다. 어머니의 큰언니가 어머니를 안고서 염소에게 갔으며, 어머니는 하루에 서너 차례 염소 젖통에서 흘러나오는 우유로 탐욕스럽게 허기를 채웠다. 쪽쪽, 이게 어머니의 애칭이며, 어머니는 형제자매들 사이에 이 애칭으로 통했다. 쪽쪽, 염소 젖꼭지를 야무지게 물고서 힘차게 빨아대면서 어머니가 내던 소리였다. **쪽쪽쪽쪽.** 이 이야기는 끈덕지게 날 뒤쫓아다니면서 나의 본바탕이 무엇인지를 내게 일러주는 지침이기도 하다.

몇 년 후 문화 축제를 소개하는 소책자 《드 파라더》에 빈센트 멘철 씨가 찍은 내 사진이 실렸다. 여름 내내 나는 로테르담, 헤이그, 위트레흐트 그리고 암스테르담을 순회하며 열리는 문학행사에 출연해서 내가 쓴 작품 중 몇 토막을 낭독할 예정이었다. 카메라 플래시가 번쩍이고 셔터가 찰칵찰칵하는 동안 내 입가에는 슬며시 미소가 번졌다.

"좋습니다. 멋져요. 자연스러워요." 멘철 씨가 말했다.

나는 밀방망이를 들고 한바탕 공격을 가할 기세였던 어머니 모습을 떠올렸다.

이외에도 어머니가 나올 뻔했다 간발의 차이로 놓친 신문 1면이 있다. 이번에는 〈엔알세이〉도 〈타임스 오브 인디아〉도 아닌 소규모 지역신문인 〈드 스테르 환 크랄링언〉(클랄링언의 별)인데, 주변 동네 집집마다 무료로 배달되는 주간지였다. 백 번째 생일을 맞은 지역 주민들과 행방불명이 된 고양이들에 대한 소식뿐만 아니라 잡화상들과 정육점들 광고도 있고, 특히 바겐세일 혹은 싼거리 판매 등의 광고가 주를 이루었다. 어머니가 가장 애호하는 신문으로, 매주 한 자도 거르지 않고 탐독했다.

말썽을 빚은 〈드 스테르〉 1면에는 백인 중년 부인의 사진이 실려 있었다. 그녀가 타고 있는 견고한 생활형 자전거 손잡이에는 장바구니들이 그득그득 걸려 있었다. 그녀의 이름은 안스 드 라위터이며 동네 슈퍼마켓 덴 톰의 마지막 고객이었다. 동네 슈퍼마켓이 삼십 년 만에 알버트 헤인의 초대형 인수합병 고리에 잡혀 넘어가고 말았다. 대대적인 매장털이 할인과 염가 대방출 행사들로 동네 슈퍼마켓의 폐업을 경축했다.

〈드 스테르〉에서 그 중년 부인과의 짤막한 인터뷰를 사진 옆에 곁들였는데, 주로 손잡이에 걸린 장바구니에 들어 있는 내용물에 대한 질문이었다.

〈드 스테르〉: 뭘 사셨지요?

안스 드 라위터: 그냥 닥치는 대로 뭐든 푸짐하게 샀어요.

우리 어머니 같은 주부가 한 명 더 있는 셈이었다.

"쯧쯧, 그 남편 신세도 참……." 아버지가 혼잣말로 중얼댔다.

인터뷰 마지막은 어머니에 대한 글로 장식되었다. 어머니는 이십 년이 넘도록 덴 톰에서 장을 봐온 단골로서 선반에 물품을 진열하는 직원부터 계산원에 이르기까지 매장 직원들 중에 어머니를 모르는 사람은 없었다. 어머니는 또한 마지막 고객이 되기를 희망했으나, 애석하게도 다른 고객이 그 영광을 누렸다.

안스 드 라위터.

이 신문이 우리 집 현관 매트 위에 떨어졌을 때 어머니는 힌디어로 욕지거리를 내뱉기 시작했다. 나는 힌디어를 유창하게 구사하지는 못하지만, 힌디어 욕설만은 유창하게 해낼 자신이 있다. 어머니는 우리의 유망한 미래를 의식한 까닭에 항상 네덜란드어를 사용했고, 때로는 이웃 아주머니들의 로테르담 억양을 그대로 모방했다. 하지만 어느 순간에는, 이를테면 사회적인 제약이 불현듯 허물어지는 순간에는 인도의 욕지거리가 걷잡을 수 없는 홍수가 되어 쏟아졌다. 작은형과 나는 화장실이 어디 있는지는 힌디어로 물어볼 줄 모르면서도 사생아를 저주하는 인도 욕설은 열 가지나 외우고 있는, 아마도 세상에서 유일한 어린이들이었을 것이다.

그 유망한 미래가 지금 이 시점이다. 내 옷은 현재 누군가가 입었던 헌옷도 아니고, 앞으로도 설마하니 끼니를 잇지 못할 정도는 아닐 터이다. 그럼에도 그 유망한 미래가, 즉 내 현재의 삶이 어머니에게는 왠지 불충분하게만 느껴지고, 또 결코 만족할 만한 수준에 도달하지 못할 게 분명하다. 나는 어머니가 바라던 인물이 되지 못했다. 이웃집 아주머니들과의 담화에서 의기양양 입에 오르곤 하던 의사, 변호사, 공인회계사.

간혹 일상적인 얘기라도 할라치면 어머니는 눈물을 흘리며 탄식조로 중얼거린다. "큰애는 지적장애인이고, 막내는 작가이고······."

〈드 스테르〉 1면은 즉각 당일 오후에 가스레인지 위에서 불태워졌다. 나는 어머니가 인도 주문을 외는 소리를 들었다. 어머니는 신문의 나머지 면은 보관해두었다가 나중에 싼거리를 찾을 때 샅샅이 훑을 참이었다.

"그 여자가 어디 몰래 숨어 있었다니까!" 옆집 정원에다 재를 버리면서 어머니가 말했다. "내가 쇼핑카트를 끌고 계산대로 갈 때까지, 모든 물건을 벨트 위에 얹을 때까지. 그런 다음 영수증이 내 손에 들어올 그 찰나까지 그렇게 줄곧 기다리고 있었던 거라고."

〈드 스테르〉의 기사 내용과 달리 어머니 판단으로는, 초등학교 교사인 안스 드 라위터 씨가 부정행위를 했다. 그녀가 부당하게 덴 톰의 마지막 고객이 되었다. 마지막 고객이 되었어야 할 사람은 어머니였다. 따라서 응당 지역신문 1면에 실렸어야만 했던 사람은 어머니였다. 어머니는 슈퍼마켓 영업 마지막 날 한 시간 간격을 두고 장을 보러 갔다. 매번 신명이 나서 자전거를 타고 갔다가 장바구니들을 자전거 손잡이에 그득그득 걸고 되돌아왔다. 집안의 서랍장들은 갖가지 식품과 가정용품들로 넘쳐났다. 부랴부랴 아버지가 새 비품 수납장을 조립하기 시작했지만, 어머니의 광적인 사재기를 따라잡기는 무리였다. 어머니의 광적인 사재기에는 어떤 수를 써도 당할 재간이 없다. 어머니는 뭐든 할인이라면 그냥 지나치질 못한다. 그건 어머니 자신도 억제할 수 없는 충동으로, 즉석에서 만족감을 채워야만 직성이 풀리는 중독 증세이다. 한번은 어머니가 고양이 사료를 사 들고 귀가했다. 암컷, 수컷할 것 없이 우리 집에는 고양이라곤 한 마리도 없었는데도. 그러곤 어머니가 항상 입에 달고 다니는 말이 튀어나왔다. "세일하기에 샀어."

덴 톰 영업 마지막 날에는 재고품이 거의 다 세일이었다. 만약 파키스탄에 핵전쟁이 터질 경우, 비축된 이 예비식량으로 우리 식구가 몇 달은, 아니, 몇 년이라도 거뜬히 지낼 수 있을 것 같았다.

벌써 수없이 덴 톰에 자전거로 다녀온 후였는데도 어머니는 이번에는 나도 따라오라고 시켰다. 욕심나는 세일 물건을 하나 봐뒀는데 아무래도 혼자 옮기기 어렵다는 것이었다. 나는 불길한 조짐을 직감했지만 "못 가겠어요"는 절대 입 밖에 내서는 안 된다는 걸 익히 알고 있었다. 세일에 중독된 사람들은 거절을 용납하지 않는다. 적어도 우리 어머니의 경우에는 그랬다. 거절은 어머니 뇌에 합선을 불러올 것이며, 또 그에 따르는 결과는 그 누구도 감당할 수 없을 터였다.

아버지는 고양이 사료 무더기가 집 안으로 들어오는 걸 반대했다. "우리가 키우는 건 기니피그야." 아버지가 외쳤다. 하지만 어머니는 막무가내로 눈 하나 깜짝하지 않았다. 기니피그는 토끼고기며 참치이며 다 잘 먹는다고 어머니가 우겼다. 하지만 어머니가 간호했던 볼리우드 영화배우의 이름을 딴 라지는 케이지 안에 넣어둔 토끼고기는 아예 멀찌감치 두고 거들떠보려고도 하지 않았다. 기니피그는 새로운 다른 먹이들도 일절 거부하고 입에 대지 않았다. 전쟁이 어쩌어쩌했고, 형제자매가 아홉 명이나 됐고 등의 엄한 훈계로 라지는 단단히 혼이 났을 뿐만 아니라 그보다 더 심한 벌이 떨어졌다. 일주일에 상추 잎사귀 한 장이 된 것이다.

결국에 우리는 그 고양이 사료를 친척, 친구 그리고 지인들에게 나눠줬다. 초대받은 생일잔치에 갈 경우 우리는 늘 통조림을 하나씩 들고 갔다. 물론 어머니의 지시대로 화사한 종이로 근사하게 포장해서. 그 반응은 각양각색이었다. 경악에서 분개에 이르기까지, 또는 당황에서 대단한, 아주 대단한 실망에 이르기까지. 그 결과 우리 가족이 생일잔치에 초대받는 횟수는 차츰 줄어들었다.

슈퍼마켓에서 어머니가 화물깔판 위에 층층이 쌓인 초콜릿와플 상자들을 가리켰다. 날 안심시킬 생각으로 어머니가 말했다. "저거 우리 가방하고 빈 상자에 다 들어갈 것 같다." 그 말은 날 안심시키기는커녕 괴롭혔다. 나는 도망치고 싶었다. 내 다리가 감당할 수 있는 한 전속력으로 그 자리를 벗어나고만 싶었다. 그러나 어머니가 "어서 서둘러. 그러잖으면 다른 사람들이 선수를 치니까"라고 재촉했다.

어떤 사람들이냐고 나는 되묻고 싶었다. 도대체 어떤 사람들이 세일한다는 이유로 초콜릿와플을 산더미로 사려고 들겠느냐고. 내 생각에 그런 사람은 존재하지 않았다. 설령 있다고 쳐도 진작 정신병원에 안전하게 감금되었을 게다.

어머니가 와플 상자들을 카트에 쌓기 시작했다. 나는 어머니가 하는 대로 따랐다. 촌극이 빚어지는 상황을 피하기 위해서. 사람들이 눈이 휘둥그레져서 우리를 봤다. 어머니가 이런 순간에 부끄러움을 느끼지 않는다는 사실이 참으로 신기했다. 빈센트 멘철 씨는 생명의 위협을 느끼지 않은 채 필름 한 통을 다 쓸 수 있지 않았던가. 내게는 이게 다 과거의 유산으로 보였다. 가난, 전쟁, 식솔 열 명이 딸린 대식구, 헐벗고 굶주리며 살던 그 시절에 대한 기억이 어머니를 장악하고 있었다. 행동의 주체는 어머니가 아니었다. 일종의 자연현상이었다. 저항할 수 없는 내면적 힘의 행사는 자연재해이다. 주기적으로 지하수를 뿜어내는 간헐천처럼.

그렇게 우리는 카트 두 대에 초콜릿와플을 산더미처럼 싣고 계산대로 밀고 갔다. 어머니를 아는 계산원은 이상히 여기는 눈치가 아니었다. "안녕하세요, 환 데르 크봐스트 부인." 홍겹게 미소를 지으면서 인사를 보냈다. "또 나오셨네요!"

계산원이 와플 상자를 하나씩 스캔했다. 스캔이 다 끝나자 결제 총액이 계산대 화면에 떴다. 그러고 나서 어떤 단추를 누르자 총액이 다시 반으로 휙 줄었다. 어머니가 휴 하고 안도의 숨을 길게 내쉬었다.

그날 저녁 라지의 케이지 문이 열렸다. 어머니의 손 하나가 그 안으로 비집고 들어가 초콜릿와플을 한 무더기 놓았다. 이번에는 엄한 훈계가 없었다. 라지가 와플을 갉아먹는 모습은 마치 생명의 촌각을 다투는 것처럼 보였다. 실제로 그랬을지도 모른다. 배급량이 상추 한 장이란 건 실로 끔찍한 경험이었을 테니까.

그날을 기해 덴 톰 슈퍼마켓의 문은 영원히 닫히게 되었다. 〈드스테르〉 지역신문의 사진기자는 안스 드 라위터 씨의 사진을 찍었다. 그래도 신문기자는 기사에 어머니 이름을 언급해주겠다고 어머니에게 약속했다. 그리고 지난 이십 년 동안 덴 톰의 단골손님인 어머니를 모르는 직원은 없고, 또 어머니가 기꺼이 마지막 고객이 되고 싶어했다는 점도 꼭 보도하겠다고 약속했다.

안타깝게도 우리는 스스로 바라는 이상형이 꼭 되는 건 아니다. 우리는 무릇 그 이상형과 유리된 유형, 그림자, 희생양, 사라진 희망이 되기 일쑤이다. 그리고 우리가 어쩌다 용케 우리 운명의 굴레에서 벗어날라치면, 우리는 서서히 누구도 더 이상 알아보지 못하는 작은 잿빛 점들로 변해 있다.

하늘에서 내린
선물

어머니가 아버지를 만나기 전에, 어머니가 네덜란드행 비행기에 탑승하기 전에, 어머니가 여행가방 두 개에 팔찌, 목걸이, 귀걸이를 넣어 짐을 꾸리기 전에 어머니는 어느 배의 선장을 간호했다. 선장의 이름은 라제쉬 무드갈이었다. 그는 가문의 대를 이을 장손이었으며, 그의 까만 머리는 숱이 덥수룩하고 햇볕 아래 윤광을 발했다.

아라비아 해를 항해 중인 어느 날 선장의 피부에 부종이 생겼다. 가장 가까운 항구까지만 해도 하루 하고도 반나절을 항해해야만 했다. 이윽고 인도에 귀국했을 때에는 라제쉬 무드갈 선장의 온몸에 종기가 퍼져 있었다. 그는 봄베이 병원에서 하루 종일 수술을 받았다. 생명은 건졌으나 오른발은 발가락 세 개, 오른손은 다섯 손가락 끝, 게다가 왼쪽 다리는 무릎까지 절단하는 등 결과는 처참했다. 라제쉬 무드간 선장은 이제 다시는 선박을 지휘할 수 없는 몸이 되고 말았다. 이제 다시는 해양을 누비고 항해할 수 없는 몸이 되고 만 것이다.

수술경과가 웬만큼 호전되어 그는 퇴원하게 되었다. 아그라로 가는 기차에는 특별히 그를 위한 객차 한 칸이 따로 마련되었다. 완만한 경사를 이룬 언덕 위에 그의 부모가 살고 있는, 그가 태어나고 자란 아그라. 한밤중에 털컥대는 기차 안에서 처음으로, 그리고 불시에 덮쳐오는 격심한 환상통 때문에 그는 먼동이 트도록 비명을 내질렀다.

고향땅이 서글픈 감회를 자아냈다. 그는 청년 시절의 수목들을, 가옥들을 그리고 도로를 음미했다. 바다에 뜻을 두고 등을 돌렸던 대륙, 물에 뜻을 두고 등을 돌렸던 토지. 그의 어머니에게서 절규가 터져 나왔고, 그 소리는 까만 새처럼 언덕 너머로 흩어져 날았다. 어린아이들이 들것 주위로 우르르 모여들어 구리 단추가 달린 진청색 제복을 살폈다. 바지 한쪽 가락이 가위로 잘려나간 멋진 제복. 마을 주민들의 축원의 기도가 여러 날 동안 계속되었다.

그 무렵 어느 아침에 우리 어머니가 그곳에 나타난다. 수목들과 가옥들 그리고 먼지가 뿌연 도로 한가운데 저 태양 아래 드러나는 백의白衣의 발현, 머리에 후광이 빛나고 전신에서 싱그러운 생명력을 발산하는 간호사. 젊음, 미모 그리고 청순함의 상징. 그녀가 무드갈 가문에 첫발을 내디뎠다. 웅장하고 으리으리한 저택. 부유한 가문. 무드갈의 아버지는 판사였는데, 말 한마디 한마디가 마치 바위덩어리 떨어지는 것처럼 육중했고 또 얼음장처럼 싸늘했다. 어머니는 환자의 어머니와 차를 나눴다. 비애에 잠긴 집 안은 괴괴했다. 눈물방울 떨어지는 소리마저 들릴 것 같았다. 곧이어 어머니가 환자에게 안내되었다. 어머니의 눈이 그를 눈더듬했다. 새까맣고 윤기가 자르르한 머리카락, 반듯하고 정연하게 탄 가르마. 영화배우와 같은 헤어스타일. 그들은 서로 한마디도 주고받지 않았다. 그들은 침묵을 고수했다. 어머니는 선장의 상처를 닦고, 붕대를 갈아주었다. 라제쉬 무드갈 씨는 고통을 감내했다. 그는 어금니를 악물었고, 그러곤 바다를 떠올렸다. 코끼리같이 밀려오는 회색 파도들과 부서지는 파도의 짭짤한 포말.

서서히, 아주 서서히 상처가 아물어갔고, 환자는 원기를 되찾아갔다. 어머니는 그의 두 눈을 보고 알 수 있었다. 눈가에 맺힌 잔주름들, 새까만 호수 같은 그의 눈동자에서 반득거리는 광채. 라제쉬 무드갈 씨의 눈이 미소를 보냈다. 어느 새벽 그녀는 불현듯이 그를 갈망했다. 갈망은 돌연적이다. 우뢰처럼 강렬하고 번개처럼 빠르다. 사면팔방을 함께하다가도 온데간데없다. 그처럼 명료한 정신으로 그녀가 잠에서 깨어난 건 난생처음이었다. 마치 그녀의 영혼 속에 새로운 날의 태양을 온통 다 쏟아부은 듯했다.

그녀의 전신은 빛으로 돌변하고, 그녀의 손끝에는 짜릿한 경련이 인다.

라제쉬 무드갈 씨는 어떤 감정을 품고 있을까 어머니는 못내 궁금하다. 그녀는 그의 표정을 가늠해본다. 살피면 살필수록 더 많은 주름살이 그녀의 시선을 끈다. 고통에 찌든 주름살들. 그의 이마에도, 그의 입 주변에도, 양미간에도. 동정심이 그녀를 엄습한다. 그녀는 그의 한 손을, 다섯 개 몽당손가락의 한 손을 감싼다. 그녀가 살며시 힘을 주어 손을 오므리는 순간 마치 불꽃이 와 닿는 듯 짜릿함을 느낀다. 너무 당황한 나머지 잡고 있던 손을 놓아버린다. 그와 동시에 그녀는 새삼 주어진 현실을 되새긴다. 자기는 한낱 간호사이고, 그는 귀문의 자제이다. 그는 불구자이고, 자기는 젊음이 싱싱한 한창나이이다.

"우리의 사랑은 단 한 번에 그친다. 우리가 혼신을 다해 사랑에 빠지는 건 오로지 단 한 번에 불과하다." 영국 작가 시릴 코널리의 회고록《소란한 무덤》에 나오는 구절이다. "우리가 어쩌면 몇 번이고 원하는 만큼 사랑에 빠질 수 있을 것처럼 보일지도 모른다. 9월 초 어느 가을날 대낮이 마치 6월의 한여름 날만큼이나 무덥게 느껴지듯이. 실은 여섯 시간이나 짧음에도 불구하고." 그는 거기에 한마디 덧붙인다. 정곡을 꿰뚫는 발언. "그 단 한 번의 진정한 첫사랑의 상처가 훗날 어떤 양상을 띨 것인가는 후에 주어질 각자의 삶의 양식에 달려 있다."

라제쉬 무드갈 씨와의 이별에서 우리 아버지 테오도러스 헨리 쿠스 환 데르 크봐스트와의 만남까지는 삼 년의 간격이 있었다. 어머니는 그동안 여러 곳을 떠돌면서, 다른 환자들의 상처를 닦고, 통증을 호소하는 그들에게 귀를 기울이고, 그들의 이마를 어루만지며 계속 간호사로 일한다. 그러면서도 라제쉬 무드갈 씨의 미소 짓는 눈만은 한시도 잊지 않았던 삼 년. 그들은 날이 갈수록 점점 더 절실해지는 내용의 길고긴 편지를 주고받는다. 어머니가 라제쉬 무드갈 씨 편지에 쓰인 단어들을 만지기만 해도 그의 열정이 그녀의 몸 속으로 스며든다. 사면팔방을 함께하다가도 감쪽같이 자취를 감추어버리는 열정.

"이게 현명한 길이야." 그녀는 병상의 선장에게 이별을 고하면서 스스로를 종용했다. 그러나 쏟아지는 눈물을 참기 어려웠다. 그녀의 오열이 산중 폭포처럼 괴괴한 집 안으로 퍼졌다. 선장이 몸을 굴려 침대를 빠져나와서는 방바닥 위로 자기 몸을 질질 끌고 어머니에게 왔다. 항해 중에도, 죽음에 직면해서도, 왼발이 절단된 채 어느 날 잠에서 깨어난 병상에서도 눈물 한 방울 보이지 않았던 그였다. 그러나 지금 그의 양볼에는 눈물이 철철 흘러내렸다. 웅장하고 으리으리한 저택의 흰 타일 바닥으로 눈물방울이 하나씩 뚝뚝 떨어졌다.

판사의 음성이 어머니 뇌리 속으로 파고들었다. "당장 떠나시오! 다시는 돌아오지 마시오!" 그래서 그녀는 떠났다. 뒤도 돌아보지 않고 떠났다. 시선을 아래로 떨어뜨려 도로의 먼지만 바라보며 총총 사라졌다.

우리 아버지가 어머니에게 반했을 무렵 어머니 삶의 양식은 이미 거의 다 짜여진 상태였다. 검은색 실로 짜인 상복. 로테르담의 에라스무스 대학교 도서관에서 그들은 처음 마주친다. 아버지는 사서 조수로 아르바이트를 하고, 어머니는 한창 투박한 네덜란드 말을 익히는 중이다. 그 이전 그녀는 여행가방 두 개를 챙겨 짐을 꾸려서 비행기를 탔고 스히폴 공항에 내렸다. 헤이그에 사는 어떤 간호사의 주선으로 로테르담에서 간호사 일자리를 구한다. 어머니는 외국에서 오래 머무르려던 당초 계획과는 달리, 여섯 달이 채 지나기가 무섭게 돌아갈까 한다. 선장의 편지에 쓰인 사연이 어찌나 절절했던지 어머니가 굴복해버리고 만다. 우연찮게도 때마침 수술실의 간호업무를 맡으며 승진할 기회를 얻는다. 병원 측에서 훈련강습비 부담은 물론 정규직 계약까지 해준다. 그녀는 꼭 일 년만 더 고생해서 그들만의 집을 장만할 돈을 벌어 돌아가겠노라고, 그러곤 그를 보살피면서 그의 곁을 영원히 지켜주겠노라고 선장에게 편지를 보낸다. 이보다 더 진지한 약속은 인생에서 존재하지 않는다.

그게 마지막 편지이다.

그 뒷이야기는 이러하다. 아버지가 도서관에서 어머니에게 구혼한다. 어머니는 단번에 일축한다. 아버지는 어머니를 이해하기 어렵다. 아버지로서는 어머니의 거절이 납득이 안 간다. 거절의 저의가 도저히 풀 수 없는 수수께끼이다. 어머니는 한사코 거절을 되풀이할 따름이다.

"안 돼요, 안 된다고요. 정말 안 된단 말이에요, 정말요." 어머니가 이른다.

얼마를 되풀이한들 아버지에게는 아무 소용이 없다. 아버지는 무릎을 꿇고 앉아서 우리 누구나 인생에 적어도 한번은 기다리는 그 한마디를 애원하고 있다.

잇단 며칠 동안 어머니는 적잖게 백만 번은 훨씬 더 넘도록 안 된다는 말을 반복한다. 적어도 전해지는 이야기에 따르면, 다름 아닌 어머니 자신의 회고담에 따르면 그랬다. "안 된다는 대답을 얼마나 되풀이했던지 그걸 일일이 다 쌀알로 치자면 인도 전체를 거뜬히 먹여 살릴 수 있었을 게다."

이어서 눈물이 나타난다. 어머니의 마음을 약하게 만든 눈물. 나에게 생명을 부여해주었음에 감사드려야 할 눈물. "그 처절한 모습이 무척이나 측은해 보였어." 이것이 내가 태어난 지 몇 년이 되던 어느 해 도대체 왜 아버지와 결혼했느냐고 묻자 어머니에게서 나온 대답이었다. "더구나 또다시 눈앞에 벌어지는 그토록 애달픈 입장을, 그토록 애절한 눈물을 차마 눈 뜨고 지켜볼 수가 없었거든."

그들은 9월 초의 어느 날 결혼식을 올렸다. 따스한 가을날, 그러나 그 영원의 여름날보다는, 아그라 언덕 위에서 갈망으로 채색된 긴 나날보다는 몇 배나 짧은 가을날. 세 날 후 어머니는 임신한다. 어머니가 배를 살살 쓰다듬는 순간 손끝에 짜릿한 경련이 인다. 그렇게 그녀의 육신은 다시 투명한 빛으로 돌변한다. 맵고 찬 섣달, 게다가 비마저 추적대는 연중 가장 우중충한 달이었음에도 불구하고.

편지는 그칠 줄 모르고 날아온다. 봉투는 갈수록 더 두꺼워지고, 내용은 갈수록 더 구슬퍼진다. 어머니는 끝내 그에게 답장을 보낼 엄두를 내지 못하고 만다.

큰형이 1977년 8월 28일 오전 7시 15분에 로테르담 데익지흐트 병원에서 태어났다. 사내애라는 점에 부모님은 사뭇 놀란다. 그들은 꼭 여자애일 거라고 확신하고 있었다. 둘 다 그런 확고한 예감에 사로잡혀 있었다. 어쩌면 둘이서 동일한 감정을 공유한 유일무이한 사례였으리라. 아마도 바로 그 이유에서 실제와 맞아떨어지지 않았는지도 모른다. 그들의 첫아이는 아들이고 이제 그 아들에게 이름을 지어줘야 한다. 머리는 축축하고 이마에는 아직도 땀이 송송 맺혀 있는 어머니가 대뜸 아쉬르바트라는 이름을 내놓는다. '하늘에서 내린 선물'이라는 뜻의 힌디어이다. 아버지 이름인 테오도러스와 같은 의미이기도 하다. 아버지에게는 이견을 달 여지가 없다. 아버지는 아직도 자기 품에 아들이 안겨 있다는 사실을 믿지 못하는 눈치이다. 불그스름한 팔과 다리 그리고 고추를 내어놓고 있는 어린것.

아쉬르바트 환 데르 크봐스트. 그들의 첫아이이자 옥동자이고 자랑거리이다. 어머니는 점심시간이 시작되기 전에 승강기를 타고 병원 안의 은행 분점으로 내려간다. 어머니는 형을 품에 안고 있다. 쪼글쪼글 말라비틀어진 배 같기도 하고, 신음소리를 내는 감자 같기도 한 핏덩어리. 아기가 실눈을 뜬다. 갓 태어난 신생아 특유의 그 푸르스레한 안개가 서려 있는 까만 눈을. 블라디미르 나보코프는 바로 그런 갓난아이 동공에 서린 청색에 대해 썼다. "몽롱하고 약간 갸울어진 듯한, 뭐라고 단정하기 힘든 현상. 그건 호랑이보다 새들이 더 득실대고 가시보다는 과실이 더 풍성하던, 또 빛과 그늘 사이의 어느 깊은 구렁에서 인간의 혼이 생성되었다는 그 아득한 옛날의 전설적 밀림에서 우리가 마구 들이켜버린 그늘의 잔재를 고집스레 이때껏 간직하고 있는 것 같다."

어머니는 암로* 은행에서 형 이름으로 통장을 개설해서 천 길더**를 입금한다. 내 빈약한 상상력으로는 그 천 길더를 어디서 꺼내왔는지, 그 지폐를 해산 중에는 어디에다 보관하고 있었는지 극히 의심스럽기만 하다. 머리채 어딘가에? 침대 밑에? 아무튼 어머니가 은행 직원에게 현금을 건넨다. 간호사 시절 저축한 돈 천 길더를. 그러곤 마음속으로 앞날을 그려본다. 아쉬르바트

- AMRO. 암스테르담(Amsterdam)과 로테르담(Rotterdam)의 약자.
- 지금은 사라진 네덜란드의 화폐단위. 1977년 기준으로 1달러는 약 2.3길더였다.

는 의젓한 대학생이 되어 여자친구와 데이트하면서 자기 돈으로 여자친구에게 마실 것을 사줄 것이다. 형은 아득한 옛날의 선설적 밀림을, 새들을, 과일들을 보고, 그러고 나서 가냘픈 신음을 발한다.

평화롭기 그지없는 날의 평화롭기 그지없는 음향.

최상의 행복감을 만끽한다. 첫아이에게서만 맛볼 수 있는 그런 행복감. 첫아이를 향한 사랑은 순수의 극치에 달하기에 그 같은 사랑의 느낌을 또다시 경험한다는 건 불가능하게만 여겨질 정도이다. 나는 우리의 첫아이, 나의 맏아들이 태어난 직후에 겪은 광명의 순간을 떠올린다. 극도로 찬란한 빛이 만물을 꿰뚫고 들어가 반짝인다. 시공을 초월한 빛이 과거, 현재 그리고 미래를 넘나든다. 그래서 나는 1977년 당시 부모님의 행복감을 완전히 느낀다. 한 생명의 시작, 여명, 신음 소리. 그의 고사리손이, 그리고 애잔한 손가락들이 나릿나릿, 꼼지락꼼지락 움직인다. 눈이 뜨인다. 가련하도록 더딘 속도로 영혼이 사고하고, 감각하고, 소망하는 걸 보여준다. 갓난아이 형이 어머니의 젖을 빨고, 주위에서 반짝거리고 반사되는 모든 물체를 두리번거리다가 사람들, 물건들, 세상사, 그런 모든 게 다 너무 벅차게 느껴진다 싶으면 울음을 터뜨린다. 그러곤 눈이 사르르 감긴다. 그렇게 또 하루가 흐른다. 그는 뭐든 닥치는 대로 손으로 잡아 쥐고, 빨래집게건 연필이건 할 것 없이 입안으로 직행한다. 그의 손은 다듬작다듬작 뭔가를 열

심히 찾아나서는 한편, 그의 두 다리는 일어서고 싶어 허우적댄
다. 아빠가 허리를 수그려 양손으로 그의 겨드랑이를 받쳐 일으
켜주고, 그들은 함께 서서 첫걸음마를 뗀다. 키드득 새어나오는
웃음소리, 생긴 입 모양새보다 더 크게 번져나가는 미소.

시간이 좀 경고를 해줬다면 좋았을 것. 삐걱대기 시작하는
톱니바퀴, 속도가 점점 느려지는 시곗바늘. 그러던 중 일순간에
시간이 우뚝 멎는다. 느닷없이. 그러곤 더 이상 재깍거리지 않는
다. 큰형이 간질 발작을 일으킨다. 팔다리가 뒤틀리면서 눈이 뒤
집힌다. 경풍에 이어 의식을 잃는다. 한밤중 헤이그에서, 어머니
가 묵고 있던 이모 집에서 일어난 사건이다. 이주일 된, 동공이 푸
르께한 갓난아이, 작은형 요한은 여행용 요람에 누워 있다. 손님
방 침대 위 어머니 옆에는 큰형이 누워 있다. 어머니는 큰형의 치
아와 혀 사이로 찻숟갈을 밀어 넣는다. 나는 외로움이라는 단어
를 생각할 때마다 그 순간의 비감한 광경이 선하게 떠오른다. 우
리 어머니, 전신이 뒤틀려 경련하는 큰형, 그리고 형의 입속으로
억지로 틀어넣는 찻숟가락. 아버지는 로테르담에 남아서 박사학
위 논문을 쓰고 있는 중이다. 양들의 적혈구를 주입시킨 생쥐의
동물실험에 대한 논문.

작은형 요한이 누워 숨을 내리쉬면서 자고 있었던 진청색 유아
차를 끌고서 부모님이 함께 산책을 한 지 열두 시간이 되었다. 아
직 태어나지도 않은 나는 그 자리에 없었고, 또 1979년 3월 15일

목요일의 일기예보를 찾아보지도 않았다. 그럼에도 그날의 쾌적한 봄기운이 니의 후각을 자극한다. 햇살 아래 바싹 마른 현관 돌계단 타일들, 구름장 사이를 뚫고 드러나는 푸른 하늘. 샤프란, 젖은 잔디 같은 단어들이 내게 눈부신 봄날을 연상케 한다. 숫자에서 공감각적으로 색깔을 인식할 수 있는 사람들이 있듯이.

아쉬르바트 형은 내가 몇 년 후에 앙크 이모라고 부르게 될 옆집 아주머니에게 가 있다. 옆집 아주머니가 자청해서 형을 봐주겠으니 부모님더러 갓난아이 데리고 나가서 마음 편히 바깥바람이나 한번 쐬고 오라고 권한다. 어머니는 아쉬르바트 형 없이는 외출할 마음이 별로 내키지 않았으나, 아버지 설득에 마지못해 응한다. 어머니가 아들을 옆집에 데려다주면서 이마에 뽀뽀한다. 멀리 가지 않을 거라고, 이내 돌아올 거라고 이른다. 후회해도 부질없는 일. 이미 엎질러진 물. 반 시간 후에 돌아온 어머니 팔에 그사이 탈이 난 형이 안겨진다. 형의 똥은 파랗고 냄새가 고약하다. 열이 펄펄 끓는다.

앙앙 울어대는 갓난아이, 아픈 아들, 마쳐야 할 논문. 그래서 어머니는 헤이그에 사는 언니 집으로 가서 잠시 머물고 있던 참이었다. 그런데 여기 작은 방에서, 어둠 속에서 우리 큰형이 발작을 일으킨 것이다. 이곳은 그렇게 어머니를 어디나, 그리고 언제까지나 뒤쫓아다닐 눈물바다의 발원지가 된다.

어린아이들은 슬픔에 대한 개념이 없다. 물이 모래알 틈으로 새어나가듯이 슬픔은 아이들의 세계를 빠져나간다. 나는 어머니의 눈물을 전혀 이해하지 못했다. 삶은 나에게 마냥 아름다웠고, 기쁨과 활력의 원천이었다. 놀고 뛰고 외치고. 나는 글을 익혀 내이름을 쓰고, 3 곱하기 2가 얼마인지 셈을 하고, 부모님 앞에서 몇 시인지를 알아맞혔다. 하지만 어머니는 이 모든 나의 성장과정에서 아쉬르바트 형으로서는 끝내 도달하지 못할 것들을 재확인하는 데 연연했다.

몇 년이 지난 후에야, 국립의료원을 수십 번 방문하고 종합병원에서 수없이 검사를 받은 후에야 결국 의사들이 큰형에게 무슨 이상이 있는지를 밝혀냈다. 부모라면 누구에게나 지옥 같았던 시련의 나날들. 지적장애인. 큰형의 이마에 찍힌 낙인이었다. 웬만하면 이 도장을 일종의 위안으로 받아들일 수도 있었다. 부모님은 그나마 형의 병명이라도 알게 되었다. 이제 당면한 현실을 끌어안고 순응하며 살아갈 수도 있었다. 하지만 어머니에게는 그후의 시간들이 꽁꽁 얼어붙고 말았다.

나이가 들면 들수록 더 많은 슬픔을 감수할 수 있게 된다. 슬픔이 일단 몸에 와서 들어붙기 시작하고, 그러면서 슬픔에 대한 포용력도 점점 증가한다. 나는 스물일곱 살이 되어서야, 나 자신이아버지가 되기 직전의 여름에서야 비로소 어머니의 슬픔을 이해했다. 나는 유대계 작가 요제프 로트의 소설《욥》을 읽으면서 눈물을 줄줄 쏟았다.

'어느 평범한 남자의 이야기'는 작가가 붙인 이 작품의 부제이다. 한 시골마을의 교사이자 네 아들의 아버지인 주인공 멘델 싱어는 더없이 평범하기 짝이 없고 신실한 남자이다. "주인공처럼 농촌생활을 하면서 시골교사를 지낸 사람은 멘델 이전에도 벌써 십만 명이 넘었다." 반면 그의 아내 데보라는 세상에 오직 하나밖에 없는 인물이다. 그녀는 문학작품에 나오는 어머니들을 통틀어서 가장 기구한 여자이다. 그녀를 통해 우리 어머니가 가진 슬픔의 규모가 내게 처음으로 확연하게 와 닿았다. 데보라의 아들은 두뇌가 호박덩이만큼이나 크고, 양다리는 안쪽으로 휘어서 마비 상태이다. 게다가 아쉬르바트 형처럼 간질 발작까지 있다.

슬픔의 규모는 드넓은 해양 같다. 무한히 크고, 한없이 깊으며, 칠흑같이 어둡다. 아들 메누힘의 출생 이래 데보라의 가슴은 캄캄칠야이다. 슬픔이 한결같이 기쁨 속으로 스며들며, 어떤 경사스러운 잔치도 하나같이 고문일 뿐이다. 메누힘의 어머니에게도 역시 시간이 얼어붙어버린다. "봄을 반긴 적도 여름을 맞이한 적도 없다. 사계절이 온통 겨울이다. 해가 뜨긴 뜨건만 그 어떤 따스함도 전해주지 않는다. 오로지 하나, 희망만은 기필코 사멸하려 들지 않는다."

희망은 우리 어머니에게도 사멸하지 않는다. 기적을 바라는 간절한 소망. 아쉬르바트 형의 통장 액수는 해마다 늘어난다. 잠자리에 든 나에게 어머니가 속삭인다. 나중에 큰형이 날 차에 태우고 여기저기 다 데려다줄 거라고. 침대 끝머리에 앉은 어머니는 내 귀에 바싹 대고 계속 소곤댄다. 내가 나중에 파티에 가려고 하면 큰형이 내게 흰색 와이셔츠도 빌려주고 용돈도 줄 거라고. 이게 모름지기 인도 사람이라면 지켜야 할 법도로서 한 집안의 기둥인 장남의 도리라고. 그런 다음 불이 꺼지고 어머니의 발소리가 어둠 속으로 침잠한다. 내 어릴 적 동화는 〈숲속의 잠자는 미녀〉도 〈신데렐라〉도 아니었다. 큰형이 나중에 의사가 되고, 차를 사고, 또 그림처럼 아리따운 공주와 결혼해서 오래오래 행복하게 살 거라는 줄거리의 동화였다.

아침마다 어머니는 큰형의 머리에 반듯하게 가르마를 탄다. 큰형은 이제 학습장애 아동을 위한 특수학교에 다닌다. 하지만 어머니의 기도가 실현되는 날에는 큰형도 특수학교를 떠나 요한 형과 내가 다니는 일반학교인 드 바터토론 초등학교로 전학하게 될 참이다. 드 히어르 교장선생님이 일전에 벌써 큰형과 면담을 가졌다. 어머니가 그때 소개했다. "얘가 우리 아들 아쉬르바트예요. 조만간 다섯 학년을 뛰어넘어 월반하게 될 겁니다."

메누힘의 어머니는 날이면 날마다 유대교 신을 향해 기도를 올린다. 하지만 그녀의 기도에 아무 응답이 없자 그녀는 돌아가신 조상님들에게로 향한다. 그녀는 자기 부모님을 부른다. 그 이름을 따라 지었던 메누힘의 친할아버지를, 그리고 아브라함을, 이삭을, 야곱을, 모세의 유골을 부른다. 우리 어머니는 나름대로 힌두교에 나오는 수많은 신들을 적절하게 활용한다.

맨 먼저 악을 파괴하는 신으로 통하는 시바 신을 향해 기도한다. 어머니는 큰형의 지적장애를 사악한 것으로, 쫓아내야만 하는 악령으로 간주하기 때문이다. 이런 묘사가 좀 야박하게 들릴지 모르겠으나 의도는 그렇지 않다. (어머니는 훗날 요한 형과 나를 위해서도 시바 신에게 기도를 드린다. 작은형은 무슬림과 결혼하고, 나는 학업을 중단하고 소설을 쓰기 시작했으므로. 우리에게도 쫓아내야만 할 악령이 깃든 것이다.) 그건 하나의 일상, 순박한 생활습관이다.

기도는 반드시 다락방에서 이루어진다. 우리가 어릴 적 들어서서는 안 됐던 금지구역. 그러나 양말 신은 발은 어머니가 알고도 이따금씩 눈감아주었던 공간. 빨갛고 훤히 비치는 천을 머리에 두르고서 송가를 부르고 몸을 앞뒤로 흔들어대던 어머니의 모습을 회상한다. 다락방을 이름 모를 냄새로 가득 메운 타오르는 향, 내가 잡으려고 쫓아다니던 몽올몽올 떠도는 가락지 모양의 연기들. 여기에도 눈물이 출현한다. 그러나 이 기도하는 공간에서 어머니의 양볼로 흐르는 눈물은 여느 곳에서보다 쉬이 말라버린다. 마치 눈물이 어머니를 맑고 깨끗하게 정화해주는 듯하다. 위안의 물세례.

어머니는 시바 신을 향한 기도의 효력을 재는 임무를 나에게 맡긴다. 나는 매일 거실에 있는 골동품 벽시계를 가리키면서 아쉬르바트 형에게 몇 시냐고 묻는다.

"밥 먹을 시간." 십중팔구 큰형의 대답이다.

드물게는 "텔레비전 볼 시간"이라고도.

어머니는 이내 팔이 여러 개 달리고 흔히 호랑이를 탄 모습으로 묘사되는 두르가 여신으로 기도 대상을 바꾼다. 악귀 무찌르기로 이름난 여신 두르가. 그러나 큰형은 여전할 뿐이다. 만물의 원천인 크리슈나 신 또한 숭배의 대상이 된다. 무릎을 꿇고, 찬양가를 부르고, 눈물을 흘리고 그리고 몸을 흔들대면서. 숱한 힌두교 신들이 뒤를 잇는다. 어떤 힌두교 사람들은 하나 혹은 셋 정도의 신을 숭배하는 데 그치는가 하면, 어떤 사람들은 삼천만 명의 신을 숭배한다. 그런 면에서 우리 어머니는 꽤 합리적인 쉰두 명의 신에 머문 셈이다. 그리고 그 모든 신에 대한 숭배가 조금도 효과를 보이지 않자 어머니는 말했다. "운전면허증 따는 데는 시간 볼 줄 몰라도 되거든."

희망은 불멸이다.

그럼에도 일말의 변화가 없다. 어머니에게 정서적인 불안감이 조금씩 늘어나면서 어머니는 성마르고 민감해진다. 게다가 어느 틈엔가 불신이 그녀의 삶 속으로 침투해 있다. 그러다 점점 심해져 급기야 어머니의 여생을 좌우하게 될 일종의 편집성 인격 장애가 나타난다. 온 가족이 식탁에 둘러앉아 식사하던 중에 우리는 그런 증세를 처음 체험한다. 인스턴트 토마토소스를 끼얹은 스파게티를 먹고 있는데 어머니가 갑자기 외쳤다. "맞아, 켈리!" 무슨 일인지, 누구를 말하는지 아무도 알지 못한다. 반응을 보인 첫 번째 사람은 아버지이다. 아버지는 입에 든 음식을 꿀꺽 삼킨 다음 묻는다. "여보, 그런데 켈리가 누구지?"

어머니 눈에서 철철 흘러내리는 눈물이 바다가 된다. 오른쪽과 왼쪽, 두 개의 눈물바다. 우리는 묵묵히 입을 다문 채 먹던 접시를 내려다본다.

"쟤가 켈리 먹이를 먹었다고." 어머니가 입을 연다. 그러면서 손가락으로 형을 가리킨다. "아쉬르바트를 옆집에 맡기고 우리는 요한을 유아차에 태우고 산보 나갔었잖아. 그때 쟤가 개사료를 먹은 거라고."

옆집 개 켈리. 앙크 이모네 애견 잭 러셀*. 새로운 목표의 악령.

어머니는 숨을 들이쉰다. 어머니 눈에서 죄악의 대홍수가 벌어지고 있는 광경이 내 눈앞에 그대로 펼쳐진다. 큰형이 개사료 때문에 간질병을 얻게 된 거라고 선언할 때 어머니 목소리가 떨린다.

멈추지 않고 계속 먹는 사람은 큰형뿐이다. 그는 스파게티의 기다란 면발을 호록호록 빨아들인다.

얼마 후 어머니가 눈을 깜빡거린다. "어쩐지 마음이 내키질 않

●   잭 러셀 테리어. 사냥용으로 쓰이기도 한 활동적인 소형견.

더라고." 감정이 북받친 목소리이다. "아쉬르바트 뇌두고선 안 나가고 싶더라고. 그런데 당신이 치근거리던 통에 그만!" 어느 틈에 어머니가 슬리퍼 한 짝을 벗어들더니 냅다 아버지 쪽으로 던지고, 아버지는 요행히 상체를 굽혀 피한다. 내가 어릴 적에 겪은, 집어던져진 물건들의 길고긴 목록의 첫 번째 항목. 다른 한 짝은 적중한다. 접시가 그 뒤를 잇고, 유리컵이 또 그 뒤를 잇고, 쨍강 깨지는 소리, 그리고 어머니의 얼굴에 강처럼 하염없이 쏟아지는 눈물.

큰형이 포크와 나이프를 내려놓으면서 말한다. "난 개 사료 진짜 하나도 안 좋아하는데." 그러곤 무지 맛없다는 표정을 지어보이더니 다시 포크와 나이프를 집는다. 큰형이 제일 좋아하고 즐기는 음식, 토마토소스를 친 스파게티를 한입 잔뜩 입으로 가져간다.

"엄마, 우리 오늘 뱀밥 먹어?" 큰형은 거의 매일같이 보챈다. 큰형이 보기에 스파게티 면은 뱀을 닮았다. 하기야 맞긴 맞는 말이다.

그날 이후로 켈리의 삶은 차라리 죽느니만 못한 지경이다. 어머니는 이웃집의 암갈색 얼룩무늬 잭 러셀과 게릴라전을 시작한다. 밀방망이를 들고 추격전을 벌이기도 하고, 매운 고춧가루를 바른 애견용 과자를 넌지시 권하기도 하고, 켈리가 우리 대문 앞에서 오줌을 누는 찰나를 기다리고 있다가 이때다 싶어 삼층에서 아래로 전화번호부를 세게 내팽개치기도 한다. 인도 사람들에게 소가 신성시되는 것만큼이나 어머니에게 켈리는 악마시되었다.

잭 러셀을 불에 태워 희생물로 바치려던 시도도 실패로 끝난다. 그러느라 잭 러셀의 털이 온통 그슬린 것을 보고서 앙크 이모네 아이들이 경찰서에 신고하고, 다음 날 경찰들이 대문 앞에 와 선다. 어머니는 공교롭게도 탄두리 화덕에서 불길이 튀어 그 옆에 서 있던 개에게로 옮겨 붙었다는 말로 그들을 잘도 따돌린다. 집에는 화덕 같은 건 아예 있지도 않건만 그들은 그런 걸 들추어낼 의향조차 전혀 없다. 어머니가 대접하는 닭다리를 게걸스럽게 먹어치우고는 아내를 위해 한 통씩 집으로 들고 돌아간다. 우리 어머니의 탄두리 치킨은 그야말로 천하일품으로서 네덜란드에서는 견줄 데가 없다. 전통식 점토 화덕이 없이도 어떻게 그런 맛을 낼 수 있는지 그 비결이 참으로 신기하다. 어찌 됐든 일단 그 맛을 본 사람은 다른 건 거들떠보려고도 하지 않을 만큼 빼어나다.

켈리가 사고로 목숨을 잃는다. 트럭에 치여 죽은 것이다. 치명적인 우연의 일치, 운명의 장난. 그 교통사고는 분명 시바 신이 배후에서 조종한 일이라고 어머니는 확신한다. 악에 대항하는 파괴의 신이 늦게나마 주어진 임무를 수행한 셈이다.

"만약 켈리가 존재하지 않았다면 우리 아쉬르바트는 정상아였을 거다. 이제 켈리가 존재하지 않는 이상 아쉬르바트는 정상아로 원상회복될 거다." 어머니의 주장이다. 그리고 또 어머니의 굳건한 믿음이기도 하다. 그 후 우리는, 즉 아버지, 작은형 그리고 나는 서서히 어머니에게서 등을 돌린다. 단지 큰형만은 어머니를 멀리할 수가 없다. 그는 우리 네 가족의 영원한 아이임과 동시에 어머니의 치마폭에서 벗어나지 못한다. 그의 일거수일투족이 어머니에게 달려 있다.

"우리 아쉬르바트, 언젠가는 네가 다 나아서 네 손으로 직접 신발 끈을 매게 될 날이 꼭 올 거야."

"장차 너는 캠브리지를 졸업해서 유명한 변호사가 될 거야."

"내가 아주 늙거들랑, 내 머리가 백발이 되고 몸져누워 지내는 신세가 되거들랑 네가 이 어미 마음을 뿌듯하게 만들어줄 거야. 네가 자가용과 운전사를 앞세우고 날 찾아오거들랑 네 이마에 뽀뽀해주마."

어머니 마음속에는 광산이 자리하고 있다. 무한대의 희망을 마련해둔 예비창고로 연결되는 갱도. 그곳은 사방이 어둠으로 둘러싸여 보이는 거라곤 암흑뿐이다. 그럼에도 어머니는 위안을 찾아 땅속을 파헤친다. 굴속을 헤매고 방황하며 어머니는 큰형이 발작을 일으키는 밤이면 더없는 고독을 되씹는다. 어머니가 아들 이름을 외치자 칠흑 같은 굴이 천 개의 목소리로 갈라져 응답을 보낸다. 단연코 언젠가는, 그 언젠가는 아들을 되찾게 될 것이다. 그녀의 자랑거리, 그녀의 전부.

《욥》에 등장하는 데보라의 희망은 성령의 말씀에 힘입어 끝없이 이어진다. 그러나 메누힘이 생후 십삼 개월이 되어 심승처럼 괴성을 지르기 시작하자 좌절감에 빠진 데보라는 글루체스크의 랍비를 찾아간다. 그녀는 랍비를 통해 전능하신 신이 진정 자기 아들과 함께하고 계신다는 확증을 얻어내기로 작정했던 것이다. 하지만 그녀의 눈은 폭넓은 바다와 같아 물과 소금의 하얀 파도 뒤에 도사리고 있는 성령을 알아차린다. 랍비가 들릴락 말락 은밀하게 수군대는데도 그의 목소리가 그녀에게는 마냥 가깝게만 느껴진다. "멘델의 아들 메누힘은 치유될 것이오. 이스라엘에 메누힘 같은 자는 드물 것이오. ……두려워하지 말고 집으로 돌아가시오!"

이리하여 우리 어머니나 데보라나 이전 상태 그대로 있다. 희망의 풍선이 비명과 신음을 토하고 있음에도 불구하고. 그러던 어느 날 그토록 갈구하던 기적이 일어난다. 메누힘이 불현듯 입밖으로 그의 난생 첫마디를 내뱉는다. "엄마."

데보라 눈에 눈물이 맺힌다. 이번에는 감격스럽고도 달콤하고 온정 어린 눈물.

"엄마!" 메누힘이 한 번 더, 또 한 번 더, 그리고 다시 한 번 더, 그렇게 천 번을 더 연거푸 부른다.

그녀의 아들이 말을 한다. 그녀의 기도가 헛되지 않았다. 축복의 말씀 그대로 메누힘은 건장하고 훌륭한, 또 현명하고 성품이

어진 장부가 될 것이다.

현명하고 성품이 어진 장부. 마치 판사 혹은 변호사의 프로필처럼 들린다. 메누힘에게도 찬란한 미래가 기다리고 있다. 우리 큰형은 "엄마" 외에도 "아빠, 아빠는 왜 늘 고개를 살살 흔들어?"도 가능하다. 하지만 읽고 쓰지는 못한다. 열두 살이 되어서도 아무 발전이 없고, 어머니가 여전히 형의 머리를 빗어주고 가르마를 타준다. 아침마다 어머니는 정원에서 쓰는 물뿌리개로 큰형의 숱 많은 까만 머리에다 물을 뿌린다. 한가운데에 정갈하게 가르마를 타주기 위해서이다. "어쩌면 이렇게도 잘생겼을까!" 나는 어머니가 노닥이는 말을 자주 듣는다. "너한테 반한 여자들이 줄을 서서 따라다닐 거야."

여름 태양이 붉게 빛나는 어느 아침에 어머니 손에서 빗이 떨어진다. "맞아, 라제쉬 무드갈!" 전에 켈리의 이름을 불쑥 내뱉을 때와 같은 어조이다. 그리고 어머니에게서 외마디 비명이 터져나온다. 그건 큰형의 까만 머리 위로, 가르맛길을 번뜩 스쳐지나가는 섬광 때문이다. 영화배우의 머리 모양. 어머니는 선장의 이름을 외친다. 다시 한 번 더, 그리고 그렇게 천 번은 더 연거푸.

그날 이후 라제쉬 무드갈이 어머니 삶에 환생한다. 그리고 우리 가족의 한 구성원이 된다. 어머니의 사설이 펼쳐지는 동안 우리는 식탁에 앉아 토마토소스를 끼얹은 스파게티를 먹고 있다. 아버지와 두 형제를 포함한 우리는 모두 담담한 표정으로 식사를 계속한다. 우리는 그동안 웬만한 일에는 단련되어 끄떡도 없다. 어머니가 하는 말은 형의 지적장애는 선장의 저주로 말미암은 업보라는 내용이다. 어머니는 큰형처럼 맏아들, 장손, 또 가문의 자랑거리인 라제쉬 무드갈에 대한 이야기를 펼친다. "그의 발가락은 두 개, 오른손은 반편이, 그리고 왼발은 절단 상태. 하지만 봄처럼, 여름처럼 웃음을 머금은 그의 눈망울." 그러더니 그녀의 슬리퍼 한 짝이 순식간에 아버지 쪽으로 날아간다. 식탁에 놓인 몇몇 물건들이 그 뒤를 잇는다. 어머니는 이 모든 게 다 아버지 잘못이라고 질책한다. 아버지가 어머니에게 구혼만 하지 않았다면 그녀는 선장하고 결혼했을 터였다. 그리고 선장하고 결혼만 했다면 아쉬르바트는 지금 이 자리에 있을 이유가 없다.

고래고래 악을 쓴다. 원통하고 절통해서 운다.

우리 아버지는 멘델 싱어만큼이나 평범하기 짝이 없다. 그는 슬리퍼 두 짝을 집어서 어머니에게 가져다준다. 아버지는 유리조각들과 음식찌꺼기를 쓸어 담는다.

큰형이 잠깐 포크와 나이프를 내려놓는다. "엄마가 그 선장하고 결혼 안 해서 다행이다." 그러고 나서 다시 걸신들린 듯이 먹어댄다.

"월요일부터 일요일까지 한 바퀴 돌아 한 주를 채우고, 주들이 뭉쳐 한 달로 늘고, 그런 열두 달로 일 년이 가득 찼단다." 그러곤 그런 햇수로 십 년의 허구한 세월이 우리 어머니를 악령에 시달리게 한다. 어머니는 딸*에 사는 심령술사 요만다의 심령회에 형을 데리고 간다. 프랑스 순례지 루르드에 형을 데리고 간다. 기적 냄새를 풍기는 건 무엇이든 다 시도해본다. 정령술사, 점쟁이, 영매, 그리고 로테르담 근처에 사는 초자연적인 능력을 가진 수도사에게도 간다. 형은 어느덧 스물두 살이다. 그는 타인과 신체적 접촉을 꺼리고 간헐적 분노폭발 증세를 보인다. 침으로 큰형의 볼을 찌르려는 수도사는 시퍼렇게 멍든 눈덩이를 돌려받는다. 또 이웃집 아주머니들도, 집배원들도, 버스운전사들도 더 이상 마음을 놓지 못한다. 이따금씩 어머니도 따귀를 얻어맞는 형편이다. 형은 196센티미터이고 어머니는 30센티미터 남짓 더 작다. 형이 한번 화가 올랐다 하면 어머니는 형을 막아낼 방법이 전혀 없다. 발로 차고 손으로 때리는 것은 좀 그만두라고 악을 쓰는 것 이외에는. 그러다가 그가 한풀 수그러들면 어머니가 어른다. "아이고, 내 아들. 내가 널 얼마나 사랑하는지 알지? 세상에서 가장 소중한 내 옥동자. 신통방통한 내 보물단지." 형은 엉엉 울어대며 머리가 너무나 혼란스러워 고개를 어머니 어깨에 얹는다. 어머니도 따라 울며 언제나처럼 머리가 너무나 혼란스러워 자기 머리를 아들 머리에 기댄다.

- 네덜란드 남중부 도시.

그녀도 한때는 태양 아래 드러나는 백의의 발현, 머리에 후광이 빛나고 전신에서 싱그러운 생명력을 발산하는 간호사였나. 청춘, 미모 그리고 청순함의 상징이었건만.

조국 땅을 떠나지만 않았다면.

우리 아버지와 결혼하지만 않았다면.

아쉬르바트를 놔두고 산책하지만 않았다면.

이렇게 회한의 혼잣말을 되뇐다. 그리고 이 회한은 영원히 지속될 것이다. 그러고 나서 어머니는 큰형의 머리를 쓰다듬는다.

나는 그즈음 이미 집을 나와 따로 살고 있다. 작은형도 역시 딴 곳에서, 자연지리학을 공부하며 위트레흐트에 산다. 우리는 주로 주말에만 집에 들른다. 빨랫감과 허기진 배를 안고서.

간혹 우리는 탄두리 치킨을 먹지만, 대개는 뱀밥이다.

큰형도 결국엔 집을 떠난다. 부모님이 그사이에 이사를 해서 살고 있던 티베리아스란에서 자전거로 십 분 거리인 꼬리 하르통란의 장애인 복지원으로 들어간다. 모두에게 최선의 해결책이다. 그러나 어머니로서는 현실을 받아들이기가 여간 곤혹스럽지 않다. 어머니는 하루도 빠짐없이 자전거로 왕래한다. 네 살짜리 친살붙이를 보려고. 주간 취미교실에서는 뭘 했고, 식사는 얼마나 했고, 텔레비전으로는 무슨 프로그램을 시청했고 등을 묻는다. 그런 다음 그녀는 다시 자전거를 타고 집으로 향한다. 쥐 죽은 듯고요해서 행여 자기 눈물방울이 떨어지는 소리가 들릴까봐 겁이 나는 집으로.

복지원에서 큰형은 다른 일곱 명의 환자들과 함께 지낸다. 그 중에서도 옥수수통 속에 두 손을 집어넣고 휘젓기를 좋아하는 요피, 마이클 잭슨에 반한 릭, 언제나 프로축구클럽 페예노르트의 티셔츠와 바지에다가 (한여름에도) 털목도리를 두르고 다니는 아르노가 기억난다. 그들 중 누군가에게서 형은 장애인이라는 단어를 배운다. 하지만 형은 그 단어의 의미에 동의하지 않는다. 그게 적어도 자기에게는 적용되지 않는 걸로 여긴다. 어머니가 방문한 어느 날 형이 말한다. "나는 장애인이 아니야. 난 아쉬르바트야."

어머니는 고개를 끄덕이며 맞장구를 친다. "암, 그렇고말고. 너야말로 귀중한 선물이지. 하늘에서 내린 선물인걸."

다른 수많은 유대인들이 그랬듯이 싱어의 가족도 더 나은 앞날을 바라보면서 미국으로 이민한다. 메누힘은 혼자 남는다. "아들을 저버리지 마십시오. 정상적인 자식들을 보살피는 것과 다름없이 아들 곁을 지키십시오"라고 글루체스크의 랍비가 어머니에게 신신당부를 했건만.

희망이, 불굴과 불멸의 희망이 급기야 산산이 부서지고 흩어져 흔적도 없이 사라진다. 메누힘의 어머니가 오랫동안, 불철주야 일일여삼추를 그토록 애타게 바란 기적은 기어이 일어나지 않고 만다.

우리 부모님도 캐나다로 이민한다. 그리고 우리 큰형도 혼자 남는다. 아버지가 먼저 떠나고 난 몇 달 후에 어머니도 비행기에 오른다. 어머니가 출국하는 날 나는 외국여행 중이어서 어머니와 작별인사를 나누지 못했고 어머니와 큰형의 이별 장면이 어땠는 지도 모른다. 다만 그런 생이별이 얼마나 고통스럽고 처절했을지 는 짐작이 간다. "그녀가 울면서 마차에 올라탄다. 그녀와 악수를 나누는 송별객들의 얼굴은 보이지 않는다. 눈물로 넘치는 그녀 의 눈은 커다란 두 개의 바다이다. 그녀는 데거덕데거덕 울리는 말발굽 소리를 듣는다. 마차가 달린다. 그녀는 절규한다. 허나 자 신이 절규하는 걸 스스로는 의식하지 못한다. 저 마음속 깊은 곳 에서 솟아나온 응혈이다. 마음에 입이 달려서 응혈을 토하는 것 이다."

물이 모래를 빠져나가듯 나를 걸러 나갔다가 훗날 낙엽처럼 내 몸에 척척 들러붙는 비애. 필경 평생토록 읽기, 쓰기, 셈하기, 시 간 보기를 못 하고 말 지적장애 아이들의 비애. 데이트 한번 제 대로 해보지 못하고 갈수록 시들시들 쇠하여질, 자기도 스스로 를 이해하지 못해 눈썹과 속눈썹을 뽑아대는 지적장애 아이들의 비애.

큰형은 다섯 학년은 고사하고 한 학년도 월반해본 적이 없다.

메누힘의 이야기는 행복하게 결말을 맺는다. 하지만 그의 어머니 데보라는 자식의 성공을 함께 나누지 못한다. 획기적인 기적이 일어나기 직전 고인이 되어버린다. 어머니가 세상을 떠나고 난 몇 달 후에 아버지 싱어가 구제불능이었던 아들을 뉴욕에서 만난다. 아버지는 자기 아들을 알아보지 못한다. 메누힘은 연미복 차림에 외모가 수려한 대장부로 변해 있다. 이제 알렉세이 코사크라는 이름으로 통하는 그는 세계적인 명성을 떨치는 작곡가이다.

군이 따지자면 의사 혹은 변호사는 아니지만.

이제 이렇게 우리 사이에 대양이 놓이게 되었고 또 가족 모두가 각자의 길을 가고 있기에 우리는 주로 스카이프를 통해 화상통화를 한다. 들끓는 잡음과 뿌연 영상, 말하는 도중 서로의 대화가 끊기기도 하고, 네크워크 지연 시간 때문에 양쪽이 동시에 말하는 현상이 생기기도 한다. 하지만 다 무료이다. 그리고 무료는 무조건 좋은 것. 인도 사람이면 누구나 하는 생각이다. 물론 우리 어머니를 비롯해서.

내가 아쉬르바트 형에 대한 소설을 쓰고 있다고 전하자 어머니가 저쪽에서 고개를 끄덕인다. 토론토는 새벽 이른 시간으로 어둑하다. 어머니는 전기를 아끼느라 불을 켜지 않은 채 있다. 오직 컴퓨터 화면의 빛만이 그녀 얼굴을 비춰주고 있다. 굵은 주름살이 깊게 패인 거무칙칙한 얼굴에 드리운 희멀건 표면.

"그렇구나." 어머니가 말을 잇는다. 그리고 나서 실제로는 훨씬 짧았을지도 모를 길고긴 간격을 둔 다음에야 입을 뗀다. "다 네 마음대로 지어내고 꾸며대고 바꿔도 상관없어. 어떻게 쓰든 다 괜찮아. 하지만 꼭 한 가지, 내가 희망을 포기했다고는 절대로 쓰면 안 돼."

화면이 멈춘다. 어머니 모습이 석상처럼 굳어버린다. 스피커에서 잡음이 폭포처럼 요동친다.

어머니가 날 볼 수 있는지, 또 내 말이 들리는지 모르겠다.

나는 약속한다.

무료는
무조건 좋은 것

그 여행은 로테르담에서 시작됐다. 아우어데익 지역의 메클런 뷔르흐란 정류장에서부터. 아쉬르바트 형은 미동도 없이 왼쪽을 바라보고 있었다. 먼발치에서 7번 전차의 노란색이 나타나는 찰나를 노리고 있었다. 목에는 네모난 여행지갑이 걸려 있었다. 그 속에 지폐는 고사하고 감자튀김이나 아이스크림을 사 먹을 정도의 동전 한 푼 들어 있지 않았다. 지갑에는 돈 대신 단 한 가지가 들어 있었다. 형의 이름, 생년월일과 함께 증명사진이 붙은 통행증. '장애인보호자를 위한 통행증'이라고 쓰여 있었다. 이 통행증만 있으면 아쉬르바트 형과 형의 보호자는 전차, 버스, 기차, 지하철 할 것 없이 모든 공공교통수단을 무료로 이용할 수 있었다. 어머니가 시청에 가서 신청한 것이었다. 그리고 그 통행증이 우리 집 우편함에 도착한 그날 우리 생활의 구속이 하나 더 생겼다. 그 순간부터 우리가 공공교통수단을 이용해 어디에 갈 때면 예외 없이 큰형을 동행해야만 했다. 그러면 한 사람은 무료로 탈 수 있고, 또 무료는 무조건 좋은 것이기 때문에.

가끔(큰형이 학교에 갔거나 감기에 걸려서 외출을 못 할 때에는) 통행증 하나로 족했다. 그럴 때엔 내가 직접 여행지갑을 목에 걸었다. 그러다가 검표원한테 걸리면 나는 화들짝 놀라서 주위를 두리번거리면서 외쳤다. "어! 형? 형이 어디로 가버렸지?" 그러면 차장들은 너나없이 당장 그 자리에서 차를 세워 날 내려줬다. 어서 가서 형을 찾아보라고.

한번은 이런 촌극도 벌어졌다. (천식증상 외에는 아무 이상이 없는) 작은형이 나를 데리고 심부름을 갔다. 검표원과 맞닥뜨렸을 때 나는 통행증을 내보였고 형은 약삭빠르게 입을 흉하게 뒤틀었다. "장애인이에요." 내가 검표원에게 이르자 그는 안쓰럽다는 듯 머리를 끄덕였다.

"9번이다!" 큰형이 외쳤다. "9번 전차다!" 왼쪽 저 멀리에 노란 거상이 형체를 드러냈다. 어머니는 다가오는 전차가 보이긴 하지만 눈이 침침해서 그게 7인지 9인지 잘 구별하지 못했다. 전차가 정류장에 다 도착해서야 어머니가 칭찬했다. "우리 아쉬르바트는 정말 용하기도 하지." 그러고 나서 그녀는 쥐고 있던 여행가방의 손잡이를 다시 놓았다.

사실 여행은 그 이전에, 티베리아스란 집에서부터 시작되었다. 어머니의 장롱 속에서부터. 여행갈 때마다 어머니는 늘 여러 장롱 속의 물건들을 여행가방에 옮겨 담느라 애를 쓴다. 있는 그대로, 아무튼 가급적 많이. 가족이 미국으로 여행갈 때에는 여행가방이 열일곱 개. 주중에 3박 4일로 에프텔링 놀이공원에 갈 때에는 열네 개. 어떤 바캉스는 여행가방 숫자밖에 기억나는 게 없다.

오늘 새벽에 장롱 속 내용물이 네 개의 여행가방으로 옮겨졌다. 옷가지, 냄비, 통조림 그리고 도중에 행여 유익할까 싶은 물건들로 터져나가도록 채워졌다. 준비가 소홀해서 여행 중 뭔가를 꼭 사지 않으면 안 되는 자는 소견머리 없는 철부지요, 아예 살 가치도 없는 인간이다. 어머니 표현을 빌리면 그렇다.

여행가방들, 지겹게 따라다니는 여행가방들.

아버지가 아우어데익에 있는 전차 정류장까지 끙끙대면서 들어다주었다. 그는 그동안 숙련된 짐꾼이 되어 봄베이 역전에 내놔도 별로 흠잡을 데가 없어 보였다. 얼마나 노련하고 신속한지 평균 수준의 짐꾼들을 무색하게 만들 솜씨였다.

큰형이 가운뎃손가락을 세워 전차운전사에게 내밀었다. 사춘기 때부터 생긴, 욕하는 버릇이다. 무언가 못마땅하면 아무리 대수롭지 않은 일에도 걷잡을 수 없이 발칵 화를 냈다.

전차가 땡땡 종소리를 남기고 사라지자 어머니가 "너 그렇게 꼴뚜기질하면 안 돼" 하고 타일렀다. "너 그거 무슨 뜻인 줄이나 알아?"

"난 7번 전차가 오기를 기다렸단 말이야."

"곧 올 거야."

"엄마." 형이 물었다. "우리 어디 가는 거야?"

"우린 긴 여행을 떠나. 프랑스로 여행가는 거야."

"7번 타고서?"

"7번 먼저 타고, 그다음 기차로 갈아타고, 또 그다음 다시 버스를 타야 해."

"난 그러면 오늘 밤 어디서 자는데?"

"호텔에서."

"그러면 내 아기곰은 어떻게 하고?" 형이 아끼는 동물인형이 있다. 봉제 원숭이 인형인데 아기곰이라 불렀다. 형은 꼭 그걸 겨드랑이에 끼고 잔다. 사춘기 이래 그 아기곰에게는 럭비클럽의 탈의실 냄새가 났다.

"아기곰도 여행가방 안에 들었어." 어머니가 말한다.

"그러니까 아기곰도 같이 전차, 기차, 버스를 타고 가는 거야?"

어머니가 고개를 끄덕였다. 큰형은 여행에 대해서도, 프랑스에 대해서도 더는 질문하지 않았다. 그는 마음이 놓였다. 그는 다시 왼쪽으로 고개를 돌렸고, 그러곤 7번 전차가 나타나기만을 기다리고 있었다. 그게 우리 큰형이었다. 한순간은 분노를 못 참고 누군가를 충동적으로 공격했다가도 다른 한순간은 자기의 동물인 형을 배려했다.

로테르담 중앙역에 도착한 어머니는 경찰에게 가서 매달렸다. 자기 옆의 바닥에 놓인 여행가방들을 가리키고 이어서 큰형을 가리켰다. 우리가 전차나 버스에서 검표원에게 걸렸을 때면 내가 요한 형을 가리키던 것과 똑같이. 단지 "저 애가 장애인이에요"라는 말을 어머니는 덧붙이지 않았고 큰형도 입을 흉하게 비트는 시늉조차도 내지 않았다. 통행증이 효력을 발휘할 차례였다. 어머니는 큰형의 여행지갑에서 통행증을 꺼낸 다음 경찰에게 제시했다. "우린 11번 플랫폼으로 가야 하는데요." 그 승강장에는 삼 분 후에 떠날 차비가 끝난 위트레흐트행 기차가 서 있었다. 아버지가 왔다면 여행가방 네 개쯤은 삼 분 안에 11번 승강장으로 거뜬하게 해치웠을 게 뻔하지만, 그는 동네 정류장에서 팁 한 푼 못 받고 집으로 돌려보내졌다. 아버지는 전차를 공짜로 탈 수 없었다. 바꿔 말해 무료가 아닌 것은 무조건 나쁜 것이었다.

그러니 이제 경찰이 여행가방을 나를 차례였다. 그는 보호자 통행증에 쓰인 내용을 유심히 보면서도 도대체 자기더러 어쩌라는 건지 갈피를 못 잡는 눈치였다. 그래서 어머니가 얼른 거들었다. "아쉬르바트, 이리 와. 우리가 먼저 가 있자."

경찰은 십 분 늦게야 가까스로 기차에 도착했다. 어머니는 벌써 열려 있는 기차 문 위로 올라가 차장하고 열면 언쟁을 벌이고 있었다. 어머니는 야단법석을 떨면서 자기들을 경호하는 경찰이 지금 오고 있는 중이라고 외쳤다. 이런 현장에 함께 있지 않다는 이유 하나만으로도 나는 더없는 행복감을 맛볼 때가 있다.

경찰은 물에 빠진 생쥐 꼴을 하고 있었는데, 파란색 경찰 제복은 흠뻑 젖고 머리에 쓴 방석모는 한쪽으로 삐딱하게 젖혀졌다. 봄베이 역에서라면 살아남지 못했을 것이다. 하지만 그는 지금 로테르담 역에 있었고 여기서는 다른 법이 통했다. 어머니는 가방을 열더니 그 속을 파헤치기 시작했다. 여기와는 또 다른 법이 통하는 어머니의 가방을. 이윽고 뒤죽박죽이 된 짐들 속에서 고양이 사료 통조림을 꺼내들었다. 세일 때 구입했던 그 토끼 편육 통조림. 마지막 몇 개 남은 것 중 하나. 출발을 알리는 호루라기 신호가 경악한 경찰의 외마디를 뒤덮었다.

기차여행은 순조롭게 진행되었다. 바꿔 말해 형이 분노발작증세를 보이지 않았다. 형은 창밖을 내다보며 라디오에 맞춰 콧노래를 흥얼대다가, 차장이 객실 안으로 들어오자 자기 여행지갑에서 자랑스레 통행증을 제시했다. 차장이 통행증을 검사하고 있는 동안 형이 어머니를 가리키며 말했다. "제 어머니가 장애인이에요." 작은형과 내가 가르쳐준 농담.

위트레흐트 역에는 사촌 형이 짐 나르는 걸 도우려고 대기하고

있었다. 그는 우리 이모의 아들인데 시내의 역 근처에 살았다. 출〈
발 전날 어머니가 헤이그에 사는 이모에게 전화해서 이모네 아들
이 위트레흐트 역으로 배웅나오라고 시켰다. 그들끼리는 힌디어
로 말했다. 네덜란드 단어라고는 단 한마디 '위트레흐트 야르뵈
어르스*'가 여러 차례 반복되었다. 어머니와 형이 버스로 갈아탈
정류장 이름이었다. 사촌 형이 컨벤션센터 주차장으로 들어가 눈
에 띄는 첫 번째 관광버스 옆에 섰다. 그런데 그건 어머니와 형을
프랑스까지 태워다줄 버스가 아니었다.

차량의 전면 유리창 뒤에 행선지 간판 '쾰른'이 붙어 있었다.
어머니는 사촌 형더러 차장에게 가서 알아보고 오라고 시켰다.
그는 시큰둥하게 차에서 내려 버스를 향해 걸었다. 잠시 후 그가
다시 차 속으로 들어와 시동을 걸었다. "더 가서 오른쪽으로 가래
요." 사촌 형이 말했다. 그런데 이번에는 프랑스행 버스들이 수없
이 즐비해 있었다. 이때부터 끝없는 탐색 작업이 진행되었다. 사
촌 형은 한 버스에서 다시 다른 버스로 옮겨 다녔으나 매번 어머
니와 형은 승객 명단에 들어 있지 않다고 했다. 하지만 그는 포기
하지 않았다. 포기할 수 없는 입장이었다. 그게 조카로서의 도리
였다. 일단 인도문화는 그렇다. 따라서 우리 어머니에게도 그런
방식이 작용한다. 사촌 형이 잘못된 방향으로 간다 싶으면 어머

* 위트레흐트에 있는 컨벤션센터.

니가 그를 책망하면서 운전대를 홱 잡아당겼다. 이런 현장에 함께 있지 않다는 이유 하나만으로 다른 사람들 역시 더없는 행복감을 맛볼 때가 있었다.

이윽고 맞는 버스를 찾아내긴 했지만 어머니 이름은 명단에 빠져 있었다. 아쉬르바트 형의 이름은 승객으로 올라 있었다.

"그러면 아기곰은요?" 형이 운전사에게 물었다.

운전사는 집게손가락으로 명단을 쭉 내리긁었다. "아기곰이라……." 그가 말했다. "그런데 성은 어떻게 되지?"

사람들은 대개 형의 말을 곧이곧대로 받아들였다. 그건 형이 겉으로는 멀쩡해 보이기 때문이었다. 가르마 탄 머리에다 번듯한 이목구비의 청년. 형이 셈도 못 하고 글도 읽지 못한다는 걸 외모로는 알아챌 수가 없었다. 그때껏 형에게 계발된 능력이라곤 오로지 7번 전차를 9번 전차와 구별할 줄 아는 것에 불과했다.

어머니가 운전사와 형 사이에 끼어들었다. "아기곰은 여행가방 안에 들어 있다고 했잖아." 그녀가 설명했다. "짐칸에 실려 같이 여행하는 거야."

"사람이 짐칸에 실려 같이 여행하는 건 안 됩니다." 이번에는 운전사가 나섰다.

"아기곰은 사람이 아니에요." 형이 말했다. "아기곰은 원숭이라고요."

완전한 혼란상태. 이뿐만 아니라 어머니는 언제나처럼 한술 더

81

뜨는 재능을 발휘했다. 여행지갑에서 보호자 통행증을 꺼내 그걸 운전사에게 건넸다. 빙그레 미소를 띠며 "저도 무임으로 동행하도록 되어 있답니다"라는 통고와 함께.

운전사가 통행증을 유심히 살펴봤다. 경찰이 그렇게 유심히 살펴보던 것처럼, 또 허다한 다른 무고한 사람들이 그렇게 유심히 살펴보던 것처럼. 계산대에서 일하는 계산원들, 수영 선생들, 신발가게 점원들, 기타 등등. 우리 어머니는 벨기에 소설가 디미트리 훼르헐스트 어머니의 언니뻘이라 해도 과언이 아니다. 소설 《인생사의 고뇌》에서 작가 어머니의 소변카드*에 대한 구절이 나온다. "영화관 혹은 연극 공연장 입구에서 카드란 카드는 있는 대로 들추고 나서며, 특히 소변카드는 일종의 조커로서 어떻게 대처해야 할지 사람들을 쩔쩔매게 만든다. 어머니의 너스레에서 제발 헤어나고 싶은 심정에서 사람들이 그냥 할인을 해주는 경우도 더러 있다." 우리 어머니도 통행증을 언제 어디서나 애용했다. 무임동행이 정 어렵다면 하다못해 할인이라도 해주기를 요구했다. 박물관, 수영장 그리고 상점에서도.

"이 통행증은 공공시설에만 적용됩니다." 운전사가 잘라말하면서 어머니에게 통행증을 돌려주었다.

어머니 머릿속에 있는, 절연이 제대로 안 된 회로의 양쪽 말단

---

* 노인들의 대소변 가리기 훈련에서 사용하는 것으로, 대소변을 잘 가렸을 때마다 상으로 도장을 받는 카드.

82

이 서로 접속했다. 그러자 미소가 순식간에 씻은 듯이 사라졌다. "여기 한 자도 그런 말은 없습니다." 그녀가 대들면서 통행증을 여행지갑에 날름 집어넣었다. "인도에서는 이 통행증만 소지하면 무상으로 비행기여행도 가능하단 말이에요." 어머니가 의기양양 호통을 쳤다.

운전사가 한 치도 양보할 눈치를 보이지 않자 어머니는 전략을 바꾸기로 마음먹었다. 먼저 버스 안에다 한 발을 떡 디디고 힘찬 목소리로 선언했다. "우리 애가 지적장애인이기 때문에 보호자인 어머니로서 나는 무임승차를 해도 됩니다." 어머니는 큰형이 있는 자리에서는 지적장애인이라는 말을 한번도 입에 담아본 적이 없었다. 하지만 어머니 머릿속에 일어난 합선이 명백히 우세했다. 어머니는 사신이 응당 프랑스까지 무료동행해야 한다고 믿었고 또 그렇게 할 작정이었다. 게다가 어머니는 누구보다도 잘 알고 있었다. 큰형이 분노표출 직전인 것을. 형은 사람들이 자기를 지적장애인으로 취급하는 걸 몹시 꺼려했다. 일전에 어머니가 왜 할인받을 권리가 있는지를 판매원에게 역설하고 있는 동안 형이 신발들을 마구 내동댕이쳐버린 일이 있었다.

큰형이 양손의 가운뎃손가락을 둘 다 펴서 운전사에게 내밀었다. "레즈비언 같은 염병할 새끼야!"

염병할 새끼는 형이 가장 애호하는 욕이었다. 우리 가족 모두가 하나같이 다 염병을 앓는 환자인 날들도 더러 있었다. 어머니와 아버지, 작은형, 나 그리고 기니피그까지도. '레즈비언 같은' 이라는 관형사는 새로운 수식어였다. 아마도 동네 길거리 아이들에게서 주워들은 게 분명했다. 근처 9번지에 사는 집주인 아주머니가 동성애자였기 때문이다. 그게 무슨 의미인지에 대해서 형은 까막눈이었다. 하지만 의미야 어떻든 형에게는 아무 상관 없었다.

"이래도 저 애만 태우고 갈 건가요?" 어머니가 운전사를 다그쳤다. 그러고 나서 이번에는 다른 발도 마저 버스 안으로 내딛고 올라탔다.

운전사는 한숨을 푹 내쉬고 투덜투덜 볼멘소리를 내면서 네 개의 커다란 여행가방을 들어 짐칸에 실었다. (사촌 형도 역시 사례금 같은 건 구경도 못 하고 빈손으로 집으로 들어가야 했다.) 어머니와 대적할 사람은 아무도 없었다. 다른 세상에서 태어났다면 독재자가 되고도 남을 뻔했다. 역사책에 나올 만한 폭군. 하지만 지금 상황에서는 나의, 그리고 큰형의 인도 어머니였다.

버스여행은 별로 순조롭지 못했다. 큰형의 앞뒤 좌석에는 하얀 모자를 쓴 사람들이 앉아 노래를 불렀다. 큰형은 꼭 한 장르의 노래만 좋아했다. 라디오538°에서 나오는 히트곡들. 아버지 차의

• 스물네 시간 유행가만 송출하는 민영방송국.

84

라디오는 주파수가 항상 거기에 맞춰져 있었다. 다른 방송이나 노래가 나오면 형의 기분을 잡쳐놓았다. 그런데 형의 주변에 있는 사람들의 기분은 더더욱 말할 필요도 없었다. 버스에서 사람들이 부르는 노래는 쾌활한 성가였기 때문이다. "하나님 아버지께서 당신을 인지하고 계신다는 걸 알고 있나요? 하나님 아버지께서 당신을 걱정하고 계시다는 걸 알고 있나요? 당신은 진주 같은 존재인 걸 알고 있나요? 주님의 손에 들린 진주."

형은 귀를 손가락으로 꽉 틀어막고서 538에서 가장 인기 있는 최신 히트곡을 부르기 시작했다. "팻보이 슬림이 하늘나라에서 섹스하고 있다.●" 팻보이 슬림이 누구인지, '섹스'가 무슨 뜻인지, 또는 '하늘나라에서의 섹스'가 무엇에 대한 은유인지 형은 알 바 없었다. 그러나 형의 주변 사람들은 형의 생김새가 정상으로 보이기 때문에 형의 행동을 심각하게 받아들였다. 그들은 형의 노랫소리를 압도해보려고 "거룩하신 주님을 위해 손뼉을 칩시다. 거룩하신 주님을 위해 발을 구릅시다"라고 하면서 목청을 드높였다. 형은 귀에다 손가락을 더 깊게 쑤셔 넣고 손뼉 치는 소리와 발 구르는 소리 위로 고래고래 고함을 질렀다. "팻보이 슬림이 하늘나라에서 섹스하고 있다. 섹스, 섹스, 하늘나라에서 섹스."

줄곧 코를 골며 세상모르게 자고 있던 어머니가 퍼뜩 잠에서

●　영국 디제이 팻보이 슬림의 곡 'Fucking In Heaven'.

깼다. 어머니는 달리고, 항해하고, 나르는 교통편에서 곧바로 잠이 드는 선천적 재주를 타고났다. 더구나 본인은 아니라고 극구 부인하지만 드르릉드르릉 톱질하기 바빴다. 그녀를 에워싼 아수라장에 어리벙벙 놀란 기색으로 어머니가 물었다. "대체 웬 소란이야?" 하지만 형은 귀를 손가락으로 막은 채로 계속 고함만 질러대고 있었다. 어머니 앞자리 여자가 몸을 뒤로 돌리더니 옆에 앉은 청년이 흉악망측한 노래를 부른다고 알렸다.

"아쉬르바트." 어머니가 불렀다. "그러지 마. 제발 소리 좀 지르지 마." 그녀가 그의 경련하는 손을 붙잡고서 이마를 쓰다듬었다. 그리고 그의 귀에다 대고 소곤거렸다. "내 가장 소중한 아들. 내 옥동자. 내 보물단지. 엄마가 널 얼마나 사랑하는데." 그제야 그가 비로소 수그러들면서 고함을 멈췄다. 어머니가 여행지갑에서 통행증을 꺼내 앞자리 여자에게 건넸다.

"이걸 좀 다른 분들에게도 차례로 돌려주시겠어요?" 어머니가 부탁했다.

그렇게 해서 통행증이 버스에 탄 모든 승객들에게 전달되었다. 손에서 손으로, 앞에서 뒤로. 승객들이 통행증 전면에 쓰인 문구를 읽고선 동정의 눈길로 어머니를 바라보았다. 통행증이 이처럼 평화를 가져다줄 수도 있었다.

화장실 이용을 위해 버스가 중간에 정차했을 때 큰형은 어떤 승객에게서 하얀 모자를 선물받았다. "선하신 하나님." 모자챙에 박혀 있었다. "무료가 선한 것처럼." 어머니의 반응이었으나 그게 뭘 의미하는지 아무도 감을 잡지 못했다.

나머지 여행은 무사히 끝났다. 노래를 부르는 사람은 없었고, 그 대신 소형 텔레비전 수상기 두 개에서 방영되는 영화를 봤다. 형은 늘 라디오보다 텔레비전을 좋아했다. 무슨 프로그램이 나오든지 그런 건 문제 삼지 않았다. 야생동물에 대한 다큐멘터리, 스포츠, 연속극. 모든 게 다 흥미로웠다. 특히 키스 장면이나 드라마 〈SOS 해양 구조대〉가 나오면 정말 신이 나서 어쩔 줄 몰랐고, 특히 젖가슴이 화면에 나타날 적마다 매번 이히히 자지러지게 웃어댔다. "얼씨구, 잘들 논다!" 버스에서 보여주는 영화는 히히거릴 만한 건더기가 별로 없었다. 외양간 구유에서부터 십자가까지 예수님의 생애를 엮은 내용이었다. 어머니는 다시 눈을 감고 잠이 들었다. 형이 몇 분에 한 번씩 어머니를 흔들어 깨웠다. 코 고는 소리가 방해가 되니까.

"엄마 코 고는 소리 때문에 영화도 못 보겠다니까." 형이 투덜거렸다.

"무슨 당찮은 소리!" 어머니가 어이없어했다. 깨울 때마다 노기가 더해져 험악해졌다. 심하게는 힌디어로 욕설을 지껄이기까지 했다. 영어 욕설과는 달리 형은 그게 어떤 저주의 의미인지를 기막히게도 잘 알고 있었다. 모국어의 장점.

시간이 어지간히 지나자 어머니의 코 고는 소리에 다른 사람들도 신경이 거슬리기 시작했다. 아쉬르바트가 그동안 그렇게 수차례 어머니를 깨웠었고 어머니는 여전히 자신이 코 곤다는 사실을 완강히 부인하고 있었다. 때맞춰 승객 한 사람이 형에게 동조하고 나섰다.

"저도 들었습니다." 어머니 뒤에 앉은 남자가 끼어들었다. "아주머니께서는 아주 심하게 코를 고십니다."

"그럴 리가 없어요." 어머니가 반박했다. "나 원래 코 안 곤다고요."

"드르릉드르릉 꼭 톱질하는 소리 같아요." 다른 누군가가 합세했다.

어머니는 화가 머리 꼭대기까지 치밀어올라 머리를 마구 흔들어댔다. 이어서 사정거리가 5킬로미터는 족히 넘을 법한 인도 욕설 대포를 발사했다. 버스 전체가 휘둥그레 어머니에게 시선을 모았고, 선하신 하나님 모자들이 파문을 그려나갔다.

우리 어머니도 실은 통행증을 필수로 지참하고 다녀야만 할 사람이었다. 성명, 생년월일과 아울러 "당신의 행복한 삶을 위해서라면 가능한 신속히 이분의 곁을 벗어나십시오"라는 경고문이 명시된 통행증.

루르드에 도착하기 바로 직전에 승객 중 하나가 앞으로 나가더니 마이크를 들고 일행을 향했다. 쓰레기를 모아 휴지통에 넣기,

운전사에게 감사박수 보내기 등 몇몇 일반 안내가 있었고, 그다음 그룹별 숙소 배정과 식사 시간을 공지했다. 마지막으로 합동 기도를 올렸다. 아쉬르바트가 어머니에게 자기들은 어떤 그룹에 속하느냐고 물었다. "우리는 우리끼리 한 그룹이야." 어머니가 대답했다. 그 말은 곧 그들은 버스여행만 예약했으므로 일단 루르드에 도착해서 무작정 투숙할 곳을 구하러 다녀야만 한다는 뜻이었다.

우리 가족 모두가 휴가를 가도 역시 그런 식으로 요행을 바라면서 일이 코앞에 닥쳐 대응해야만 했다. 대개 목적지는 프랑스, 도이칠란트 혹은 룩셈부르크 등의 일정 지역으로 사전에 정해놓은 반면, 호텔이나 콘도미니엄을 예약하는 법은 절대 없었다. 어머니는 여행사를 믿지 못했다. 본인이 알아서 직접 하기를 원했다. 바덴바덴으로 휴양 가서는 온 가족이 처음 나흘 밤을 차에서, 빨간 러시아제 소형차 라다200에서 잤던 기억이 난다. 어머니 눈에는 휴양용 단기임대주택들 가격이 하나같이 턱없이 비싸기만 했다.

"그래도 내가 명색이 정교수인데." 백 번째 집을 허탕쳤을 즈음 아버지가 한마디 내비쳤다. "내가 버는 돈 가지고 이런 집 정도는 사고도 남잖아."

"당신이 번 돈으론 개집 하나도 제대로 못 사." 어머니가 쏘아붙였다. 그러곤 자신이 직접 운전대로 가서 시동을 걸었다. 한시라도 빨리 그곳을 떠나는 게 상책이라는 거였다. 무료는 좋은 것, 너무 비싼 건 금물.

"아이들에게는 아주 그만인 휴양지야." 아버지가 재차 사정했다. 하지만 어머니는 막무가내였다. 바늘로 찔러도 피 한 방울조차 안 날 정도. 어머니는 주택 임대비를 도이칠란트 마르크에서 네덜란드 길더로 환산했고, 또 그 네덜란드 길더를 인도 루피로 환산했다. 인플레이션 정정이나 인플레이션 비율 같은 건 무시한 채로.

급기야는 헛간을 임대하는 어느 노파에게 가서 숙소를 구하게 되었다. 께름칙한 거름 냄새가 우리 후각을 솔솔 건드렸다.

루르드에 도착한 어머니에게는 삼백 개의 호텔이라는 선택의 여지가 주어졌다. 어머니가 얼마나 많은 호텔 카운터 직원들, 호텔 주인들, 호텔에서 짐 나르는 사환들과 얘기를 나눴는지 나는 모른다. 또 얼마나 많은 사람들에게 통행증을 제시했는지도. 내가 우리 가족에 대한 소설을 쓰고 있다는 걸 어머니가 알게 된 이래 어머니는 내가 묻는 것에 더 이상 대답을 해주지 않는다. 그리고 아쉬르바트 형에게는 8이나 80이나 똑같이 많고 큰 숫자에 불과하다. 그렇지만 루르드에 또다시 가고 싶으냐고 물으면 형은 아니라고 머리를 쌀쌀 내젓는다.

필경 로지어 호텔이 선택된 모양이었다. 왜냐하면 그 일주일 후에 우리 집 빨랫줄에 그 호텔 이름을 넣어 짠 노란 세면수건이 두 개 걸려 있었으니까. 세련된 글자, 도톰한 타월천. 어머니의 인식 체계에서는 호텔 객실 가격이 총액이었다. 아침 식사, 서비스, 목욕수건들, 침대시트 그리고 벽에 걸린 것들을 전부 다 포함시킨 총액. 어떤 도이칠란트 여관에서는 흰 사슴뿔을 집으로 싸들고 온 적도 있었다.

어머니는 형을 데리고 야간 촛불순례에 참가했다. 촛불을 들고 걷는 사람들, 휠체어에 탄 사람들, 이동식 침대에 누운 사람들, 천 명 정도 되는 사람들의 반짝거리는 작은 촛불들이 행렬을 이루었고, 커다란 마리아상이 서 있는 그 뒤편의 거리 에스플라나드 뒤 로제르를 가득 메웠다. 어머니 눈에는 눈물이 맺혔고 순례행진이 진행되는 내내 형의 손을 꼭 붙잡고 있었다. 힌두교를 믿는 어머니는 성모마리아도 우리 하나님 아버지도 모를망정 묵주기도를 올렸다. 어머니는 혼잣말로 무어라고 우물댔다. 형이 라디오에서 나오는 새로운 노래를, 전엔 들은 적이 없지만 왠지 그냥 따라 부르고만 싶은 노랫가락을 웅얼대는 것처럼.

호텔방으로 돌아온 형이 침대의 아기곰 옆에 드러누웠다. 어머니는 잠자리를 보살피고 나서 예전에 나와 작은형에게도 불러줬던 인도 자장가를 불렀다. "찬다 마아마 도르 케, 부예 파카연 보르 케. 아압 카엔 탈리 메인, 무너 코 덴 퍄알리 메인……" 라디오538에서 방송된 적이 한번도 없었음에도 큰형이 좋아하는 노래였다. 어머니가 지난 이십 년 동안 한결같이 형에게 불러준 자장가였다. 영원

불멸한 요람가.

어머니 코 고는 소리는 뺨칠 만큼 요란스러운, 세상모르고 자는 형의 드르렁 소리 때문에 옆 침대에 누운 어머니는 잠을 이룰 수가 없었다. 하지만 형을 깨우지 않았다. 어머니는 호텔방의 천장을 뚫어지게 응시했다. 거미줄들, 얼룩진 자국들, 갈라진 금들, 어머니 이전의 수없이 많은 다른 사람들이 어둠에 싸여 기도문을 외우면서 바라봤을 균열들. 자신의 맏아들을, 대견스럽기 이를 데 없는 옥동자를 떠올렸다. 아들이 운전하는 대형승용차와 그에게 키스를 퍼붓는 공주를 떠올렸다. 그러다가 마침내 꿈나라로 빠져들었다.

다음 날 8시에 아침식사가 준비되었다. 테이블마다 빵에 발라 먹는 여러 가지 토핑이 든 작은 바구니가 놓여 있었다. 한눈이 아니라 반눈으로도 충분했다. 일인당 크로와상 한 개, 작은 바게트 한 개, 잼 두 개 그리고 미니버터 한 개씩 배정되었음을 한눈에 알아차렸다. 테이블에 가서 채 앉기도 전에 어머니는 먼저 불평불만을 했다. 커피포트를 들고 돌아다니는 프랑스 여자 종업원은 영어를 못 한다며 일언지하에 어머니의 말을 묵살했다. 하지만 그건 우리 어머니를 모르고 하는 것이었다. 큰형이 벌써 작은 바게트에다 버터와 잼을 발라 먹고 있는 동안 어머니는 부엌으로 내달렸다. 커피 따라주던 여자는 자기 눈을 의심했다. 그녀는 그동안 허구한 날 별의별 순례자들을 다 겪어왔지만, 부엌에서 빵과 잼 몇 개를 훔쳐 오는 사람은 그야말로 처음이었다. 그런데 어머니는 자신이 훔친다고 생각하지 않았다. 자기는 뭐든 절대 훔치는 법이 없고, 숙박료를 치른 이상 그에 대한 권리가 있다고 생각했다. 그래서 전혀 스스럼없이 어머니는 잠시 후 한 번 더 부엌을 다녀왔다. 점심에 먹을 샌드위치를 마련하느라. 호텔 조반식으로 점심 한 끼도 때울 수 있으니까.

1858년 2월 11일 목요일 루르드의 미사비엘 동굴에 있던 베르나데트 수비르라는 소녀 앞에 성모마리아가 나타났다. 나이 열네 살의, 가난한 풍차지기의 딸인 베르나데트는 여동생, 친구와 함께 땔나무와 동물뼈를 채집하고 있었다. 맨발로 막 동굴 안의 개울을 건너려고 하는 순간 베르나데트는 어떤 여인을 봤다. "그분은 하얀 드레스 차림으로 베일 또한 하얀색이었고 푸른색 허리띠를 두르고 계셨으며 양쪽 발 위에 노란 장미가 놓여 있었어요." 그들 모두는 하늘에 계신 주님을 향해 기도를 올렸다. 다음 순간 성모마리아는 홀연 사라져버렸다.

그 뒤로 성모마리아는 열일곱 번 더 나타났으며, 그중 한번은 개울이 샘으로 변했고 베나르데트가 그 물을 마셨다. "그분께서 저에게 샘으로 가서 물을 마시라고 하셨습니다." 그러고 나서 일주일이 채 지나기 전에 첫 번째 기적이 일어났다. 루바약에서 온 서른여덟 살의 카트린느 라타피가 마비된 팔을 그 샘에 담그자마자 바로 그 자리에서 팔과 손을 움직일 수 있게 되었다.

가톨릭교회에서는 1862년에 성모마리아가 나타났던 것이 확실하다고 인정했고 1873년에 최초로 성지순례가 거행되기에 이르렀다. 그 후 세계 각지에서 몰려든 수많은 순례자들이 루르드를 방문하고 있는데, 근래에는 연간 약 오백만 명이 다녀간다. 샘에서 나오는 물은 그동안 예순 번이 넘는 기적을 기록했다. 맹인들이 다시 눈을 뜨고, 암 환자들이 악성종양을 굴복시키고, 정신병 환자들이 일시에 정상인으로 치유되었다.

어머니는 큰형의 손을 잡고 동굴을 방문했다. 아직 이른 시간이었음에도 순례자들이 장사진을 이루고 있었다. 젊은이들이 오다가다 끼어 있긴 하지만 주로 노인층이었다. 저기 중간쯤에 일제히 흰 모자를 쓴 일행이 어머니 눈에 띄었다. 아들에게 선하신 주님 모자를 씌워서 새치기를 할까 하는 생각이 일순 어머니 뇌리를 스쳤다. 그러나 더 좋은 수법이 있었다. 불구자들을 위한 줄이 따로 마련되어 있었다. 목발을 짚은 사람들, 휠체어를 탄 사람들 혹은 이동침대에 누운 사람들은 거의 다 무사통과였다.

"엄마, 어디 가?" 다리를 질질 끌고 다니는 노인네들 대열에서 어머니가 슬쩍 빠져나가자 형이 의아해했다.

"춤 호 드자오." 어머니가 말했다. 힌디어로 "조용히 해"라는 의미였다. 하지만 어머니와 형에게는 은밀한 묵계를, 둘만의 공모를 의미했다. 어머니가 이 인도 단어 세 마디를 꺼내면, 아니,

그저 '춥' 한 자만 다부지게 던질지라도 형은 어머니가 뭔가 꿍꿍이를 꾸미고 있음을 알아챘다.

오 분 후에 어머니는 휠체어를 가져왔다. 아들에게 타라고 했지만 형은 고개를 가로저었다.

"너 볼퉁이떡 한방 얻어먹을래?" 어머니가 닦달하면서 손바닥을 올렸다. 볼퉁이떡도 그런 은어 중 하나였다. 나도 그 맛에 익숙해 있었는데, 약속을 어겼을 경우에 뒤따르는 것은 따끔한 정도가 아니었다.

형은 한숨을 서너 차례 푹푹 내쉬고 나서 휠체어로 가 앉았다. 줄에 서 있던 사람들이 놀란 기색으로 이 상황을 지켜보았다. 형의 다리는 걷는 데 아무 지장이 없고 신체적으로는 다른 어디에도 이상이 전혀 없었다. 순례자들 여럿이 고개를 내저었고, 몇몇은 화가 나서 얼굴에 노기를 드러냈다. 기적이 앉은뱅이를 일어서게 만들긴 해도 거꾸로 성한 자를 휠체어 신세로 만드는 법은 없었다. 어머니는 사람들의 항의도 전혀 개의치 않고 유유히 형을 앞으로 밀고 나갔다. 베르나데트에게 백의의 성모마리아가 나타난 동굴을 향해. 형은 잠자코 앉아 있었다. 더 이상의 소동을 벌이고 싶지 않았을지도 모른다. 유소년 시절 내내 그런 소동을 피하려고 내가 나름대로 안간힘을 썼던 것과 똑같이.

언제 어디서나 타인을 통해 사리사욕을 꾀하는 습관은 어머니 성격에서 기인한 것임에 두말의 여지가 없었다. 그러나 그건 또

한 아쉬르바트를 위한 행위이기도 했다. 아니, 무엇보다도 먼저 아쉬르바트를 위한 행위였다. 아들이 그처럼 오래도록 치유되기만을 기다려오지 않았는가!

동굴 안에서는 사람들이 동굴 벽면을 매만졌다. 손가락으로 쓰다듬고 입맞춤을 했다. 병든 할머니의 사진을, 또는 보육기 안에 든 미숙아의 사진을 벽면에 대고 비비는 순례자들도 있었다. 어머니 눈에는 다시 눈물이 맺혔다. 넘실대는 바다, 비애의 파도. 여행지갑에서 보호자 통행증을 끄집어내서 동굴의 회색 바위에 대고 눌렀다. 아주 가냘픈 소리로 기도문을 읊고 성가를 불렀다. 다락의 기도방에서 하던 식으로.

그때 형이 휠체어에서 일어섰다. 궁금하기도 하고 자기도 벽면을 한번 만져보고 싶었다. 주위에서 갑자기 박수갈채가 터져나왔다. 늘어선 줄을 타고 탄성이 넘쳤다. 어떤 일본인 부인은 그만 기절을 해버렸다. 후끈하고 열이 오른 어머니가 형에게 어서 가 앉으라고 손짓발짓을 했다. 힌디어로 욕지거리를 지껄이며 어머니는 형을 성스러운 동굴에서 밀고 나왔다.

휠체어는 땅바닥에 앉아 있는 어떤 인도 남자에게로 되돌려졌다. 휠체어 주인은 대가로 어머니에게서 점심 선물을 받았다. 크루아상 한 개와 일회용 잼 한 통.

어머니와 형이 루르드에서 방문한 다음 장소는 열일곱 개의 성수 대욕장이었다. 여기에는 베르나데트가 마셨던 샘에서 물이 펄 펄 넘쳐 나왔다. 치유의 힘을 가진 성수, 어머니가 로테르담에서 여기까지 특별히 찾아온 목표인 성수, 전 세계 순례자들의 발길 이 끊이지 않는 진원인 성수.

큰형에게는 다른 무엇보다도 우선 물이 몹시 차갑게만 느껴질 따름이었다.

욕장 중 한 곳에 네덜란드 수녀가 한 명 서 있었다. 그녀는 흰 수녀복 차림이었고 자기를 요하나 수녀라고 소개했다.

"아쉬르바트." 형이 말했다. "티베리아스란 3번지, 로테르담 3061BJ." 집주소를 외우고 난 다음부터 형은 처음 소개를 받는 사람이면 누구에게든 자기 주소뿐만 아니라 우편번호까지 주워 섬겼다. 기분에 따라 형이 제일 좋아하는 음식인 '뱀밥'을 덧붙이 기도 했다. 하지만 지금은 아니었다.

"환 데르 크봐스트라고 합니다." 어머니가 말했다. 어머니는 전 화받을 때도, 타인과 통성명할 때도 늘 그렇게 통했다. 어머니 여 권상의 공식 이름은 훼이나 아흘루왈리아로 되어 있지만 이 성과 이름을 사용하는 걸 우리는 한번도 들어본 적이 없었다. 감춰진 이야기, 신비의 베일.

요하나 수녀는 순례자들을 탈의실로 안내하고, 탕 속에 들어가 고 나올 때 돕는 일을 맡았다. 그녀가 큰형의 손을 잡아주려고 했 으나 어머니가 그걸 사양했다.

"우리는 본래 어디에서나 함께 붙어 다니거든요." 어머니가 설명을 달았다. 그러곤 형과 함께 탈의실을 향해 걸었다.

그 말이 맞았다. 일심동체라는 것이 가능하다면 그건 우리 어머니와 큰형을 두고 하는 말이었다. 둘 다 코를 골아대는, 서로 말한마디로 충분한 사이. 언제나 그림자처럼 붙어 다니는 어머니와 아들. 빵집이든 은행이든 어린애라면 누구라도 따라가고 싶기 마련이다. 큰형은 오래전부터 아이가 아니었다. 그런데도 어머니가 외출할라치면 형은 여전히 졸라댔다. "나도 같이 가도 돼?"

어머니가 먼저 물속으로 들어갔다. 머리까지 물속에 푹 담그고 열까지 셌다. 성수의 치유 능력을 굳게 믿는 자는 쾌유될지어다. 카테린느 라탑피처럼, 안토니아 물랑처럼, 비토리오 미켈리처럼, 레오 쉬바거르처럼, 세실 두빌러 드 프랑쉬처럼. 이런 기적 같은 치유 사례는 가면 갈수록 더 늘어났다. 얼마 전에는 아나 산타닐로가 루르드 의무국의 기적 기록서에 더해졌다. 그녀는 1952년에 방문하여 성수로 목욕을 하고 나서 심한 근육 류머티즘이 완치되었다. 기적은 반세기 후에야, 그러니까 2005년 11월 9일에 교회의 인정을 받게 되었고 이로써 아나 산타닐로는 루르드에서 공식적으로 치유된 예순일곱 번째 순례자가 되었다. 하마터면 이 고령자는 그걸 살아생전에 겪지 못할 뻔했는데, 정확히 말하면 그 후 꼭 삼 주하고 이틀 만에 고인의 몸이 되었기 때문이다.

요하나 수녀가 욕탕에서 나오는 어머니를 부축해주었다. 어머니는 부들부들 전신을 떨었고 입술은 새파랗게 질려 있었다. 물방울을 타일 바닥에 뚝뚝 떨어뜨리면서.

다음은 큰형 차례였다. 탕 속에 먼저 한 발을 집어넣었다. 연이어 날카로운 비명 소리가 귓전을 때렸다.

"자, 이제 오른발." 요하나 수녀가 일렀다.

큰형은 고개를 내저었다. "앗, 차가워!" 형이 빽 내질렀다.

"곧 괜찮아질 거야."

어느새 히득거리는 소리가 들렸다. 형은 목욕실 벽에 붙은 성상을 바라봤다. 예수님을 품에 안고 있는 마리아상. "얼씨구, 잘들 논다!" 형이 외쳤다. "얼씨구, 잘들 논다!"

어머니가 눈을 내리깔았다. 이제 바야흐로 기적이 일어날 순간이다.

요하나 수녀가 정숙하게 기도문을 외웠다. 어머니가 물속으로 발을 들여놓았을 적에 했던 그대로.

형은 여전히 성상에 눈을 못 박고 있었다. 마치 텔레비전을 시청하듯이, 무음으로 켜둔 〈SOS 해양 구조대〉라도 보듯이.

"다른 발도." 어머니가 진지하게 지시했다.

큰형에게서 움직이는 건 오직 하나, 그의 머리였다. 그는 그걸 절레절레 휘저었다.

어머니가 손바닥을 올렸다. "볼퉁이떡? 볼퉁이떡 먹고 싶어?"

한숨 소리, 신음 소리. 그러면서도 형의 오른발이 욕탕의 물속으로 사라졌다.

"아유, 장해라." 수녀가 얼렀다.

큰형은 턱을 덜덜 떨며 동상처럼 탕 속에 우두커니 서 있었다. 자기가 지금 어디에 왔는지, 왜 이런 상황에 처했는지 형은 도통 영문을 알 수 없었다. 왜 어머니가 기대에 부푼 시선으로 자기를 바라보고 있는지도, 왜 흰색 옷을 입은 여자가 저렇게 웅얼대고 있는지도. 하기야 이건 읽고, 쓰고, 셈도 하고, 시계도 볼 줄 아는 사람조차 이해하기 어려운 일이었다.

어머니는 양손을 포개 합장을 했다. 이처럼 기적 가까이에 다가선 경험은 없었다. 이제 드디어 자신이 낳은 본래 모습의 아들을, 그녀가 하늘에서 받은 선물로서의 아들을 기어이 되돌려 받게 될 것만 같았다.

"거기 가 드러누워야 해." 수녀가 종용했다.

"이거 정말!" 큰형이 어쩔 수 없이 탕 속에 잔뜩 도사려 앉았다. 두 무릎을 물 밖으로 배죽 드러낸 채.

"얼음장!" 그가 외쳤다. 그러고 나서 그가 먼저 오른쪽 다리를, 그다음엔 왼쪽 다리를 쭉 뻗더니 물 아래로 완전히 몸을 담갔다. 얼굴도, 가슴도, 무릎도, 발가락도 다.

제일 마지막 치유는 1987년 기록으로, 프랑스인 장 피에르 벨리가 다발성경화증에서 치유되었다. 그 십일 년 전에는 이탈리아의 열두 살짜리 델리지아 시롤리가 휠체어에서 벌떡 일어서더니

다시는 휠체어를 필요로 하지 않게 되었다. "신실하게 믿는 자는 치유가 된다." 어머니의 마음속 깊은 곳에서 솟아난 음성이 알렸다. "신실하게 믿는 자는⋯⋯."

형이 훅 하고 일거에 물 위로 떠올랐다. 두 눈은 감겨 있고, 팔과 복부에는 소름이 도톨도톨 돋아 있었다. 전신에서 물이 흘러 내리는 동안 그는 숨을 몰아쉬었다.

부활, 어머니는 그렇게 생각했다. 당신 아들이 갱생되었다고.

그가 눈을 떴다. 처음 형의 망막에 맺힌 것은 요하나 수녀의 백의였다. "에잇, 레즈비언 같은 염병할 새끼야!" 형은 있는 힘껏 소리쳤다. "레즈비언 같은 염병할 새끼야!"

수녀는 얼른 성호를 그었다. 어머니는 수건으로 그의 어깨를 감싸주면서 형을 진정시키려고 안간힘을 썼다. 하지만 형을 진정시킬 길은 없었다.

"레즈비언 같은 염병할 새끼야!" 목욕탕 전체로 소리가 메아리쳤다. 심지어 그의 귀에도 소름이 돋아나 있었다.

수녀가 다시 한 번 성호를 그었다. 그리고 형이 욕설을 내뱉을 때마다 번번이 성호를 그었다.

형은 추위에 덜덜 떠느라 몸을 가누지 못했고, 복수심이 용트림했다. 손과 발을 동원해서 주변에 있는 물을 냅다 치고 차기 시작했다. 수녀복이 축축하게 젖었다.

"아쉬르바트!"

어머니는 죽을힘을 다해 아들 이름을 울부짖었다. 그녀의 울부짖음이 물 튀기는 소리, 저주스러운 욕설, 격분과 헌신을 압도했다. 장내가 순식간에 숙연해졌다.

형이 이제 좀 부끄러워하는 기색으로 어머니를 바라봤다. 어머니의 양쪽 뺨에 물기가 어른거렸는데, 그게 눈물인지 성수인지 분간할 수 없었다.

위트레흐트로 돌아갈 버스가 같은 날 오후에 있었다. 기념품을 사거나 테라스에 앉아 아이스크림을 먹을 시간적 여유가 있었다. 그러나 어머니는 다른 속셈이 있었다. 로지어 호텔의 사환이 짐을 들고 그녀 뒤를 걸었다. 그들은 동굴 옆의 무상공급 수도장으로 향했다. 형이 물었다. "우리 어디 가?"

"집에 물을 가지고 가려고." 어머니 대꾸였다.

형은 고개를 끄덕이더니 더는 질문하지 않았다. 안심의 빛이 돌았다. 그러나 사환은 어떤 상황이 자기에게 닥칠 것인지 짐작조차 못 했다.

수도 계량기의 출현 이래 우리 생활의 구속이 또 하나 생겼다. 계량기는 물 사용량을 일일이 기재했다. 일괄적 처리 방식 대신에 사용한 리터당 요금이 계산되었다. 바꿔 말해 떨어지는 물 한 방울 한 방울이 다 돈이었다. 어머니는 수돗물 회사의 기술자가 집 안에 들어오지 못하도록 몇 달간은 잘 버텼다. 초인종 소리가 나면 우리는 찍소리도 내면 안 됐다. 마치 무슨 게슈타포라도 대문에 와 서 있는 것처럼. 하지만 어느 날 받아들이지 않을 수 없는 국면에 봉착하고 말았다. 계량기가 우리 집 수도관에 설치되었다. 그 후로는 물 한 방울도 허비해선 큰일이 났다. 매주 일 분 이상의 샤워는 금지되었고, 화장실 물 내리는 줄은 아예 잘라 없앴다. 양동이에 받아놓은 빗물을 끼얹어서 오물을 내려가게 만들었다. 수도꼭지 밑에는 항상 항아리를 받쳐두었다. 그러잖으면 손실되고 말 물방울을 건지기 위해서. 차도 끓이고 빨래도 하는데 사용하는 물을 받기 위해. 화분은 전부 다 길거리에 내다버렸다. 그리고 또 우리는 물을 집으로 밀반입했다. 학교에서, 직장에서, 스포츠클럽에서. 여기저기 모든 곳에서.

사환이 여행가방 네 개를 나란히 땅에다 내려놓았다. 어머니는 그걸 하나씩 하나씩 열어서 거기서 휘발유통을 여섯 개나 끄집어냈다. 그건 순전히 요술이었다. 다음 도시에 가서는 가방에서 양 떼를 끌어낼지도 모를 노릇이었다.

다른 순례자들은 보통 마리아 모양의 병에 든 루르드 물을 사서 기념으로 집에 가져갔다. 반면 우리 어머니는 여섯 개의 휘발유통에다 무려 180리터의 물을 채웠다. 물 180리터. 우리 집 계량기 바늘이 당분간 옴짝달싹하지 않아도 좋을 터였다.

순례자들이 다시 고개를 내저었다. 그들은 다시 비난의 목소리를 높였다. 벌레 떼처럼 어머니 주위를 빙 둘러싸는 드높은 원성.

수도꼭지 아래서 두 번째 휘발유통이 가득 채워지고 사환이 손톱을 깨물고 있는 동안 우리 어머니는 형의 머리를 바로잡으려 애를 썼다. 목욕탕에서 난리를 부린 통에 머리가 엉망이 되어버렸다. 하지만 어머니의 손이 형의 머리에 닿지 않았다. 형의 키는 거의 2미터이고 어머니는 30센티미터 남짓이나 작았다. 왼손에는 빗을, 오른손에는 머리에 묻힐 물을 들고 어머니는 가방 중 하나 위로 올라갔다. 그렇게 어머니는 형의 머리를 빗어 가르마를 탔다. 그녀 추억의 밑바닥에 자리한 영화배우와 선장의 정갈하고도 칼날처럼 반듯한 가르마.

고백하건대, 나 역시도 눈물을 머금지 않을 수 없다. 휘발유통 여섯 개가 다 채워지자 어머니는 사환에게 그걸 전부 버스 정류장까지 나르도록 지시했다.

"불가능합니다." 사환이 대답했다.

우리 어머니 머릿속에서 불가능은 있을 수 없었다. 따라서 조금 후에 사환은 그날 아침 그들을 도와준 인도 남자의 휠체어에 실린 짐들을 운반했다. 그는 일곱 번을 왕복했다. 그 덕분에 버스가 반 시간 늦게 출발했다. 이 사환도 역시 봄베이 역전에 가면 버티지 못할 터였다.

운전사가 승객 명단을 들고 버스 정면으로 나와 섰다. 지난번과 다른 운전사였다. 그는 큰형의 이름 뒤에다 소용돌이 표시를 했다. 어머니 이름은 명단에 올라 있지 않았다.

"네, 맞아요." 어머니가 말했다. 그러곤 큰형더러 먼저 버스에 탑승하도록 시켰다.

"그러면 아주머니는요?" 그가 물었다.

어머니는 한 번 더 뒤를 돌아봤다. 루르드를, 수많은 기적을 일으킨, 그러나 그녀와 그녀의 아들에게는 기적을 안겨주지 않은 성지를 뒤돌아봤다.

그래도 한 가지는 위안으로 삼았다. 여전히 제 효력을 발휘하는 보호자 통행증을 가지고 있지 않은가. 어머니는 미소를 머금은 얼굴로 그걸 운전사에게 보여주었다.

감독관

　나는 인도 봄베이 자그지반 람 레일웨이 종합병원에서 태어났
다. 1981년 새해 첫날 새벽 2시 58분, 나의 몸통이 스르르 미끄러
져 나오고, 산부인과 의사는 나비가 득실대는 전설의 숲에서 떨
어지는 나를 받아냈다. 그러곤 연이어 나는 어머니 손으로, 어머
니 팔로 옮겨졌다. 내 두 눈이 뜨였다. 푸르스레한 윤기가 서린 작
고 까만 실눈.

　이게 내가 들은 이야기의 전부이다. 나는 일단 소변을 보고 나
서, 울음을 터뜨리고, 그런 다음 젖을 찾았다. 착착 순서대로. 샤
르마 이모와 이모 딸 니일람이 내가 태어나는 광경을 옆에서 지
켜봤다. 남자들에게는 분만참관이 금지되었다. 아버지는 6852킬
로미터 떨어진 곳, 로테르담의 환 헨트 병영에 있었다. 아버지는

병영 내 방역수혈과의 일등 장교로 임관하여 뒤늦게 병역복무를 해야 했다. 나는 숨통이 터지도록 용써 울고 있는 판에, 아버지는 단일 클로싱 항체에 대한 실험을 하는 중이었다. 집먼지진드기 퇴치를 위한 항체.

로테르담에 있는 병영으로 전화를 건 사람은 이모의 남편, 샤르마 이모부였다. 통화를 하던 중 어딘가에서 혼선이 빚어졌다. 전깃줄에 앉은 새 무리들, 지저귀는 참새들. 노선의 한쪽, 봄베이의 푹푹 찌는 무더위 속에서 샤르마 이모부가 분명 아들의 출생을 알렸던 반면, 노선의 다른 한쪽, 엄동설한의 강추위에서는 내가 딸로 와전되었다.

소식을 전해들은 아버지는 환희에 넘쳤다. 아들 둘 다음에 드디어 딸내미. 딸아이 이름은 에바 마리아 환 데르 크봐스트. 서너 달 앞질러 정해놨던 이름이었다. 장교들이 아버지에게 축하를 보냈다. 파란 정복의 남자들끼리 서로 얼싸안고, 몰래 병영으로 사들여온 스파클링 와인을 마셨다. 딸애의 출생을 알리는 카드가 만들어지고 있었다. 수제 인쇄 판지, 아기를 격자무늬 보자기에 싸서 입에 물고 나르는 황새 그림, 분홍색과 하얀색의 배합.

그러던 차에 두 번째 전화가 걸려왔다. 작열하는 도시에서 어머니로부터. 뒷전에서는 내가 앙앙대며 우는 소리가 들렸다. 새들이 전깃줄에서 날아갔다.

아버지는 그동안 경과가 어떠냐고, 에바 마리아는 좀 어떠냐고 물었다.

"누구라고?" 길고긴 전화 노선을 타고 화살이 튕겼다.

"우리 에바, 우리 예쁜 딸내미. 아, 나 정말 행복해."

"에른스트." 어머니의 퉁명스런 대꾸. 그 역시도 정해놓은 이름. 이번에는 사전준비가 철저했었다. 에른스트 룰로흐 아렌트 환 데르 크봐스트. 주름이 쭈글쭈글한 어린 것, 앙증맞은 손과 발, 그리고 고추가 달린 녀석, 아들.

"어!" 반대편에서 들려오는 외마디였다. 경악, 아마도 큰형이 태어났을 때 경험했던 것과 똑같은 당혹감. 아버지는 그래도 여전히 자기 귀를 의심하고 있는 모양이다.

"아들." 또 한 개의 화살. 분홍색 구름이 산산조각 나버렸다.

나는 나의 신원을 입증해주는 울음을 터뜨렸다. 내가 여기 있습니다. 여기 에른스트가 있습니다.

아버지가 마른기침을 했다. 출생카드는 진작 인쇄소 손에 맡겨졌음을 실토했다. 이탤릭체의 에바 마리아. 1981년 1월 1일 2시 58분 출생, 3254그램 등의 나의 신상기록과 함께.

아버지 건너편에서는 재앙의 규모를 간파하기까지 한참의 시간이 걸렸다. 어머니는 나중에 이 침묵에 대한 속이야기를 풀었다. 대안을, 이 같은 변고를 무마시켜줄 방도를 모색하던 중이었다고. 출생카드는 진작에 인쇄된 마당이니 이제 와서 비용을 환불받을 수는 없었다. 나를 그냥 바꿔버릴 수는 없을까? 여자애로.

그렇다면 카드는 그냥 사용해도 괜찮을 테니까.

"인도에서는 누구나 아들을 선호해." 수년 후에 들려준 어머니의 해명이었다. "우리는 벌써 셋이나 생겼지."

우리가 거의 매일이다시피 말다툼을 하던 시절이었다. 하지만 이건 정말 청천벽력이었다. 뭐라고 응해야 할지 참으로 어이가 없었다.

"우리가 그때 널 바꿔버리려고 하다가 말았지. 딸로. 기회는 얼마든지 있었거들랑."

그때 그만 기회를 놓쳐버려 내심 안타깝다는 듯이 들렸다. 어머니는, 아버지는 델리의 생쥐 신세가 더 나았을 거라면 나는 봄베이의 소년 신세가 더 나았을 거라는 확신을 안겨주었다.

"여보세요? 당신 아직도 내 말 들려?" 1981년 로테르담에서 아버지가 물어왔다. 집먼지진드기 박멸책을 강구하고 있던 병영에서.

어머니더러 자기 말이 들리느냐고? 우리 아버지는 어쩌면 그리도 우직할까? 자기에게 숨쉬는 것 빼고는 언제 한 번이라도 다른 권리가 주어진 적이 있었던가? 어머니가 힌디어로 악을 바락바락 쓰고 욕을 퍼부었다. 그때까지 전깃줄에 새들이 앉아 있었다면 놀라서 땅에 떨어져 즉사하고 말았을 뻔했다.

진통이 십 분 간격으로 찾아왔을 때 어머니는 언니와 조카딸과 함께 차를 타고 자그지반 람 레일웨이 종합병원으로 향했었

다. 가는 도중 길거리에서는 도화선 일곱 개짜리 폭죽들이 발사
되었고, 어두운 밤하늘로 치솟아 차례로 파열되면서 찬란한 황금
색 꽃들을 그렸었다. 거리의 불꽃놀이는 이제 명멸되었는데도 봄
베이 외곽의 하얀 집에서는 격렬한 말싸움이 한동안 지속되었다.

태어난 직후 몇 주간 나는 샤르마 이모부 집에서 보냈다. 석회
암 벽, 부서지는 햇살, 한밤중에 밝아오기 시작하는 새벽 노을.

전해지는 이야기, 실은 오다가다 한마디씩 얻어들은 이야기에
따르면 나는 정서적으로 불안한 영아였다. 잠도 별로 자지 않고
밤새 수시로 깨서 자지러지게 울면서 보챘다. 다들 나를 투투* 베
이비라고 불렀다. 샤르마 이모네 사촌들, 우리 형들, 그리고 어머
니도.

전해지는 이야기는 이게 전부이다. 나의 영아 시절은 우윳빛
안개에 가려져 있다. 그래도 나는 무언가 더 찾아보려고, 여러 파
편들을 모아 이야기를 꾸며보려 한다. 하지만 모든 게 너무 빈약
하다. 나 자신의 팔도 다리도, 손도 발도. 옴지락거림과 소리, 허
기와 갈증, 그 이외에 다른 건 아무것도 없다. 어쩌면 그게 당연
한 일인지도 모른다. 삶의 첫 장들은 우리가 들이켜버린 망각처
럼 공백으로 텅텅 비어 있어야만 한다. 무릇 말로는 형용하기 어

* 나팔 소리의 의성어.

려운 것이다. 너무 거대하고, 너무 심중하다. 수면에 엄청난 파장을 일으키는 돌멩이들.

나의 출생 한 달 후에 짐이 꾸려졌다. 택시 두 대가 대문 앞에 서 있었다. 하나는 여행가방들, 하나는 우리 몫이다. 어머니는 마지막 며칠은 논스톱으로 가게란 가게는 샅샅이 뒤지고 다녔다. 네덜란드에 가면 열 배 값이 나가는 일용품들을 사다 모으느라고. 각종 냄비, 식기 닦는 스펀지, 치약 튜브, 화장지. 산 물건이 다 들어가지 않기에 새 여행가방이 자꾸 늘어났다.

택시도 네덜란드보다 쌌다. 하지만 그건 어머니 원칙에 상반되었다. 반드시 가장 싼 것에 우선권이 있다는 원칙. 이 경우 버스를 타야 마땅했다. "걷는 게 더 싸게 보이겠지." 어머니가 언급한 적이 있었다. "하지만 그건 오산. 걸이 다니면 먹는 음식도 더 들고, 또 신발도 더 쉬이 닳아버리지."

택시를 부른 건 이모부였다. 샤르마 이모부는 어머니와 정반대였다. 값비싼 의상에 돈을 아끼지 않는가 하면, 외식이 잦고 노상 택시만 타고 다녔다. 사 년 후, 그러니까 내가 태어난 후 첫 번째 방문 때 나는 곧바로 샤르마 이모부를 향해 걸어가서는 그의 손을 붙잡았다. 손에 구멍이 나서 돈이 헤프다던 어머니 말을 떠올리며 그의 손을 살폈으나 구멍은 보이지 않았다.

어둠과 진공을 가로지른 비행시간은 아홉 시간이었다. 나는 엄마 젖을 배불리 먹고, 그러곤 뒷전에 남기고 온 모든 걸 깡그리

잊었다. 상실된 이야기.

네덜란드에 도착하자 파란 군복의 백인 남자가 우리를 마중 나왔다. 내가 처음 그의 팔로 넘겨진 순간 나는 잠에 취해 있었다. 그러나 오래지 않아 잠에서 깨더니만 울어젖히기 시작했다. 어머니 말에 따르면 내가 송장 냄새를 맡은 거였다.

"진드기 때문인가?" 아버지가 어물댔다.

어머니의 훈시. "어서 가방이나 들어."

부활절을 맞아 우리 가족 모두가 환 헨트 병영에서 하룻밤을 묵었다. 병영은 한산했고, 아버지는 소부대 장교였다. 집먼지진드기는 그동안 완전 소탕되었고, 이젠 면역글로불린 E항체의 중국 변형체와 전투를 벌이는 중이었다. 전 세계가 냉전의 손아귀 안에 들어가 있었다.

규정상 가족이 병영에 투숙하는 건 금지되었다. 그러나 어머니가 아버지더러 부활절 연휴나마 밤잠 설치는 고통을 직접 체험하도록 억지를 부렸다. 나는 생후 삼 개월만 지나면 밤새 푹 자는 순한 신생아는 아니었다. 잠버릇이 사나워서 부모를 거의 절망 속으로 몰아넣는 그런 부류였다. 어쩌면 나는 벌써 그때부터 폭탄이었다. 언젠가 우리 가족을 파괴시키고 말 폭탄. 폴란드 시인 체스와프 미워시의 표현을 빌리면, "한 집안에 작가가 태어나면 그 집안은 일단 끝장이다."

안식일에서 부활절 일요일로 넘어가는 바로 그날 밤, 부모님은 더 이상 자식을 낳지 않는 게 현명하다는 결론을 얻었다. 자식 셋, 아들 셋에서 끝내기로 합의했다. 인도에서는 3이 불운의 숫자임에도. 3은 불길한 조짐, 파멸의 예시이다. 우리가 어릴 적 학교 다닐 때 어머니는 늘 샌드위치 두 개 또는 네 개를 싸주곤 했다. 그래서 절대 버터-치즈-달걀 게임•을 할 수 없었다. 그럼에도 불구하고 환 헨트 병영 안에서, 캄캄한 야밤중에 어머니는 결연히 용단을 내렸다. "셋이면 족하지. 암, 족하고말고!"

그렇다. 바로 이런 결단이, 이 발언이 필연 내 생애를 기록하는 첫 구절이 되어야만 한다. 어느덧 회오리바람이 수면에 동요를 불러일으키고 말았다. 세계가 비상사태에 처해 있고, 파국적 각본을 향한 상상력이 나래를 펼친다.

나의 상상력이 거기에다 순진한 재채기 폭발을 하나 더 더한다. 병영 전체에 진드기가 박멸되었음에도 아쉬르바트 형은 밤새도록 재채기를 계속했다. 요한 형만 단잠을 자고 있었다. 가느다랗게 쌔근대는 숨결, 저 멀리 꿈나라 속. 내가 이 세상에 존재하게 된 것은 작은형 덕분일지도 모른다. 이런 순둥이가 정말 어디 있을까! 어찌나 용한지 이런 아이라면 열 명이라도 키우겠다! 그랬었는데 내가 나온 것이었다. 하늘에서 내린 선물은 고사하고 불

• 오목처럼 삼목을 두는 게임.

길의 조짐, 파멸의 셋째 아들로서.

열여섯 달 동안이나 나는 내 배를 채워주고 나를 달래주는 모유에 매달려 살았다. 해도 해도 정도가 있지, 어머니가 선을 그었다. 젖꼭지에다 고추장을 발라 내가 젖을 멀리하도록 했다. 하지만 인도 피가 흐르는 혼혈아로서 아무리 고추장을 발랐어도 그저 감칠이 났다. 결국은 치약으로 젖떼기에 성공했다. 인도에서 사온 치약튜브에서 짜낸 치약. 집에 쌓여 있던 빡빡하고 하얀 치약. 대황근처럼 쓰디쓴 치약.

나는 당근, 펜넬 허브, 빨간 무 등의 음식은 입을 굳게 다문 채, 입술을 야물게 오므린 채 맞이했다. 내 입속으로는 막무가내로 한 점도 들여보내지 않았다. 내가 그대로 놔둔 것은 큰형이 죄다 먹어치우곤 했다. 식성이 까다롭던 나의 유아기에도, 문제아였던 아동기에도 역시 그랬다. 그래서 형이 우리 집안에서 키가 제일 크게 되었는지도 모르겠다.

내가 아동기 때 자진해서 먹었던 건 딱 하나, 망고였다. 망고와 관련된 영상들, 마음속에 영원히 남아 있는 내 최초의 심상이 있다. 추억.

동일한 석회암 벽, 동일한 부서지는 햇살. 그러나 이젠 우윳빛 안개가 아니라 연기에 가려져 있다. 불가사의한 손이 공중에 꼬불꼬불 써놓은 실오리 같은 연기. 표랑하는 신비적 문구들.

우리 주변을 통틀어 담배 벤슨앤드헤지스를 피우는 사람은 샤르마 이모부 한 사람뿐이었다. 그는 매달 영국에서 오는 배에 특별히 실려 오는 담배를 어떤 궁지에 빠진 영국 장교에게서 구입했다. 소문에 따르면 그 장교는 이모부가 사주는 담배에서 얻는 수익금으로 겨우 연명하고 있다고 했다. 이모부는 줄담배를 피웠다. 심지어는 담배 두 대를 동시에 피우는 경우도 있었다. 건망증이 아니면 우수. 그건 그의 시선이 저 먼발치 까마득한 어딘가에 못 박혀 있는 동시에 그의 이마에는 일직선으로 주름살이 깊숙이 팰 때 벌어지는 현상이었다. 재떨이에서 담배연기가 모락모락 피어나고 있는데 그의 오른손이 바지 주머니로 내려가서는 하얀 벤슨앤드헤지스 갑을 꺼내고, 툭 쳐서 새 담배 한 개비를 빼내 불을 붙였다. 심호흡하듯 한 모금을 폐부 깊숙이 길게 빨아들인 다음 입을 동그랗게 해 연기를 훅 내보냈다. 고정된 시야가 저기 저쪽에서 풀려나고 이마에 세로로 난 줄들이 사라지면 그는 다른 손으로 재떨이에 있는 담배를 집어 들어 입으로 가져갔다. 이런 식으로 그는 한번은 이쪽에서, 그다음 번은 저쪽에서 번갈아가면서 한 모금씩을 들이마셨다. 실없게 피식 웃음을 흘리면서.

어머니는 이모부의 습관을 혐오했다. 우리는 그 근처에 얼씬도 해선 안 되었다. "흡연이 얼마나 해로운지 알아?" 어머니가 잔소리를 했다. "꺼떡거리다가 죽는 수가 있어." 하지만 금지된 것은, 하지 말라는 것은 마력적이다. 그래서 나는 매일 샤르마 이모부가 앉아서 망연한 먼산바라기가 되어 줄담배를 피우는 의자 옆으로 가 앉곤 했다. 형들도 둘 다 내 옆에. 우리는 다 함께 공중에 쓰인 구불구불한 하얀 문구를, 애수에 잠긴 이모부의 사념의 자막 첫머리를 읽어보려고 애를 썼다.

단 한 번, 나는 재떨이에서 담배를 훔치는 데 성공했다. 우리는 다리야 날 살려라 도망쳤다. 마치 인디언에게서 보물이라도 훔쳐낸 것처럼. 이모부는 전혀 눈치채지 못한 모양이었다. 그는 아무렇지도 않게 주머니에서 벤슨앤드헤지스를 꺼내더니 새 담배에 불을 붙였다.

내가 그 담배를 아쉬르바트 형에게 건넸다. 형이 죽는다 한들 그리 크게 애석할 것 같지 않았다. 그가 입에 담배를 물었지만 연기가 나오지 않았다.

"입술을 동그랗게 만들어봐." 내가 재촉했다.

큰형이 입을 떡 벌리자 담배가 땅으로 떨어졌다.

작은형이 그걸 주워들었다. "꺼졌는데."

그때였다. 불현듯 어머니의 발소리가 울렸다. 나는 잽싸게 꼬리를 뺐다. 큰형이 내 꽁무니를 쫓았다. 요한 형은 그대로 서 있었다. 한 손에 담배를 든 채로. 내가 정원에 숨어 있는 동안 어머니의 고함소리와 요한 형의 울음소리가 들렸다. 형이 볼통이떡을 얻어먹은 것이었다. 요한 형도 나보다 크다. 작은형은 그런 식으로 노상 내가 먹을 떡을 대신 얻어먹곤 했다.

내가 다시 샤르마 이모부 의자 곁으로 가 섰을 때 그가 집게손 가락을 올려 앞뒤로 까딱까딱 흔들었다. "투투 베이비." 그가 말했다. "짓궂은 개구쟁이." 그런 다음 그가 망고 한 조각을 썰어주었다. 나는 그걸 재까닥 한입에 쑤셔 넣었다. 꽤 큰 편이긴 하지만. 즙이 얼굴에 흘러내리는 동안 나는 허공에서 점점 엷어지고 밝아지는 실오리들을 바라봤다. 그것들이 다 무로 용해되어버릴 때까지. 저 투명한 글 속에는 어떤 사연이, 어떤 이야기들이 감춰져 있을까? 어떤 손이 그걸 쓴 것일까?

그건 지금 이 순간에도 역시 한결같은 마력의 힘으로 나를 현혹시킨다. 그 연막의 이면을 헤쳐 재구성해보고 싶은 강한 욕구를 느낀다. 그동안 쓰인 수천 개의 문구들, 하나의 이야기를 이룰 문구들. 허공에 쓰인 한 인간의 삶. 이게 내가 보고, 읽고, 나의 폐부 깊숙이 들이마시는 것이다.

아비마뉴 샤르마 이모부는 봄베이에서 멀리 떨어진 우타르파라데스 주의 조그만 변경 마을 비즈노르에서 1928년 9월 5일 태어났다. 그의 아버지는 제화공이었고, 어머니는 자식들 열 명을 거두느라 한평생을 바쳤다. 아비마뉴 이모부도 나처럼 아들로서는 셋째였으나 그 밑으로 여동생이 넷이나 더 태어났다. 태양과 먼지와 쌀, 그 밖에 다른 거라곤 찾아보기 힘들었던 소년 시절. 꿈을 품고 있다는 특수한 점을 제외하곤 터럭만 한 희망도 없는 극도의 빈곤.

매달 한 번씩 영사기를 들고 어떤 도시 남자가 비즈노르를 찾았다. 그는 흰 바지와 흰 와이셔츠를 입었고 열 손가락에 모두 다 번쩍이는 반지를 끼고 있었다. 척박한 불모지에 혜성같이 나타난 황홀하고 찬란한 형상. 경찰서 담벼락 앞에 의자를 내다 놓았다. 완만한 곡선을 그리며 한 줄로 나란히. 영사기를 맞은편에 있는 집의 지붕 위로 끌어올렸다. 의사의 아들과 판사의 딸이 결혼한 잔칫날보다 더 많은 구경꾼들이 몰려든 진풍경. 주변 마을의 모든 아이들이 숨죽이고 밧줄에 매여 위로 오르고 있는 기계를 지켜봤다. 그리고 담벼락에 첫 영상이 비쳤다. 비록 선명도는 낮고 햇볕으로 더더욱 흐릴지라도, 그들은 깨달았다. 비즈노르 밖에 또 다른 세상이 있음을, 탈출구가 있음을.

기다림이 시작됐다. 서편으로 지는 해. 붉은, 잇달아 다시 보라색으로 변하는 노을 진 창공. 온갖 색채가 서서히 사물에서 퇴각하는 진청색 시간들. 드디어 어둠으로 뒤덮였다. 일각이 여삼추처럼 매달 그날을 애타게 기다렸다. 기다림 끝에 마을에는 다시 환희가 넘쳤다. 기다려본 자는 왜 사는지를 절감하게 된다.

아비마뉴 이모부는 네 살 때 처음 영화를 봤다. 〈시네마 걸〉. 그는 언덕에 앉아 있었다. 경찰서 담벼락에서 100미터 떨어진 거리에서. 그가 본 건 많지 않았지만, 영화의 신비만은 진정 그의 심금을 울렸다. 움직이는 영상과 미려한 배우들. 그는 평생 프리트비라지 카푸르의 얼굴을 잊지 못했다. 우리 어머니가 곁에서 임종을 지켰던 그 영화배우의 영상이 지금 비즈노르 경찰서의 담벼락에 비춰지고 있었다. 수려한 외모와 불멸의 청춘.

아비마뉴 이모부가 밤늦게 집에 되돌아왔을 때 이모부의 어머니가 기다리고 있었다. 어머니는 두 손바닥이 아파서 더는 때리기 힘들 때까지 그를 때렸다. 그날 밤, 누나들 둘 사이에 끼어 방바닥에 누운 그는 잠을 이루지 못했다. 맞아서 화끈거리는 볼기 때문이 아니었다. 프리트비라지 카푸르의 얼굴이 그의 눈앞에 선했다. 박꽃처럼 새하얀 치아를 드러내는 미소, 직선으로 곧게 가르마가 난 칠흑같이 새까만 머리. 어린 아비마뉴 샤르마의 얼굴에 미소가 번졌다. 어린 아비마뉴 샤르마에게 꿈이 생겼다.

다음 날 새벽 그가 누구보다도 먼저 잠에서 깨 벌떡 몸을 일으켰다. 그러곤 외쳤다. "나 영화배우가 될 거야!"

눈을 비비고 일어난 누나들이 그를 정신병자라고 비웃었다.

돌연한 소동에 선잠에서 깬 아버지가 짜증스레 물었다. "대체 웬 소동이야?"

"아비마뉴가 영화배우가 되겠대요." 누나 한 명이 히득댔다.

"춥 호 드자오." 어머니가 호령했다.

아비마뉴가 어머니의 매서운 손바닥을 떠올리고는 한마디도 없이 입을 봉해버렸다. 그는 아침을 먹고 거리로 나섰다. 배수기로 가서 그는 수도꼭지 밑에다 고개를 대고 머리에 가르마를 타서 빗다가 거울을 가진 남자에게로 달려갔다. 거울에 자기 모습을 비춰보는 데 1루피였다.

"나 영화배우가 될 거예요." 아비마뉴가 말했다. "그러고 나서 100루피로 갚아 드릴게요."

남자가 고개를 내저었다.

"그러면 천 루피요."

거울이 획 하고 사라지기 직전, 아비마뉴의 얼굴이, 축축하게 젖은 그의 까만 머리와 이가 세 개 빠진 그의 미소가 얼핏 반사되었다.

그는 그날 하루 종일 그 싱글벙글한 미소를 흘리면서 배수기 주위를 어슬렁어슬렁 배회했고, 또 그렇게 먼지와 태양의 나날을 보냈다.

영사기를 들고 온 남자가 한 달 후에 다시 마을을 온통 들쑤셔 놓았고 아비마뉴가 앞장서서 경찰서 담벼락 앞으로 가서 의자를 들어 날랐다. 나이 많은 청년들이 그를 쫓아 보냈지만 그는 연방 되돌아왔다.

"나 영화배우가 될 거예요!" 아비마뉴가 외쳤다. "나도 프리트 비라지 카푸르만큼 유명해질 거라고요."

사람들이 웃어댔다. 언제나처럼 웃어댔다.

저녁에 그는 용케도 어느 집의 지붕 위 나이 든 사내들 틈에 미리 맡아놓은 자리에 앉아서 영화를 구경했다. 밤에는 실컷 볼기를 맞았다. 아비마뉴가 울면서 애걸복걸했다. 제발 용서해달라고.

그러나 어머니의 손바닥은 인정사정 보지 않았다. 훗날, 아주 먼 훗날 그의 시선이 먼발치 까마득한 어딘가에 못 박혀 있던 순간, 어쩌면 그는 어머니의 손을 회상하고 있었는지도 모르겠다.

얼마 후에는 소리도 함께 나왔다. 남자가 영사기와 함께 가져온 까만 박스들에서 나는 소리였다. 대낮에 아비마뉴는 의자를 옮겨다놓으면서 나무 상자에서 들어 올려지고 있는 상자들을 신기하게 들여다봤다. 자기도 하나 들어 올려보고 싶었다. 그런데 그때였다. 어떤 손이 그의 어깨에 얹혔다. 손가락마다 금반지가 번쩍이는 손.

"나중에." 남자가 말했다. "네가 좀 크거든."

남자가 그에게 말을 건 것은 그게 처음이었다. 아비마뉴가 손가락으로 머리를 휙 쓸어 넘겼다. 왼쪽으로 오른쪽으로. 그리고 당장이라도 마지막 남은 젖니가 빠질 것처럼 보이는 치아를 드러내며 미소를 지었다.

남자가 미소로 응답하면서 와이셔츠 주머니에서 사진을 한 장 꺼내주었다. 사진에는 파도 모양의 테두리가 둘러 있었다.

"프리트비라지 카푸르." 아비마뉴가 환호성을 올렸다. 한참 후에야 까만색 글자를 발견했다. 배우의 친필 사인. 그는 행복에 겨워 울었다.

별들이 하늘에 총총 나타나자 영화가 시작됐다. 〈알람 아라〉.

세계의 빛이라는 뜻의 이 영화는 인도 최초의 유성영화로, 배우들끼리 대사를 나누고 노래를 부르고 춤을 춘다. 봄베이에서 개봉하던 날 흥분한 관객을 진정시키느라 경찰이 동원되지 않으면 안 될 지경이었다. 비즈노르에서도 모두들 이게 웬일인가 하며 얼떨떨해했다. 관객들은 그만 어안이 벙벙해서 사방을 두리번거렸다. 그중에는 일어나서 소리 나는 곳을 찾아 나선 사람들도 있고, 손뼉을 쳐대는 사람들도 있었다. 소수는 손가락으로 귀를 막기도 했다. 아비마뉴는 영화에 나오는 노래를 즐겼고 입을 헤 벌린 채로 배우들의 춤 동작 하나하나를 눈여겨봤다. 자기도 모르는 사이에 몸이 절로 움직였다. 그는 발을 들어 올리고, 엉덩이를 돌렸다. 그는 지붕 위에서 춤을 추고 있었다.

다음 날 〈알람 아라〉에 나오는 흥겨운 노랫가락이 여기저기서 흘러나왔다. 비즈노르가 다른 곳처럼, 다른 세상에 있는 곳처럼 보였다. 길거리마다, 가게마다, 가옥마다 영화의 첫 번째 노래가 울려퍼졌다. '데 쿠다 케 남 페르'. 아비마뉴도 집에서 그 노래를 불렀다. 그 노래는 인도 전역에서 불렸다.

딸들은 하나씩 출가했다. 그들은 결혼을 하고, 자식을 낳고, 방과 부엌에서 밤낮으로 외쳐댈 이름을 자식들에게 지어주었다. 시장과 광장에서도 거리의 소음을 헤치고 불러댈 이름. 그러나 그런 외침이 더는 그들의 귀에 와 닿지 않을 날이 오기 마련이었다.

그러면 그들은 혼자 힘으로 세상을 살아가야만 했다.

아비마뉴가 빈손으로, 배낭 하나 달랑 메고서 비지노르를 떠난 건 열일곱 살 때였다. 그는 키가 훤칠한 청년이 되었다. 건장한 사내대장부. 그의 형제들은 새벽마다 농사일을 하러 동이 트기 전에 12킬로미터를 걸어갔다. 녹초가 되어 시커멓게 흙으로 뒤집힌 몸으로 어둑할 즈음 귀가했다.

"봄베이." 영사기 남자가 말했었다. "거기가 본고장이지. 거기로 가야 해." 은막의 영화계를 동경하는 인도 청년은 아비마뉴 말고도 많았다. 같은 꿈을 품은 수백만 명이 그들의 꿈을 실현하는 데 매진했다. "가거라." 남자가 그에게 남긴 충언이었다. "하지만 혼신을 바칠 각오를 하고 가거라. 먹을 게 없고, 잘 자리가 없고, 절망 속으로 점점 더 빠져들어 사경을 헤매는 한이 있더라도. 혼신을 바칠 각오를 하고 가든지, 그게 아니라면 꿈을 저버리고 여기서 그냥 눌러살도록 해라."

어머니가 역전에서 아들의 이름을 외쳤다. 그가 어머니의 외침 소리를 접하는 마지막 기회가 될 터였다. 아비마뉴 샤르마는 혼신을 다하겠다는 비장한 각오로 고향을 떠났다.

그 후 그는 어머니를 다시는 만나지 못하고 말았다. 어머니는 아들의 모습을 또다시 보긴 했지만. 그가 가출한 지 육 년 되던 해, 별들이 총총한 3월 어느 밤 환희의 파도가 비즈노르 마을을 온통 휩쓸고 지났다. 먼저 첫째 줄에서 둘째 줄로, 셋째 줄로, 그리고 그렇게 마지막 줄까지, 이어서 이곳에서 지붕과 언덕으로, 마침내는 샤르마 가족이 사는 집까지 이르렀다.

영화가 잠시 중단되었다. 그리고 뒤로 돌려 재생되었다. 그리고 다시 중단되었다. 그의 얼굴이 경찰서 담벼락의 전면을 꽉 메우도록 확대되었다. "아비마뉴!" 마을 전체가 한 덩어리가 되어, 한목소리로, 한 선율로 환호했다. "아비마뉴!"

어머니는 첫째 줄에 마련된 상석에 앉아 아들이 노래하고 춤추는 모습을 만끽했다. 폭포처럼 쏟아지는 음향의 반주에 맞추어 자기 아들이, 배꼽을 드러낸 선정적인 미녀들이, 반짝이는 금은보석으로 치장한 공주님들이 향연을 벌이고 있었다. "아비마뉴." 어머니가 우물거렸다. 그러더니 눈물이 주르르 흘렀다. 이젠 영영 자신의 목소리가 아들 귓가에 닿지 않을 것이었으므로.

그러나 아비마뉴가 대사를 나누고 노래하고 춤추는 배우로서 출셋길이 트이기 전에 그는 끼니 거르기가 예사였고 봄베이 외곽 도시 다라르와 베르소바의 해변에서 와글대는 수많은 사람들 틈에 끼여 한뎃잠을 자기 일쑤였다. 거기에 있는 사람들은 다들 똑같은 꿈을 꾸고 있었다. 인도 전역에서 몰려든 청년들. 바다가 그저 파도에 실어 내동댕이치고 간 표류자들.

봄베이에서 아비마뉴는 숱한 캐스팅과 오디션을 거쳤고 이름 있다는 감독들을 일일이 다, 중요하다는 제작자들을 일일이 다

찾아다니며 호소해봤다. 볼리우드의 휴양지에 사는 아르데쉬르 이라니, V. 샨타람, 소랍 모디 같은 정상급 유명인사들.

그 밖에도 많은 이야기가 전해진다. 이번에는 토막이 아니라 일종의 서사시이다. 새들의 노래 사이로 나의 출생을 전달했던 장본인인 이모부는 배우이자 감독이고 제작자일 뿐만 아니라 애 주가이자 호색가인 살아 있는 전설, 구루 두트*에 의해 발굴되었 다고 한다. 청년 아비마뉴는 구루 두트가 조감독으로 일하던 프 라바트 영화사의 스튜디오에서 '압도적인 찬사'를 받았다고 한 다. 사촌 형제자매들에 의해 읊어지는 영웅 서사시. 게다가 여자 친척들이나 동네 아주머니들도 입을 모아 그의 미소를 찬미했다. 게다가 또 '가지런히 드러난 그의 완벽한 치아'와, 마치 〈타임스 오브 인디아〉를 접어놓은 것처럼 '반듯하게 가르마를 타서 빗어 올린 그의 반지르르한 까만 머리'. 그러나 국제 영화 데이터베이 스에는 구루 두트의 대표작인 〈갈증〉과 〈종이꽃〉의 등장인물 명 단에 아비마뉴 샤르마가 빠져 있다. 나는 영화를 주의 깊게 관찰 하면서 한 군무에서 연이어 다른 군무로 넘어가는 장면에 출연하 는 배역의 인파 속에서 이모부를 찾아내려고 전력을 쏟는다. 그 러나 그들은 모두 판에 박은 것 같다. 하나같은 미소, 하나같은 가

---

* 인도 영화감독, 제작자, 배우(1925~1964). 1950년대 인도 영화의 황금기를 이끌었다. 초 기에는 예술영화를 만들었지만 〈갈증〉(1957), 〈종이 꽃〉(1959) 등의 상업영화도 만들었 으며, 유럽에서 크게 주목받았다.

르마.

내가 샤르마 이모부를 마지막으로 본 건 로테르담에서였다. 티베리아스란에 살던 1990년의 여름. 친척들과의 긴 저녁 시간을 때우기 위해 우리는 한 집 건넌집에서 비디오를 한 무더기 빌려왔다. 그중 하나가 〈인디아나 존스: 미궁의 사원〉이었다. 우리는 테라스에 앉아 영화를 봤다. 연결선이 뱀처럼 타일 위로 늘어져 있었고, 집 뒤쪽에 붙어 있는 테니스장에서 테니스공을 주고받는 소리가 들려왔다. 거기에다 어머니와 샤르마 이모의 코 고는 소리까지 겹쳤다. 보아하니 코골이는 어머니 집안 내력에 따른 일종의 병폐였다. 이모도 아니나 다를까 자기는 코를 골지 않는다고 완강히 부인했다.

이모부는 소파의 내 옆에 앉아 있었다. 머리숱이 듬성해졌고 머리는 가르마 없이 뒤로 빗어 넘겨졌다. 그러나 그의 양복은 언제나처럼 흰색이었고 담배도 같은 상표, 벤슨앤드헤지스를 태웠다. 연막이 그를 휩싸고 있었다. 그가 가는 곳은 어디든지 그랬다. 자기 사인이 든 사진을 내게 한 장 주면서 사진값이 상당히 나갈 거라고 덧붙였다. 물론 휠던이 아니고 루피로 치자면. 암로 은행 환율 게시판의 화폐 단위에 루피는 끼어 있지도 않았다.

〈인디아나 존스: 미궁의 사원〉은 인도를 배경으로 했다. 정확히 말하면 인도라는 인상을 주는 무대를 배경으로 삼았다. 제작팀이 인도 정부로부터 인도 북부에서 찍어도 좋다는 허가를 받아내지 못했던 까닭에 실제로는 스리랑카에서 촬영되었다. 정부는 영화대본이 '인종차별주의적'이라는 판정 아래 몇 군데 수정과 최종 편집에 대한 공동결정권을 요구해왔다고 한다. 그러나 우리는 비디오테이프가 비디오플레이어 안으로 사라지는 순간에는 그런 사실을 모르고 있었다.

인디아나 존스가 히말라야에서 비행기 추락 사고를 당하는데, 낙후된 마을 주민들은 인도의 신 시바가 그를 보냈다고 믿게 되는 영화 시작 부분부터 말썽을 빚었다. "뭐? 시바가 보낸 인디아나 존스?" 이모부가 치밀어오르는 격분을 참지 못했다. "천부당만부당한 처사." 잠시 후 영화에서 주민들이 칼리 신에게 제물을 바치는 장면에서 그가 자리에서 불쑥 일어났다. "천부당만부당한 처사." 그가 다시 내뱉었다. "황당무계한 잠꼬대 같은 소리." 연이어 그는 텔레비전 화면을 향해 위험에 직면해 배시시 웃고 있는 인디아나 존스를 지탄하는 손가락질을 해댔다. 그러고 나서 다시 자리에 앉아 담배에 불을 붙였다.

아쉬르바트 형이 어머니와 이모를 깨우더니 영화를 좀체 알아들을 수가 없다고 불평을 늘어놨다. 그들은 둘 다 잤다는 사실을 부인했다. "나도 영화 보고 있다고." 어머니가 시치미를 뗐다.

"엄마 코 골고 잤어." 큰형이 맞대꾸했다. "그리고 이모도." 그러면서 샤르마 이모를 가리켰다.

"쟤가 지금 뭐래?" 이모가 힌디어로 어머니에게 물었다. 어머니가 통역을 맡았다.

이모가 마구 고개를 흔들더니 힌디어로 욕설을 씨부렁거렸다. 시동이 잘 안 걸리는 고물차처럼.

샤르마 이모부가 형에게 힘을 보태주었다. "아쉬르바트 말이 맞아."

"아니라고 했잖아!" 어머니가 외쳤다. "우리는 코 같은 거 안 곤다니까."

내 머리 위로 무슨 물건이 휙 날았다. 그 순간 나는 그게 테니스공이라고 착각했다. 그런데 아니었다. 슬리퍼 한 짝이었다.

아버지가 리모컨의 중지 단추를 눌렀다. 계속해서 영화를 시청하기 불가능한 상황. 일단 대화를 통해 사태를 수습하지 않으면 안 될 긴박한 상황.

샤르마 이모가 자기 남편을 향해 내가 아는 몇 마디를 퍼부었다. 내가 아는 그 유일한 힌디어 단어들. 고물차에 시동이 걸렸다.

"둘 다 코를 곤다고!" 아쉬르바트 형이 악을 썼다. "둘 다 코를 곤다고!"

이런 식의 대화가 아마도 자정이 넘도록 계속될 뻔했다. 만약 비디오플레이어가 제풀에 홀쩍 시작으로 전환되지 않았다면, 또 만약 헤벌어진 원숭이의 골이 화면에 나타나고 어떤 인도 남자가 그걸 먹기 시작하지 않았다면.

이모부가 다시 소파에서 일어나 이번에는 텔레비전 앞으로 가

섰다. 그는 글방의 훈장처럼 엄한 표정으로 우리 얼굴을 빤히 쳐다보더니 입을 열었다. "천부당만부당한 처사."

나는 그 뒤를 이은 연설의 정확한 내용은 속속들이 다 기억하지 못한다. 다만 한마디로 간추리면, 인도 인구가 십억이 넘지만 그중에 원숭이 뇌를 먹는 사람은 단 한 명도 없다는 것이었다. 여기에 반응을 보인 사람은 아쉬르바트 형 하나였다. "내가 제일 좋아하는 음식은 뱀밥인데."

큰형의 반응에 이모부가 헷갈려하는 것 같은 기색은 없었다. 샤르마 이모부는 텔레비전 앞에 분명 일 분간은 더 그렇게 서 있었다. 미동도 없이 동상처럼 엄숙한 자세로. 심지어 그의 오른손의 담배조차도 송두리째 얼어붙어버린 것 같았다. 연기 한 모금도 피어오르지 않았다. 그러곤 그는 묵묵히 발걸음을 떼서 안으로 들어갔고 이모부 없이 우리끼리만 〈인디아나 존스: 미궁의 사원〉을 계속 감상했다.

이로써 장막이 걷혔다. 연막이 걷힌 셈이었다. 하지만 실례 하나만으로는 이런 발언이 다소 과장된 은유처럼 들릴 여지가 다분하다. 나는 샤르마 이모부가 텔레비전 앞에 서 있던 것과 똑같은 그런 모습을 훗날 인도 영화제에서의 영사막을 통해 누누이 재확인했다. 나는 대번에 그를 알아볼 수 있었다. 우람한 체구, 매끈한 이마, 뒤로 바짝 빗어 넘긴 머리. 플래시백 기법을 꽤 빈번하게 사용한 탓에 좀 현기증이 날 지경인 드라마 〈자남 자남〉에서 '경찰

본부장' 역을 맡은 이모부가 스크린에 난데없이 불쑥 나타난다. 동일한 간격으로 정연하게 내딛는 정중한 발걸음. 이모부가 나오는 장면은 손가락으로 헤아릴 정도이며, 대사도 그리 많지 않다. 경찰 본부장은 자고로 입이 천근 같아야 하는 법. 그의 외모로, 그 누구도 함부로 범접할 수 없는 그의 위엄으로 효과를 노려야 한다. 마지막 장면 중간쯤 가서 그가 팔짱을 낀다. 완전무결한 임무 수행.

아비마뉴 샤르마 이모부는 이백 편이 넘는 볼리우드 영화에 출연했다. 친척들에게 받은 다양한 출처에서 얻은 정보에 따르면 그렇다. 그런데 국제 영화 데이터베이스에는 단지 스물다섯 편밖에는 나오지 않고, 모두 1960년 이후의 것이다. 1945년에서 1960년까지의 기간은 영원한 어둠의 장막 속에 싸여 사라졌다. 그러나 상상력이 풍부한 사람은 아르데쉬르 이라니, V. 샨타람, 소랍 모디 같은 감독들의 영화에서 벌떼처럼 무리를 지어 춤을 추고 있는, 마무리 자막 속으로 명멸해가는 군무단에서 그를 발견한다. 내 손이 스스럼없이 그런 작품들마저도 여기 덧붙여 쓰기를 원한다.

(영화에 출연한 내 모습을 볼 때도 간혹 있다. 좀더 근래에 나온, 좀더 현대판의, 좀더 감미로운 영화에. 발목에도 팔에도 목에도 번쩍거리는 보석을 걸친 호리호리한 미녀를 양팔로 얼싸안은 내 모습. 우리는 거리와 궁전 여기

저기를 누비고 돌아다닌다. 내가 놓쳐버린 삶, 내가 만약 에바 마리아와, 즉 어떤 인도 여자애와 바뀌었다면 되었음직한 영화배우로서의 나의 삶. 이 이야기도 나는 스스럼없이 덧붙여 쓴다. 내게는 지극히 자연스럽게 여겨진다. 마치 신비한 파란색이 여전히 내 눈에 어려 있다고 믿는 것만큼이나, 그리고 내가 존재하는 것 이상을 감지하고, 실제로 일어난 일 이상을 기억하는 것만큼이나.)

샤르마 이모부는 결코 프리트비라지 카푸르처럼 유명한 배우였다고는 할 수 없으나 당대를 주름잡던 거물급 인물들과 함께 출연했다. 사람들이 길거리에서 그를 알아보고 사인을 청했다. 심지어는 100루피 지폐에다 사인을 청해온 적도 있었다. 비즈노르 태생의 보잘것없는 소년이 수천 개의 도시에서 정정한 거목으로서 은막에 군림하게 된 것이었다. 개천에서 난 용. 때로는 경찰관 차림으로, 그랬다가 다시 추호도 흠잡을 데 없는 의사의 흰 가운 차림으로.

인도 영화는 배역 수가 한정된다. 영웅, 악당, 미녀와 시집 식구들. 그리고 그런 배역에 딸리는 일가권속들. 특히 광적인 속도로 대사를 주워섬기는 신경과민 조역들. 사실 그들이 하는 말에는 별다른 의미가 없다. 게다가 생사가 달렸다는 듯이 립싱크로 노래하는 수없이 많은 댄서들. 반면에 어느 영화에서든지 거물급 역을 담당하는 배우도 한 사람 등장하곤 한다. 유력한 중요 인물. 결정타. 샤르마 이모부.

인터넷을 통해 주문한, 어떨 때는 일곱 달 후에야 배달되기도 한 영화들에서 나는 그가 '경찰 본부장' 역으로 나오는 걸 세 번 봤다. 그뿐만 아니라 '검찰관' '샤르마 의사 선생님' '샤르마 수사 반장' '디와니암 접견실의 주빈' 등의 배역도 있다. 친척을 통해 손에 넣게 된 다른 영화들에서는 '호텔 지배인' '감독관' '샤르마 법관' '레스토랑 주인' 같은 배역도 맡는다.

으레 주인공들 사이에 갈등이 생기기 일쑤이고, 그러면 뜬금없이 이모부가 걸어 나오는 모습이 화면에 나온다. 언제나 한결같은 발걸음, 한결같은 엄한 눈초리. 그는 우선 등장인물들의 하소연에 귀를 기울이고, 무겁게 고개를 끄덕이고, 그런 다음 판정을 내리거나 따로 화해할 자리를 마련해주거나 처방전을 써준다. 그러고 나서 팔짱을 낀다. 이렇듯 인도 영화의 데우스 엑스 마키나*는 그의 해결사 임무를 수행하곤 했다.

〈인디아나 존스: 미궁의 사원〉 이후 우리는 더 이상 재회할 기회를 갖지 못했다. 2001년 이후 우리가 서로 아주 가까이 살았음에도 불구하고. 런던에 아파트를 한 채 소유하게 된 샤르마 이모부가 우리를 초대하면서 한 일주일쯤 자기 가족과 함께 있다 가라고 권했었다. 우리 어머니의 귀가 번쩍 뜨인 공짜 휴양지.

• '기계에서 내려온 신'이라는 뜻으로, 작품의 결말을 짓기 위한 플롯 장치이다.

이모부의 딸, 니일람 사촌누나가 역으로 우리를 마중 나왔다. 온 가족의 나들이였으므로 여행가방 수가 단연 새로운 기록을 세웠다. 어머니는 너무 비싸다고 우겼으나 사촌누나가 택시를 타자고 주장했다. 어머니는 먼저 택시값 할인을 끝내 거부하는 택시 운전사하고 시비가 붙었고, 그다음에는 우리가 지금 인도에 있는 게 아니라고 대드는 사촌누나하고 티격태격 말씨름을 벌였다.

화면에서 혜성같이 나타나 걸어오는 거물인 이모부가 이런 의견 충돌을 완충시킬 수 있지 않을까 싶었다. 그러나 그는 그 무렵에는 이미 아무런 배역도 맡지 않게 되었다. 우리가 이모 집에 도착한 건 일곱 시간이 지나서였다. 아버지는 지친 나머지 문지방 위에 쓰러졌다. 목에다 가방을 맨 채로.

2003년 4월 27일, 런던의 레스터 스퀘어 극장. 봄베이에서 온 배우들이 대대적인 쇼를 하고 있다. 대사, 노래, 춤, 오색영롱한 전통의상, 호화찬란한 무대장식. 샤르마 이모부는 딸과 함께 맨 앞줄의 특석에 앉아 있다. 배우들이 그를 특별히 초대했다. 극장을 메운 삼백 명의 관객 대부분이 인도 사람이다. 한데 어우러져 노래하고, 박자를 맞추고, 한판 흥겨운 잔치 마당을 펼친다.

쇼가 끝나갈 즈음 사촌누나는 자기 어깨에 아버지의 머리가 와 닿는 걸 느낀다. 샤르마 이모부가 곤잠에 들었다. 최근 들어 영화나 연극을 보는 도중에 잠이 드는 일이 빈번해졌다. 그에게는 만사가 너무 버겁다. 그런데 자리에서 일어난 관객이 박수갈채를 보내고 있는데도 그는 잠에서 깰 줄 모른다. 그는 그 자리에 그대로 부동자세로 앉아 있다. 무표정 얼굴에 팔짱을 낀 채.

"지나 야한 마르나 야한." 인도 사람들이 말한다. "나는 무대에서 살았고 나는 무대에서 죽었다."

그러곤 대단원의 막이 내린다.

인도의
꿈

어머니 침실 서랍장에는 일곱 개의 커다란 우승컵들이 서 있었다. 세월의 풍상에 광택을 빼앗기고 거무스레한 녹과 겹겹이 쌓인 먼지 밑에 파묻혀 있는 오래된 쇠 컵들. 한가운데에 가장 큰 컵이 있었다. 길고 가느다란 손잡이, 헬멧 모양으로 밑이 움푹 파인 잔. 크기에 따라 진열된 다른 컵들은 그 그늘에서 벗어나지 못했다. 가장 작은 잔들에는 뚜껑이 덮여 있었다. 그걸 열면 흙냄새가, 여름날의 흙냄새가 풍겼다.

우승컵의 우중충한 나무 받침대 표면에는 뭔가 새겨진 금속판이 부착되어 있지 않았다. 시간, 장소, 종목 등 우승컵의 출처에 대한 정보가 빠져 있었다. 조상들의 입술을 거친 옛 술잔이라고 해도 무방해 보였다. 유년 시절 우리가 그 빈 술잔을 들이마셔봤는데 어찌나 고리타분한 먼지 맛이었던지 울음을 터뜨린 적도 있었다.

어머니가 헝겊 조각으로 우승컵을 닦곤 했지만, 녹은 사라질 생각이 없고 먼지는 시공을 초월하여 반드시 되돌아오기 마련이었다. 먼지가 앉지 않는 유일한 곳은 컵 아래, 나무 받침대 밑이었다. 그 네모난 바닥은 얼마나 깨끗한지 번쩍번쩍 광택을 발하는 듯했다. 때때로 나는 서랍장의 우승컵을 일일이 다 들어 올렸고, 드러난 나무 받침대 밑, 까맣게 칠해진 면을 유심히 살폈다. 우승컵의 출처를 캐내기를 바라면서 응시하고 있었던 축소형 호수들. 어떨 때는 저 심층에서 파파하게 늙은 노파가 손에 경련을 일으키며 뭘 마시는 환영이 보이기도 했다. 우리 어머니의 어머니의 어머니.

그러나 얼마 지나지 않아 세상은 영영 돌이킬 수 없는 상태로 되돌아왔다. 방금 심층에 보이던 것만 같았던 모든 것들이 딱딱하고 납작하게 변해 있었다. 마치 물건들이 내 뺨을 한 방 올려붙인 것처럼. 잠에서 깨!

우승컵들은 인도에서 왔다. 어머니가 여학생 시절 아그라에 있는 퀸 빅토리아 여자 중고등학교의 운동장에서 열린 달리기 경기에 참가해서 가져온 것이었다. 어머니의 맨발이 그 후덥지근한 땅을, 푸석푸석한 모래밭을 달렸다. 잔의 뚜껑 밑에서 풍기는 냄새. 어머니는 특기인 쏜살같은 스타트로 이름을 날렸다. 빼어난 스타트 순발력으로 말하자면 어머니를 당해낼 자가 아무도 없었다.

"내 귀가 기막히게 밝았거든." 어머니가 우쭐대며 말한다. "발도 물론 제일 빨랐고."

아버지는 보나 마나 신호총이 발사되기도 전에 어머니는 벌써 출발했을 거라고 말했다. "인도에서는 스타트 순발력과 스타트 반칙이 모호해서 흔히 말썽이 일어나거든." 아버지가 내 귀에 대고 소곤거렸다.

어머니 귀는 여전히 무척이나 밝았다. 어머니는 슬리퍼 한 짝을 벗어서 그걸로 아버지 머리를 내리쳤다. 그러고 나서 말했다. "옛날에는 출발 신호총 같은 건 있지도 않았다고." 어머니의 설명이 이어졌다. 출발선에 남자가 하나 서 있었는데 스펜서● 차림의 그 심판은 아주 정확한 발음으로 구령을 내리곤 했다고 했다. 네 마디의 구령, "출발선에, 차렷, 준비, 출발!"

어머니는 슬리퍼 한 짝만 신고도 거실과 큰방을 날렵하게 관통하여 단거리 경주를 거뜬히 해치웠다. 다행히도 미닫이문이 열려 있었다. 방의 끄트머리에 가서는 양팔을 공중에 번쩍 들어 올렸다. 그리고 만면희색을 띠며 의기양양 걸어서 제자리로 돌아

●   소매가 없는 흰 브이넥 스웨터.

왔다.

"자, 이제 우리 둘이서 시합하는 거다!"

어머니는 슬리퍼 한 짝을 마저 신더니 달릴 준비를 했다. 출발 자세. 나는 어머니가 하는 대로 따라했다.

아버지는 심판을 봤다. 그는 인도 심판처럼 네 마디 구령을 내려야 했다. 아버지는 하얀 스펜서가 없기에 낡은 스웨터 차림으로. 어머니에 따르면 아버지는 새 옷 같은 걸 그다지 달갑게 여기지 않았다. 토요일이면 빨랫줄에 걸리는 내복에는 구멍들이 펑펑 뚫려 새들이 그 사이를 왔다 갔다 해도 될 정도였다. 언제 인도에 가거든 십중팔구 옷 수선공한테 맡길 옷들이었다.

"테오." 어머니가 아버지 이름을 불렀다.

아버지는 심판 노릇이 마뜩찮았다. 행여 또 무슨 꼬투리를 잡힐 만한 일을 저지를까봐 지레 겁이 났다. 허나 어머니가 이름을 부르면 자기에게는 선택의 여지가 없음을 알고도 남았다. 아버지의 이름은 살해 협박과 동의어였다.

"출발선에, 차렷." 아버지가 마지못해 구령을 내렸다. "준비." 그러고는 바로 이어서 "출발!"

내가 막 출발하려는데, 어머니는 벌써 저만치 미닫이 문가에 가 있었다. 어머니가 압도적인 승리를 거두었다. 방 하나 길이의 간격을 두고.

아버지가 고개를 절레절레 흔들었다. 그러면서도 감히 말 한마디 못 하고 말았다.

부모님이 네덜란드 육상협회 중 제일 오래되고 큰 로테르담 육상협회에 날 등록시킨 건 내가 여섯 살 때였다. 1980년대의 토요일 오전. 트레이너 이름은 프레익 라위흐록이었는데, 그는 보라색이 섞인 노란색 운동복을 입고 있었다. 어머니는 나에게 반바지를 입혀주었다. 까만 양말을 신은 유소년반 학생은 나밖에 없었다.

우리는 검붉은 자갈돌이 깔린 트랙을 한 바퀴 뛰었다. 트레이너가 선두에 서고, 우리는 그 뒤를 올망졸망 따랐다. 갈수록 줄 꼬리가 늘어졌다. 그중에는 운동이 아이들에게 좋다는 생각에 부모가 체육관에 집어넣은 아이들도 있었다. 종아리가 통통하고 얼굴이 둥그스름하게 살이 찐 꼬마녀석들. 그들은 신발을 질질 끌며 울퉁불퉁한 트랙으로 걸어갔다. 그런가 하면 부모가 그들 자신에게 편하다는 안일한 생각에서 체육관에 집어넣은 아이들도 있었다. 달리다가 뛰다가 뒹굴어야만 하는 아이들에게는 가만히 있는 게 불가능할뿐더러 건강에도 해로웠다. 나는 후자였다. 내 몸에서 기운이 펄펄 넘치는 기분이었다. 각종 식용색소들에 나는 과민반응을 보였던 터였다.

"우리 애한테 열 바퀴 정도 돌라고 시키세요." 아버지가 트레이너에게 당부했다. "그래야 집에 가서 좀 다소곳해질 테니까요." 그러곤 필드경기장 둘레에 있는 잔디로 가서 어머니 옆에 앉았다. 평화로운 광경. 멀리서 보자면 그렇다는 거다. 한가로움을 향유하는, 막간의 휴식을 즐기는 젊은 어머니와 아버지.

아버지는 논문을 읽으려는 심산이었다. 전립선에 대한 학술논문. 얼마 전부터 전립선암 연구에 몰두했다. 주말마다 관련 논문 한 편씩을 읽을 계획이었지만, 집에서는 일을 하지 말라는 어머니의 금지령이 내려졌다. 그래서 아버지는 대개 어머니 눈을 피해 화장실에서 논문을 읽었다. 한참을 그렇게 화장실에 죽치고 앉아 있을 때면 어머니가 문에다 귀를 갖다 댔다.

"종이 소리가 들리는데." 어머니의 잔소리가 시작됐다. "종이 소리가 들린다고!"

"이건 내 권리야." 문 건너편에서 들리는 말소리. "똥 쌀 권리."

어머니가 밑바닥에 내려앉아서 문턱과 문 아랫면 사이의 틈바구니에다 코를 들이댔다.

"아무 냄새도 안 나는데."

"변비야." 아버지가 둘러댔다. "나 좀 내버려둬."

"앉아서 일하는 거지?" 어머니가 언성을 높였다. "앉아서 논문 읽고 있는 거지?"

"아니라니까!"

어머니가 주먹으로 문을 두드려댔다. "어서 나와!"

"다 끝나면. 똥 다 누고 나서."

어떨 때는 반 시간이 지난 후에야 화장실 물 내리는 소리가 들렸고 문이 조심스레 열렸다. 어머니는 그때까지 지키고 앉아 있었다. 시간이 지날수록 더 안달복달, 더 노발대발. 어머니가 아버지 길을 가로막았다. 몸을 수색할 수 있도록 아버지는 다리와 팔을 벌려야만 했다.

"그냥 똥 쌌다니까." 아버지가 반발했다. "나를 범죄자처럼 취급하지 마."

어머니 손이 아버지 몸을 샅샅이 뒤졌다. 위에서 아래로, 앞에서 뒤로. 어머니는 동유럽에 가면 훌륭한 세관이 되고도 남을 만했다. 시나리오는 두 가지였다. 아버지 옷 아래에 숨긴 종이를 촉감으로 가려내거나 화장실 뒷전에, 배수관 뒤에 감춰둔 걸 찾아내는 거였다. 결론은 하나였다. 어머니가 변기통 위에서 논문을 짝짝 찢어버렸다. 아버지는 욕을 시부렁대면서 무릎을 꿇고 앉아 변기통에서 찢어진 조각들을 건졌다.

어린아이로서는 쉽게 잊히지 않는 장면들.

또 어머니가 부엌에서 일하거나 잠자리를 꾸리거나 혹은 잠시 딴 데 신경을 쓰는 틈을 타서 아버지는 살그머니 전립선 관련 논문을 읽으려고 했다. 아주 이따금 성공적으로. 그러나 간혹 격분을 누르지 못한 어머니가 논문을 그냥 통째 집어삼키려고 드는 광경이 벌어지기도 했다. 내가 필드경기장 맞은편에서 부모님을 향해 손을 흔들었다. 나는 트레이너의 뒤를 바짝 쫓아 대열의 거의 맨 앞에 서서 달리고 있었다. 어머니가 손을 흔들어 응수해주었다. 일어나서 나에게 더 빨리 달리라고 사기를 북돋았다.

"잘디! 잘디!" 어머니가 경주로 한가운데에 있는 잔디밭 위로 힌디어를 쏘아올렸다. 더 빨리! 더 빨리!

하지만 아버지가 논문을 읽고 있다는 걸 눈치채기가 무섭게 즉각 종이를 향해 돌격했다. 무자비하게 먹이를 내리덮치는 육식조 날짐승.

이번에는 아버지 목소리가 잔디밭 위로 솟아올랐다. "이러지 마! 이러지 마!"

모래에 물 쏟는 격이다. 어머니는 어느새 논문을 빼앗아 들고 저쪽으로 내달았다. 잔디밭을 쏜살처럼 달음박질쳐서 가장 가까이 있는 휴지통 위에서 그걸 갈기갈기 찢었다.

(이십여 년이 지난 지금까지도 아버지는 전립선암에 대한 연구에 매달려 있다. 로테르담이 아니라 토론토의 대학의료센터에서. 아버지는 그 분야에서 으뜸가는 학자로서 권위 있는 의학 전문지에 정기적으로 논문을 발표한다. 미처 돌파구를 뚫지 못한 현황, 아직 전립선암을 퇴치하는 의약품이 개발되지 않은 상태이다. 만약 우리 어머니가 그 논문들 전부 찢고, 변기통 속으로 떠내려 보내거나 먹어치우지 않았다면 처방이 오래전에 개발되었을 거라고 생각할 때도 있다. 제명을 다하지 못한 그 모든 남자들과 발기불능이 되어버린 그 모든 남자들. 생각만으로도 끔찍하다. 우리 어머니는 어쩌면 잔인무도한 형리일지도.)

첫 번째 트레이닝 이후 아버지는 더 이상 동행하지 않았다. 반면 어머니는 내 첫해의 트레이닝을 한번도 빠지지 않았다. 어머니는 자기 아이들에게 축구를 시키려는 극성쟁이 아버지들보다 더 극성을 부렸다. 매주 토요일 아침과 수요일 오후에 나를 꼬박꼬박 랑어 파트에 있는 경기장까지 데려다줬고 옆에 서서 열성적으로 응원했다. 첫 번째 트레이닝 이후 트레이너 프레익 라위흐록은 날 '잘디'라고 불렀다. 이내 다른 학생들에게로 옮아가서 내가 스물한 살이 되던 해까지 따라다닌 별명.

나의 첫 경기는 로테르담 육상협회에서 주최하는 클럽 챔피언십이었다. 유소년 종목에는 네 가지가 있었다. 40미터 단거리, 포환던지기, 멀리뛰기 그리고 600미터 장거리. 나는 조금 긴장되긴 했는데, 어머니의 초조와 불안에 비하면 아무것도 아니었다. 어머니는 질문이 끊이지 않았고 손이 사시나무처럼 떨렸다. 우리 오렌지색 체육관 관복 뒤에 번호판을 핀으로 고정시키지도 못할 지경이었다. 핀에 등을 찔려 따끔하자 짜증을 내려던 참에 어머니 눈에 이슬이 고이는 걸 봤다.

"엄마." 내가 침착함을 가장하고 입을 열었다. "마음을 가라앉혀요. 울어야 할 이유가 전혀 없잖아요. 엄마가 자랑스러워하는 거 알아요. 또 엄마가 조금 있다 실망할 것 같아 그러는 것도요. 하지만 그래도 내가 엄마 아들이니까 엄마가 날 사랑한다는 걸 믿어요. 눈물 닦아요, 엄마. 그리고 날 좀 꼭 안아줘요. 그래서 우리 함께 이 순간을 이겨내도록 해요."

마침내 유르헌 후년의 어머니가 우리를 도와 번호판을 꽂아주었다. 유르헌도 우리와 같은 거리에 사는데 나보다 한 살 위였다. 그는 소년단 C급에 참가했고 그날 마지막 경기에 100미터에서 클럽 기록을 깼다. 훗날 주니어급에서 그가 나의 경쟁자가 되었다. 정확히 말해 우리 어머니의 경쟁자가 되었다.

유소년 프로그램의 첫 번째 종목은 40미터 단거리였다. 그 당시에는 무지막지하게 길게만 느껴졌던, 그러나 현 시점에서 보면 짤막한 줄금에 불과한 거리. 보일락 말락 왜소한 기억 속 낙서 한 점. 어머니가 출발 지점까지 나를 따라와 내게 몇 조 몇 코스인지 아느냐고 묻고 또 물었다. 나는 고개를 끄덕였다. 3조 4코스. 어머니가 내 티셔츠를 위로 올려 벗기더니 그걸 다시 내 바지 주머니에다 쑤셔 넣었다. 어머니 손이 그토록 떨리지만 않았다면 내 운동화 끈도 다시 풀어서 맸을 터였다.

극도로 긴장한 어머니의 모습이 날 감동시켰다. 그리고 부끄럽기도 했다. 2조가 막 준비를 끝낸 차에 어머니가 확인했다. "그런데 소변은 봤니?"

나는 아차 하고 생각하지 못했구나 싶어 얼른 고개를 저었다.

"에른스트!" 어머니가 이름을 불렀다. 위협적 경고.

식당에 있는 화장실까지는 너무 멀었다. 자칫하다가 우리 조의 출발을 놓치게 될지도 몰랐다.

"오줌이 가득 찬 배로는 이길 수가 없어." 어머니가 다그치며 나무를 가리켰다. 저기 필드경기장 가장자리에 서 있는 나무.

남의 시선을 끌지 않으려고 내 딴에는 조심스럽게 그곳을 향해 걸었다. 그럼에도 어느 두 녀석의 눈에 띄고 말았고, 셋을 세기도 전에 벌써 경주로에 대기하고 있던 모든 사람들이 내가 나무 뒤에서 오줌을 누고 있는 걸 알아버렸다. 와그르르 웃음소리가 쏟아졌다. 어린 영혼을 칼로 도려내는 웃음소리.

"신경 쓸 것 없어." 어머니가 일렀다. 그런 다음 내 주머니에 든 티셔츠를 다시 갰다. 아무 데도 신경 쓰지 않기, 특히 남들이야 비웃건 말건 전혀 신경 쓰지 않기. 이건 어머니 스스로도 평생 동안 실천에 옮긴 신념이었다. 어머니가 굳게 지키고 지표로 삼은 생활신조.

이윽고 출발신호가 들렸고 우리는 출발했다. "잘다!" 어머니가 목청껏 외쳤다. "잘다! 잘다!" 어머니는 마치 자기 가족들, 아버지, 어머니, 오빠 둘, 수두룩한 언니들이 한자리에 모인 듯한 열의로 목이 터져라 응원했다.

나는 쏜살같은 스타트는 아니었음에도 1위로 하얀 돌가루로 그어진 결승선을 통과했다. 트레이너가 가르쳐준 대로 가슴을 앞으로 내밀고서. 결승선 가장자리에는 어머니가 벌써 와서 날 축하할 준비를 하고 있었다. 어머니도 40미터를 같이 뛴 것이었다. 하지만 우리는 심사위원들이 우리 등 뒤에 붙은 선수번호를 확인

할 수 있도록 출발 지점으로 일단 되돌아가야만 했다. 스톱워치, 삐삐, 연필, 종이 그리고 지우개의 시대였다.

"거봐." 어머니가 말했다. "오줌이 도움이 됐잖아." 그녀는 포근하고 강직한 팔로 나를 끌어안았다. 눈에는 이슬이 넘칠 듯이 그득했다. "항상 엄마 말을 들어야 해." 그녀가 소곤댔다. 그게 그녀가 나에게 준 조언이었다. 엄마 말에 순종하는 걸 신조로 삼아야 한다고. 그러면 모든 게 다 뜻대로 이뤄질 거라고.

멀리뛰기에서는 두 번 실격 당했다. 제3차 시도에서는 4위에 족했고, 중간성적에서 등급이 1위에서 2위로 떨어졌다. 심판들에게 방해가 된다는 이유에서 어머니는 그사이 경기장에서 퇴장을 당하고 없었다. 내가 멀리뛰기에서 실격되었다는 점에 대해 어머니가 이의를 제기했던 것이었다.

"아직 아주 어린 아이예요." 내가 제1차 시도에서 실격된 후에 어머니가 구름판 앞에 앉아 있는 심판에게 가서 하소연했다. "게다가 저렇게 제 나름대로 최선을 다하고 있잖아요."

제2차 시도에서 심판이 빨간 기를 위로 들자 그녀가 그걸 아래로 밀어제치면서 하얀 기를 잡아채더니 그걸 공중으로 번쩍 올렸다. 다른 심판은 거리 측정을 거부했다. 그러자 어머니가 성큼성큼 자기 발걸음으로 거리를 가량하면서 모래밭 안으로 걸어 들어간 다음, 엄숙하게 선언했다. "4미터 70센티미터." 우리 체육관 기록은 두말할 것도 없고, 만약 유소년 세계기록이라는 게 존재했다면 족히 신기록이 될 뻔한 거리였다.

나중에 어머니 자신도 직접 심판이 되었다. 왕립 네덜란드 육상연맹의 심판자격증 시험에서 일곱 번이나 낙방을 한 후에. 어머니는 기필코 심판이 되고자 했는데, 육상경기 발전을 위해 자원봉사를 하겠다는 사명감의 발로가 아니라 점심도시락 때문이었다. 경기 행사에 심판 자격으로 참여하는 사람들에게는 도시락과 커피나 차를 살 수 있는 무료 티켓이 서너 장 제공되었다. 슈퍼마켓에서의 세일과 비슷한 매력을 가진 규정이었다.

심판이 된 어머니는 음료수 무료 티켓을 도시락으로 맞바꾸기 위해 줄곧 총력을 기울였다. 첫 종목이 시작되기 전에 어머니는 모든 심판들을 하나하나 찾아가 그날의 환율을 통고해주었다. 도시락 한 개당 최고 몇 장의 티켓을 사용할 것인가에 대해서 다른 심판과 열띤 토론을 하느라 반칙을 놓치는 일이 생기기까지 했다.

어머니가 가는 곳은 어디서든 흥정이 벌어진다.

행사가 있는 날은 언제나 형들과 아버지가 점심시간에 경기장으로 나와야 했고 각자 도시락을 하나씩 받았다. 이를 위해서 어머니는 스톱워치를 누르고 거리를 측량하고 장대를 제자리에 돌려놓았다. 안이 훤히 들여다보이는 비닐봉지에 든 샌드위치를 위해서. 버터가 듬뿍 발리고 햄, 치즈 그리고 소시지 파테를 곁들인 샌드위치를 위해서. 우리는 그걸 게걸스레 먹어치웠다. 집에 가면 더는 먹을 게 없었다.

나는 유소년부에서 클럽 챔피언이 되었다. 공던지기와 600미
터에서도 1위를 차지했다. 마지막 종목에서는 거의 처음부터 끝
까지 어머니가 경주로를 따라 잔디밭 위를 같이 달렸다. 다른 어
머니들은 뎅그런 눈으로 쳐다만 보고 있었고, 쯧쯧 혀를 차면서
고개를 내젓는 사람도 있었다. 하지만 어머니는 그런 것에 조금
도 신경을 쓰지 않았다. 마지막 골라인 부분에서 어머니가 쉬지
않고 외쳤다. "잘디! 잘디!"

시상대는 각기 다른 높이의 오렌지색 석유용 드럼통 세 개로
설치되었다. 내 이름이 호명되자 세찬 박수가 터져 나왔고 어머
니가 멈추는 바로 그 찰나까지 박수 소리가 계속되었다. 나는 제
일 높은 드럼통에 올라가서 앞으로 나오는 심판장을 기다렸다.
그는 먼저 내 양옆의 단상에 서 있는 아이들에게 상을 나눠주었
다. 그들의 이름은 가물가물 수천 개의 다른 이름들 저편에 매몰
되어버려 캐내기가 불가능하다. 연이어 심판장이 가로걸음으로
와서 내 얼굴 정면을 향해 섰다.

나의 첫 번째 상. 나의 첫 번째 우승컵. 1987년도 유소년부 클
럽 챔피언. 나는 청중 속에서 어머니의 시선을 찾았고 웃음꽃을
함빡 담은 환한 어머니 얼굴이 내 눈에 맺혔다. 여느 어머니처럼
어머니가 행복해하는 모습을 보는 건 처음이었다. 예기치 않은

여름 돌풍의 힘으로 시간이 순간적으로나마 앞으로 나아가는 것 같았다.

내가 옆으로 가 섰을 때 어머니는 내가 자기와 자기 언니들한 테서 육상 재능을 이어받았음을 사람들에게 알렸다. "우리 자매들은 원래 다 육상에 뛰어났답니다." 어머니가 심판장에게 들려 줬다. "우리는 꼬박꼬박 우승컵과 메달을 차지했거든요. 맨발로요." 묻지도 않았건만 그녀는 자기 발바닥에 박힌 못을 벌려 보였다. 다른 어머니라면 제아무리 열광의 도가니에 빠져 있더라도 일절 범하지 않을 행동.

예리코란에 들어와서는 이웃들에게, 거리 건너편에 사는 이웃들에게까지도 우승컵을 보여주러 다녀야만 했다. 내가 클럽 챔피언이 되었다는 사실을 두루두루 알려야만 했다. 다음 날 어머니는 나와 학교에 같이 갔고, 내가 우승컵을 들고 반마다 순회해야 한다고 강경히 주장했다. 평소에는 가혹할 만큼 엄격한 비렌브로드스폿 담임선생님도 감히 안 된다고 거절할 용기를 내지 못했다. 어머니 눈에 서려 있는 그것 때문이었음은 말할 필요도 없었다. 살기등등함.

그 이후로도 수년 동안 나는 허다한 상을 받았고 그걸 가급적 많은 사람들에게 전시해야만 하는 것도 여전했다. 과시. 인도의 전형적 관행. 네덜란드 어디에선가 열린 경기를 끝낸 후 집으로 돌아오는 무척이나 지루한 자동차여행들이 기억난다. 일단 로테르담에 도착하면 어머니가 온 가족을 깨웠고 우리는 모양새를 바로잡아야만 했다. 준비 자세. 우리 집이 눈앞에 다가오면 어머니가 "지금!" 하고 구령을 내렸다. 아버지는 빵빵 경적을 울려댔고 우리가 사는 거리를, 나중에는 다른 거리까지도 서너 차례 왔다 갔다 반복했다. 이웃이 일제히 우리를 볼 때까지 그렇게 계속했다. 운전대를 움켜잡은 아버지, 웃고 있는 형들, 마치 여왕이라도 되는 듯이 창가에서 손을 흔들어 보이는 어머니, 메달 혹은 우승컵을 창밖으로 내밀어 보여야 했던 나.

그러던 어느 날 빨간 양복을 입은 노신사 한 분이 우리 대문 앞에 섰다. 정성스레 손질한 콧수염을 한 그는 자신을 미스터 쿠마르라고 소개했다. 나는 가가호호 찾아다니는 외판원, 가방 속에 신통방통한 행주를 가지고 다니는 판매원인 줄 알았다. 그래서 문을 닫으려는 참이었다. 그런데 미스터 쿠마르는 자기 옷가슴에 달린 기장을 가리켰다. 금으로 자수된 문장. 인도 육상연맹.

잠시 후 미스터 쿠마르는 우리 집 거실 식탁에 자리를 잡았다. 그는 두 손으로 찻잔을 감싸고서 간간이 한 모금씩 홀짝거렸다. 보통 우리 집 안으로는 누구도 불러들이지 않았다. 친구도, 친지도, 아버지의 동료도 역시 문 앞에서 기다려야 했다. 어머니는 잡동사니로 널브러진 집안 꼴을 수치스러워했다. 남이 내다버린 환기통을 거둬들임으로써 어머니 수집벽이 새로운 절정에 달한 즈음이었다. 우리 집은 기적적인 행주보다는 심리학자가 더 절실했다. 미스터 쿠마르는 잡동사니를 보지 못했거나 거실에 비디오가 탑처럼 쌓여 있는 걸 지극히 당연히 여기는 눈치였다. 어쩌면 그의 아내도 구제 불가능한 경지일지도 모르고 인도의 모든 여성들이 하나같이 열광적인 수집광일 가능성도 배제할 수 없었다.

어머니가 미스터 쿠마르하고 힌디어로 대화를 나눴다. 아주 간간이 영어 단어가 한마디씩 꼈다. "챔피언" "재블린•" "프리 런치". 나는 식탁을 뜨고 싶었으나, 어머니가 나를 막았다. 미스터 쿠마르께서 특별히 너를 위해 이처럼 친히 와주셨다고 어머니가 덧붙였다.

"저 멀리 봄베이에서 이렇게 찾아왔단다." 인도 육상연맹의 대표가 덧붙였다.

나는 미소 지었다. 내 고향 사람.

미스터 쿠마르도 내가 봄베이에서 태어난 것을 익히 알고 있었다. 바로 그것이 미스터 쿠마르가 방문한 이유였다. 그러나 이 사실을 나는 나중에야 알게 되었다.

차를 마시고 나서 우리는 위층으로 올라갔다. 어머니가 미스터 쿠마르에게 먼저 자기가 받은 상들을 보여줬다. 침실 서랍장 위에 서 있는 일곱 개의 우승컵들.

• 창던지기(Javelin).

"기억납니다." 제일 큰 잔을 서랍장에서 꺼내들면서 미스터 쿠마르가 영어로 말했다. "루크노브 1957년."

어머니가 고개를 끄덕였다. 언뜻 눈물이 비친다 싶었는데, 그건 어머니 눈에서 지나치는 섬광이었다. 마치 먼지와 녹을 꿰뚫고 보는 듯, 여학생 시절에 공중에 번쩍 들어 올린 번쩍번쩍 광이 나던 우승컵을 보고 있는 듯했다.

"내가 수천 명의 여중생들 중에서 제일 빨랐어요." 어머니가 나직이 속삭였다.

"출발선에, 차렷, 준비, 출발!" 미스터 쿠마르가 말하고 나서 슬쩍 한쪽 눈을 깜빡이며 눈짓을 보냈다.

나는 그 윙크와 관련된 사연이 나오기를 기대했으나, 미스터 쿠마르는 우승컵을 다시 내려놨다. 한 치도 어김없는 제자리에, 그늘지고 먼지가 앉지 않은 네모난 공간에 반듯하게. 봉인된 과거.

우리는 내 방으로 발걸음을 옮겼다. 내 책상은 너저분했다. 펼쳐진 책들과 공책들, 먹다 남은 사과 응어리와 초콜릿 껍질이 여기저기 흩어져 있었다. 나는 고등학교 2학년이었고, 이주일 후에 첫 번째 모의고사가 시작될 예정이었다. 그리스어로 된 헤로도토스의 《역사》에 나오는 글을 오백 줄이나 외워야 했다. 다 집어치우고 육상경기장으로 내빼고 싶은 생각만 굴뚝같았으나 어머니의 감시가 철저했다. 한시도 내게서 눈을 떼지 않았다.

미스터 쿠마르는 내 우승컵 진열장으로 직행했다. 아버지가 특별히 우승컵들을 보관할 장을 하나 손수 조립해줬다. 메달, 트로피, 우승컵들에 먼지가 쌓이지 않도록 장에다 유리문을 달았다. 나는 주말마다 유리문을 열고 새 상패를 집어넣었다. 장이 벌써 꽉 차서 더 넣을 자리가 없을 정도였다.

"잠깐 봐도?" 미스터 쿠마르가 양해를 구했다.

내가 고개를 까딱했다.

그는 유리문을 열고 무거운 메달을 하나 집었다. 호린험에서 열린 던지기 종합대회에서 딴 1위 메달이었다. 나는 그동안 던지기 종목을 하나씩 늘렸었다. 탄환던지기, 창던지기, 원반던지기. 특히 마지막 종목에서 두각을 나타냈는데, 호린험에서 던진 거리는 그 대회의 기록이었고, 그해 1998년도 등급 서열에서 높은 순위를 차지했다. 오는 7월에 암스테르담에서 네덜란드 전국 챔피언십 경기가 열릴 예정이었다. 나는 그리스어 시험보다는 경기에 대한 기대로 가슴이 부풀었다.

미스터 쿠마르는 우승컵을 하나 집어 들어서 그걸 자기 얼굴 가까이 갖다 댔다. 번들대는 잔이 그의 얼굴을 눈썹이 덥수룩한 우스꽝스러운 모습으로 변모시켰다. 그는 받침대의 금속판에 새겨진 문자를 소리 내 읽어봤다. 몇 개의 연개구음만 들려왔고, 연이어 "정말 대단합니다!" 하는 감탄사가 뒤따랐다. 미스터 쿠마르는 우승컵을 제자리로 돌려놓고 난 다음 제일 높은 선반도 살펴보려고 까치발을 디뎌야만 했다. 가장 큰 우승패들이 서 있는 선반.

"아주 좋습니다." 그가 찬사를 남발했다. "아주 아주 좋습니다." 마치 상패를 사고 싶다는 의사를 내비치는 어조로.

나는 우승컵 하나하나의 배경을 설명해줬다. 날짜, 장소, 육상 종목. 미스터 쿠마르가 고개를 한없이 끄덕이더니 힌디어로 몇 마디를 중얼거렸다. 내가 알아들을 수 있는 유일한 단어는 '봄베이'였다. 미스터 쿠마르는 내 고향이 봄베이라는 점을 무척이나 뿌듯해하는 인상을 주었다.

연달아 그가 영어로 말했다. "이례적인 특혜를 베풀어 드리겠습니다." 그 순간 그의 까만 눈썹이 제자리에서 떨어져나와 둥둥 떠도는 것처럼 보였다.

나라마다 역사적인 오점을 안고 있다. 결코 극복하기 힘든 트라우마. 인도의 가장 큰 트라우마는 아마도 육상인 듯하다. 올림픽에서의 마지막 영예의 메달은 1900년으로 거슬러 올라간다. 노먼 프리차드가 200미터 달리기와 200미터 허들에서 은메달 두 개를 획득했다. 하지만 프리차드는 인도에 거주하던 영국인이었다. 그를 인정하지 않는다면 성적은 더 빈약해진다. 완전히 대흉작이다.

다른 올림픽 종목에서도 역시 인도는 크게 내세울 만한 것이 없었다. 그나마 국가 차원에서 실적을 올린 유일한 스포츠는 하키였다. 국가대표팀이 총 열한 개의 메달을 정복했는데, 그중 여덟 개가 금메달이다. 개인종목에서는 2008년에서야 베이징에서 최초로 아비히나브 빈드라에 의해 금메달을 획득했다. 남자 10미터 공기소총 종목에서 금메달 수상자인 그는 일거에 '인도에서 제일가는 사윗감'이라는 말을 듣게 되었다. 적어도 그의 어머니 말에 따르면.

아비히나브 빈드라의 메달로 인해 올림픽에서 획득한 메달 집계가 열여덟 개로 늘어났는데, 우즈베키스탄과 동등한 종합 순위이다.

십일억 인구에 비하면 초라하기 이를 데 없는 메달의 수. 이게 바로 골수에 뿌리박힌 인도의 정신적 상흔이면서 한편으로는 난해한 수수께끼이다. 가난과 실적 부진은 밀접한 상관관계가 있다고 보는 연구자들이 있다. 스포츠는 인도인 중 소수만이 누리는 사치였다. 그러나 다른 연구자들은 이를 반박했다. 우즈베키스탄도 가난하지 않은가. 그들 관점으로는 유도, 육상, 수영, 체조, 조정, 레슬링과 같은 스포츠에 부적합한 인도인들의 체격이 화근이다. 인도인들은 크리켓 같은 유유한 정서적 스포츠에만 적합한데, 안타깝게도 크리켓은 올림픽 종목이 아니었다.

이런 연구들을 등한시한 채 인도는 국가적 야망을 버리지 못했다. 1996년 올림픽에서 동메달 단 한 개라는 고배를 마신 직후

발표된 체육부 장관의 성명이 요원의 불길이 되었다. 텔레비전 방송망을 통해 범국가적인 공식성명이 발표됐다. "인도에는 아주 많은 인재가 있습니다. 우리가 보다 더 적극적으로 차세대 인재 발굴에 나서야 할 것입니다." 그로 인해 오늘날까지도 계속되고 있는 인재사냥이 시작되었다. 일전에 체육부 장관이 타밀나두 주에서 어부들과 거리예술가들 틈에서 수영선수와 체조선수 선발 사업을 개시했다. 다음 올림픽 개최지인 중국에 가서 평행대의 신기루가 되기를 바라는 마음으로 길거리에서 줄타기 곡예가들을 물색했다.

미스터 쿠마르는 체육부 장관의 최초 특사팀 중 한 명일 가능성이 컸다. 로테르담까지 먼 걸음을 한 특사. 미스터 쿠마르의 의중은 내 국적을 인도로 변경시키는 거였다. 내가 인도 어머니를 둔 데다 봄베이에서 태어난 덕분에 가능한 얘기였다. 그 대가로 나는 인도의 육상 전당, 김카나 그라운드* 근교에 있는 세쿤데라바드에 주택 한 채를 제공받게 될 터였다. 세계 정상급 코치도 유럽에서 모셔 올 계획이었다.

미스터 쿠마르가 기대에 부푼 눈으로 날 빤히 쳐다봤다. 그의 말투가 조급해졌다. 금 냄새를 맡은 사람의 말투. 그의 눈에는 내가 올림픽에서 육상으로 메달을 따게 될 최초의 인도인으로 비춰

---

* 1928년에 세워진 크리켓 경기장.

졌다. 헤이그 주재 대사관에 잠깐 들르는 일, 그 외의 다른 절차는 필요치 않았다. 여권이 미리 준비되어 있는 것 같았다.

나는 모의고사를 생각했다. 이것이야말로 그걸 모면할 수 있는 절호의 기회이지 않은가.

하지만 어머니는 미스터 쿠마르의 제안에 전혀 동요하지 않았다. 고개를 쌀쌀맞게 저었다. 그런 뒤 단호한 태도로 내 책상을 지적했다. 펼쳐진 책과 공책들을. 나는 가서는 안 되었다. 나는 어머니 말씀을 따라야 했다. 나는 그리스어 문장을 암기해야만 했다.

미스터 쿠마르가 언성을 높이면서 기세등등하게 주장했다. 그는 절대로 자신의 꿈을, 인도의 꿈을 무산시킬 자세가 아니었다.

어머니는 아무 반응이 없었다. 적어도 당장 그 자리 그 시각에는. 밀방망이가 근처에 없는 지금에서는.

나는 책상 앞으로 가서 의자에 앉은 다음《역사》의 한 대목을 펼쳐 들었다. 만인 가운데 제일 행복한 사람은 누구인지에 대한 솔론과 크로이소스의 대화. 모의고사는 피할 수 없는 관문이었다.

어머니는 미스터 쿠마르에게 같이 나가자는 손짓을 보냈다. 그들이 내 방을 떠나 계단을 내려갔다. 부산스러운 발걸음 뒤를 무거운 발걸음이 뒤따랐다. 부엌문이 열리는가 싶더니 실성한 사람 같은 어머니의 호령 소리가 곧바로 뒤를 이었다. 갑부의 대명사인 크로이소스는 세상에서 제일 행복한 사람이 아니었다. 미스터 쿠마르도 그랬다.

끔찍한 굉음이 울리길래 나는 아래층으로 내달았다. 미스터 쿠마르가 거실 밑바닥에 엎어져 길게 뻗어 있었다. 그가 부엌을 탈출하여 도망치다가 그만 비디오 탑에 정면충돌을 한 것이었다. 카펫 도처에 비디오 부속품들과 까만 몸체의 조각들이 어지러이 널려 있었다. 어머니는 그걸 주워 모아 비닐봉지에 담느라 여념이 없었다. 인도의 수리공이 전 생애를 바쳐도 모자랄 일거리였다.

나는 미스터 쿠마르를 부축해서 일으켰고 대문으로 안내해주었다. 전신을 와들와들 떨고 있어, 힘주어 그를 붙잡아줘야만 했다. 어머니는 본체만체 눈썹 하나 까딱하지 않고 비디오 파편을 모으는 일에 몰두해 있었다.

문턱에 이르러서 미스터 쿠마르가 앞뒤가 모호한 울분에 찬 독백을 한바탕 토했다. 퀸 빅토리아 여자 중고등학교가 어쩌고 아흘루왈리아 집안이 어쩌고 우리 어머니 언니들이 어쩌고 횡설수설을 늘어놨다. 나는 자스린 이모한테서 재능을 물려받았다. 그리고 그런 재능을 허비해서는 안 되었다. 자스린 이모가 자기 어머니 말을 따랐던 것처럼 나 또한 어머니 말을 따르는 전철을 되풀이해서는 안 되었다. 그는 마지막에 가서는 오로지 한 단어만 반복했다. "자스린, 자스린, 자스린." 바늘이 걸려버린 축음기 음반처럼.

그는 실컷 얻어맞은 개 몰골로 거리를 빠져나갔다.

그사이 집 안에서는 바닥 깔개가 다 정리됐다. 거실 한 모퉁이에 비디오 몇 개가 차곡차곡 쌓여 있었다. 어머니는 소파에 앉아서 앞을 물끄러미 응시하고 있었다. 그녀는 조용히 흐느껴 울었다. 나는 어머니 뒤에 부동자세로 말뚝이 되어 서 있었다.

시간이 얼마큼 흐른 뒤 어머니가 입을 열었다. "자스린 이모는 명성을 떨치는 흉부외과 전문의야." 그런 다음 나더러 위층으로, 내 책상 앞으로 가라고 시켰다.

나는 층계를 날듯이 뛰어올랐다. 그러나 바로 내 방으로 향하지 않고 부모님 침실 문을 열었다. 서랍장 맨 위 칸에, 우승컵들 바로 아래에 옛날 사진들이 들어 있었다. 내가 미처 세상에 나오기 진의 아주 먼 옛날 사진들.

아흘루왈리아 집안의 온 식구가 함께 찍은 사진이 딱 한 장 있었다. 과거 어디론가로 없어져버리지도 않았고, 흙과 깨진 벽돌 속에, 탄환과 파편 속에 파묻혀버리지도 않은 채 유수한 세월을 지탱해온 사진. 어머니가 언젠가 사진을 보여주면서 가르쳐준 적이 있었다. "이게 엄마의 가족이야. 이분이 우리 아버지, 이분은 어머니, 이건 다 언니들하고 오빠들이야. 그리고 이게 바로 나야."

서랍 안 맨 밑바닥에서 가족사진을 찾아서 내 방으로 가져갔다. 청년이 둘, 소녀가 여덟, 흰 수염의 남자 하나, 그리고 줄넘기를 해도 좋을 만큼 길게 머리카락을 땋아내린 여자 하나. 왼쪽 끝에 한 여자애가, 오른쪽 끝에 다른 여자애가 줄넘기를 돌린다. **행행, 행행, 행행.**

보면 볼수록 더 많은 내막이 사진에 나타났다. 내가 어릴 적 사물에서 보곤 했던 몽환경. 완전히 잠이 깨지 않은 듯 비몽사몽한 상태. 작은 소녀가 나를 향해 웃었다. 윤기가 번지레한 머리카락, 예쁘장하고 앳된 얼굴. 우리 어머니. 퀸 빅토리아 여자 중고등학교의 교복 차림. 그 옆의 두 소녀도 같은 교복 차림이다. 하얀 칼라가 달린 까만 원피스. 그들은 학교를 다니고 있는 맨 마지막의 세 딸이다. 남매 중에서 제일 나이 어린 아이들. 그들의 눈은 별처럼 반짝반짝 빛난다.

어머니 오른쪽의 소녀는 시타라이다. 시타라 이모의 외아들은 어느 날 출근했다가 돌아오지 않았다. 어느 날, 그러니까 그로부터 먼 훗날, 미래의 어느 날 그리고 지금으로부터 먼 과거의 어느 날.

어머니 왼쪽에는 자스린 이모가 서 있다. 그녀는 어머니보다 세 살 위이고 한 0.5센티미터쯤 더 커 보였다. 그녀만 유독 렌즈를 주시하지 않는다. 마치 딴생각을 하고 있는 것처럼, 나처럼 엉뚱한 공상에 잠기곤 하는 몽상가인 것처럼. 바로 다음 순간 사진사가 어둠상자의 셔터 깃을 끌어당긴다. 섬광. 하얀 구름이 피어오른다.

160

자스린 이모는 뛰어난 칠종경기 선수였다. 그녀는 여덟 자매 중에서 제일 발이 빠르고 특히 원반던지기에서는 마흔 걸음이나 되는 거리를 던졌다. 다리가 짧은 사람이 거리를 측량할라치면 심지어 쉰 걸음도 나올 정도였다. 셈하기가 헷갈리는 누군가가 거리를 측량하는 경우도 있었다. 그로 인해 여든여섯 걸음이라는 신기한 기록이 자스린 이모의 훈련 기록으로 전해지기도 했다.

자스린 아흘루왈리아는 원반에서는 대적할 자가 없었다. 적어도 풍향이 유리한 상황에서는. 약한 역풍을 타고 원반이 위로 또 위로 떠오른 다음 긴 하강 곡선을 그리다가 비로소 땅으로 되돌아오는 조건에서는 자스린 이모의 재능이 최대한 발휘되었다. 풍향이 (뒤나 옆에서 부는) 잘못된 경우나 무풍지역에서는 거추없이 손에서 튀어나간 원반이 국그릇 뒤집히듯 허공에서 획 꺾어져서 아홉 걸음이 되기가 무섭게 땅으로 곤두박질을 쳐버렸다. 누구도 해명하기 어려운 수수께끼.

인도가 해방된 바로 그 직후였다. 육상은 막 시작하는 어수룩한 단계였다. 육상협회라든지 경주로 같은 시설이 존재하기 전이었다. 잔디는 자랄 마음이 없는 거칠고 메마르던 불모지역에서 운동을 했다. 쇠로 만든 포환, 창, 원반. 기묘한 영국인들의 유산. 이걸로 뭘 하라는 거지? 던지기를? 헌데 어떻게?

어머니는 포환던지기에 정열을 쏟았다. 비법은 양손 사용하기.

퀸 빅토리아 여자 중고등학교의 트레이너들은 비공인 전술을 신뢰하는 구태의연한 퇴직 교사들로 이뤄졌다. 자스린 아홀루왈리아는 생고추 사용을 주장하는 여자 교사 밑에서 훈련을 받았다. 단거리에는 빨간 생고추, 장거리에는 파란 생고추. 어떤 고추 종류는 지독스레 얼얼해서 코끼리라도 수직비행으로 날아오르게 할 정도였다.

자스린 이모가 천 미터에서 1위로 결승선을 통과한 적이 있었다. 그런데 결승선을 지나고도 계속 달렸다. 화장실을 향해서. 가장 긴요한 비방은 요컨대 생고추의 정량 조절에 있었다.

계절마다 한 번씩 다른 학교와의 육상대회가 열렸으며 퀸 빅토리아 여자 중고등학교의 명예를 걸고 선발된 학생들이 출전했다. 자스린 이모는 대회마다 칠종경기에 발탁되었다. 이모는 발이 빠를뿐더러 던지기와 높이뛰기에서도 남다른 두각을 드러냈다. 최소한 인도 사람들이 보기에는.

높이뛰기에서 배면뛰기 기술인 이른바 포스버리 플롭이 선보이기 전이었다. 이는 그로부터 몇 년 후에야 개발되었고, 또 그 이후로 몇 년 후에야 인도에서 시도하게 되었다. 1968년 올림픽에서 리처드 더글러스 포스버리가 선보인 배면뛰기는 인도 선수들이 바로 따라했으나, 이 기술 때문에 수많은 부상자가 생겼다. 두부외상, 골절, 심하게는 하반신 불구까지도. 아뿔싸! 가미카제식

모험이었다.

자스린 이모는 스코틀랜드식 점프를 신봉했다. 정면에서 가로 친 밧줄을 향해 일곱 걸음을 내딛고 재빨리 구른 오른쪽 다리를 먼저 밧줄 위로 솟구쳐 넘기고, 왼쪽 다리가 즉시 그 뒤를 따랐다. 양발 착지라는 점에서 무엇보다도 가장 안전한 도약 기술이었다. 밧줄 뒤에는 부드러운 매트는 아니지만 모래와 자갈가루가 깔린 판이 놓여 있었다. 높이뛰기와 멀리뛰기는 같은 장소에서 진행되었다.

어머니는 나름대로 가로 친 밧줄과 연결된 장대를 이용하는 높이뛰기 기술을 개발했다. 준비 단계에서 20도 가량 비스듬하게 뛰기 시작했다가 장대를 잡은 힘을 이용해서 몸을 밧줄 위로 끌어 넘겼다. 이런 도움닫기가 실격을 당할 때도 있었으나, 대부분은 무사통과되었다. 장대높이뛰기가 아직 일반적으로 알려진 종목이 아니었다는 것이 이점으로 작용한 것 같았다. 하지만 내 짐작에 어머니가 심판들을 을러댔을 가능성이 더 컸다. 인도에서 심판은 수월찮은 일이었다. 밧줄을 그저 밑으로 내려 누르면서 뛰어넘는 선수들도 없지 않았다. 장차 자기 남편을 절망 속으로 몰아넣을 여자들. 어린 나이에 벌써부터 우격다짐의 비결을 터득한 여자들.

학교 기록은 자스린 이모가 보유하고 있었다. 이모의 기록은 한 계절이 지날 때마다 할머니의 머리카락이 자란 만큼인 2센티미터씩 더 높아졌다. 여름철에는 심지어 4센티미터까지 높아졌는데, 여름에는 할머니 머리카락이 더 빨리 자라기 때문이었다.

자스린 이모의 탁월한 성적 덕분에 퀸 빅토리아 여자 중고등학교는 번번이 주변의 학교를 거의 다 꺾고 승리를 차지하곤 했다. 자스린 이모는 참가하는 지역마다 늘 영예의 단상에 올랐다. 내가 훗날 체험하게 될 그런 달콤한 늦은 오후였음이 분명하다. 뉘엿뉘엿 저물어가는 해. 갈증과 충족감. 명예로운 날들.

루크노브의 우승자는 우타르프라데시 주 선수권대회에 출전했다. 여기서 어머니는 세 번 연속 스타트에서 반칙을 범했다. 그런데도 그대로 내달려서 다른 선수들이 여전히 출발선에 서 있는 동안 어머니는 1위로 결승선을 넘었다. 이처럼 압도적인 승리는 어머니로서는 난생처음이었다. 그날 시상식에서 단상에 올라가 있는 어머니를 끌어내리느라 여덟 명의 심판이 동원되어야만 했다. 자스린 이모는 정식으로 시상대에 오를 자격이 있었다. 새로운 기록을 세웠을뿐더러 델리에서 개최되는 인도 북부 선수권대회에 출전하게 되었다. 두 달 후에 개최된 그 대회의 모든 남자 달리기 부문에서 지브 밀카 싱이 전승을 거두었다. 이 신동이 바로 1960년 로마 올림픽에서 육상 결승에 진출한 인도 최초의 선수였던 것이다. 털끝만 한 차이로 그는 400미터에서 3위를 차지했다. 그러나 이후 영예로운 메달에 더 가까이 간 인도 선수는 나오지 않았다.

자스린 이모는 인도 북부 선수권대회에서 칠종경기를 우승했고 각종 신문에서 이름을 드날렸다. 지브 밀카 싱을 향한 찬가가 자스린 이모에게도 부분적으로 향했다. 똑같은 환희, 똑같은 표현. 자스린과 지브, 인도 육상계의 위상을 높여줄 조국의 꿈나무들.

그러나 지브 밀카 싱과는 달리 자스린 이모는 끝내 올림픽에 진출하지 못하고 말았다. 부모님의 만류로 대학에 진학해야만 했던 것이다. 인도의 사회적 순위에서는 학벌이 스포츠 성적보다 높았다. "모름지기 대학 교육의 덕은 평생 동안 보게 된단다." 어머니가 종용했다. "우승컵은 이내 그 광채를 잃고 먼지 속에 파묻히고 말아." 자스린 이모는 어머니 뜻을 좇았고, 흉부외과 전문의가 되었다.

원반은 더 이상 그녀의 손에서 던져지지 않게 되었고, 바람을 타고 위로 또 위로 올라갔다가 무수한 발걸음이 지난 다음에야 땅으로 되돌아올 일도 없게 되었다.

나도 같은 길을 걸었다. 대입시험 후에 경제학자, 변호사 혹은 의사가 되어야만 했다. 그러면 만사태평하게 되리라는 거였다. 나는 어머니 뜻을 좇아 로테르담 에라스무스 대학교에서 경제학을 선택했다. 하지만 이내 지루해졌고, 생각의 한구석은 졸고 있었다. 나는 결코 잠에서 깨지 못하고 말 터였다.

내가 어느 순간 작가가 되겠다고 선언했을 때 어머니는 까만 쓰레기봉투를 테라스에 가지고 나가 태웠다. 오래전 예리코란의 세입자 헤리쩐 씨를 몰아내려고 했던 때와 똑같이. 어머니가 읊어대는 주문을 들었다. "악귀야, 물러가라! 에른스트의 몹쓸 귀신아, 냉큼 사라져버려라!"

어머니는 더는 날 상대도 하려고 들지 않았다. 작가라는 직업을 수치스러워했고 지금도 수치스러워한다.

그러나 이 글은 복수가 아니다.

나는 어머니의 외침을 다시 한 번 더 듣고 싶을 따름이다. "잘디! 잘디!" 잔디밭 위로 튀어오르는 그녀의 목소리. 그녀의 열정 그리고 환희에 넘치는 행복감.

이제는 오로지 저 멀리에서만, 백일몽의 심층에서만 들려올 따름이다.

왕할머니의
임종

물론 우리에게는 네덜란드 친척들도 있다. 네덜란드 삼촌들과 고모들. 할머니와 할아버지, 사촌들. 환 데르 크봐스트 집안은 콧수염을 한 대머리 남자들과 유머감각도 없고 자식들도 없는 대신 곤충에 관심이 더 많은 여자들이 특징이다. 술주정뱅이 한 명 껴 있지 않고, 예술가도 시적인 영혼도 찾아볼 수 없다.

일가의 한 사람, 아리 환 데르 크봐스트가 자기 시간을 들여 가계도를 작성해 인터넷에 올려놓고 공유하도록 했다. 외헤니아, 요하나, 헬메뤼스 같은 이름이 후대에 들어 증가하는 추세이다. 삶을 일종의 의무로 치부하는 금욕적 사람들을 연상케 한다. 쾌락 같은 건 아예 존재하지도 않거나 금지되었다. 어쨌든 인생을 예찬한 흑인은 한 사람도 껴 있지 않다. 그야말로 지당하신 말씀.

가계도는 끊김 없이 이어지고 있으며, 항렬을 따라 한줄기로 나아가다가 다시 몇 개의 가지를 치고 있다. 어디에도 이상증식의 흔적은 없다. 완벽한 **혈통**과 **토지**. 뿌리에서 어린 가지에 이르기까지. 우리는 모두 다 천편일률적 양상을 띤 견고한 순백색 목재로 만들어졌다. 환 데르 크봬스트 성을 가진 누군가가 춤추는 걸 목격하는 이들은 줄을 당겨 팔다리를 움직이도록 만들어진 목각인형을 떠올릴 것이다. 그토록 하나같이 통나무처럼 뻣뻣한 엉덩이들.

그런데 그런 닫힌 혈연 공동체에 우리 어머니가 들어온 것이었다. 족보가 뿌리채 이리저리 흔들린다. 원줄기들의 원성이 높다. 아우성을 친다. 무거운 여행가방들, 고장 난 라디오들, 녹이 슨 자전거들을 지탄한다. 수세대 동안 이어진 요하나들이 도끼를 요구한다.

그 요하나들 중 한 사람이 바로 우리 왕할머니이다. 아버지의 할머니. 그녀는 전 세기 초에 의사와 결혼한다. 나의 증조할아버지보다 열다섯 살 남짓 손아래인, 아직 앳된 티가 가시지 않은 소녀. 그녀 약력에 대해서 더 추가할 만한 특기사항은 없다. 내가 처음 그녀의 무릎에 앉혀졌을 때 그녀는 팔십대 후반이었다. 그녀의 돌같이 뻣뻣한 뼈마디가 내 엉덩이에 박혔다.

그녀가 횔르스트 마을에 있는 사설양로원에 살기 때문에 형들과 나는 그녀를 횔르스트 왕할머니라고 부른다. 근래에 들어 우리는 그곳을 자주 방문한다. 치매에 걸린 후로 왕할머니는 상당히 유순해진 편이다.

딱딱하게 맺히는 뼈마디 외에도 왕할머니의 백발이 기억에 남는다. 나는 그처럼 하얀 호호백발은 본 적이 없었다. 1985년 동장군이 당당히 위세를 떨치는 동안 하늘에서 펑펑 쏟아지던 눈보다 더 새하얀 머리. 우리는 온통 흰색으로 덮인 은세계를 십 년이 넘도록 기다려야만 했었다. 그러나 그때는 이미 우리가 동심의 세계를 벗어나버린 뒤였다. 조금씩 철이 들면서 세상은 차츰 황홀감을 잃어가고 있었다.

우리는 매달 한 번씩 왕할머니에게 갔다. 우리의 첫 번째 차, 여기저기 녹이 슨 빨간 라다를 끌고서 장거리를 운행했다. 배기통에서 시꺼먼 매연이 뿜어져나오고, 이웃 남자들을 몇 사람 불러다 차체를 밀어야 하는 일도 종종 발생했다. 어머니가 힌디어로 그들에게 힘을 북돋아주곤 했다. "잘디! 잘디!" 나중에 네덜란드 전국의 육상경기장들에서 나에게 사기를 북돋아줄 외침. 라다의 모터에 시동이 걸리자마자 형들과 나는 후다닥 차 안으로 올라타야만 했고 그렇게 우리는 털털거리면서 출발을 감행했다.

귀갓길에 우리는 셋이서 뒷좌석에 앉아서 '알아맞혀보세요!' 놀이를 했다. 내 눈에는 보이는데 네 눈에는 보이지 않는 게 뭐게? 그러다가 로테르담이 가까워질 무렵 우리는 각자 자리를 잡고 모로

누웠다. 아쉬르바트 형은 뒷좌석에, 요한 형은 그 밑바닥에, 그리고 나는 뒷좌석 위 모자 같을 걸 놓는 선반 위에 드러누웠다. 레몬빛 노랑, 새빨간 핏빛, 보랏빛, 진한 파란빛, 여름 하늘이 기억난다. 그리고 또 우리가 고속도로를 빠져나갈 때의 모터 소리, 바퀴 소리. 집 안에 발을 내딛는 순간의 막연한 안도감.

차의 짐칸은 으레 왕할머니의 물건들로 가득했다. 어머니는 이른바 왕할머니 유품에 대한 보호조치를 취하고자 했다. 해변에 해적들이 득실댄다는 거였다. 왕할머니 방문은 항상 심문으로 시작했다.

어머니: 뻐꾸기시계가 어디 있지요?

왕할머니: 무슨 뻐꾸기시계?

어머니: 벽에 뻐꾸기시계가 걸려 있었잖아요.

왕할머니: 무슨 벽에?

어머니: 요한이는 그 뻐꾸기시계가 무척이나 예쁘대요.

왕할머니: 요한이가 누구지?

그러면 요한 형이 앞으로 걸어나가 왕할머니 앞에 서고, 왕할머니는 형의 뺨을 어루만져주었다. 은붙이가 화제에 오를 때는 언제나 내가 앞으로 걸어나가야 했다. 어머니는 진작부터 나의 경제학자적 기질을 알고 있었다.

심문이 끝난 후에는 차와 팍팍한 케이크 시간이었다. 우리가 증손자로서 매달 왕할머니한테 오는 걸 얼마나 좋아하는지 이야기하고 있는 동안, 어머니는 손에 큼직한 가방을 들고, 없어도 왕할머니가 아쉬워하지 않을 만한 물건들을 고르러 다녔다.

해변의 가장 큰 해적은 우리 친할아버지였다. 룩셈부르크 할아버지. 적어도 어머니 관점에서는 그랬다. 할아버지는 오래전에 금발의 젊은 여자와 눈이 맞아 본처와 헤어졌고, 금발의 여자에게서 얻은 자식 셋과 함께 모젤 강 연안의 작은 도시 레미히*에서 살고 있었다. 이 생각지도 못한 두 번째 가지 때문에 환 데르 크봐스트 집안은 여러 진영으로 갈라졌고 서로 벽을 쌓고 살았다. 가계가 산산이 부서져 흩어지지 않은 게 기적이었다. 앞뒤가 막힌 고지식한 양반들.

룩셈부르크 할아버지는 왕할머니의 장자였다. 어머니 주장으로는 왕할머니가 인지기능의 대부분을 상실한 상태를 악용해 할아버지가 유서를 단독상속으로 변경시켰다. 어머니는 그까짓 것쯤 해내기는 손바닥 뒤집기만큼 쉽다는 것을 왕할머니를 방문했을 때 몸소 보여주었다.

"할머님." 어머니가 왕할머니를 구슬리듯 말했다. "여기다 서명 좀 해주실 수 있으세요?"

---

* 룩셈부르크 남부 도시.

그러면서 왕할머니 코앞에다 종이 한 장을 내밀었다. 왕할머니는 눈썹을 치켜뜨고서 종이를 바라봤다. "눈이 잘 안 보여. 내 안경이 어디 있더라?"

안경은 바로 왕할머니 목에 걸려 있었다. 하지만 어머니는 왕할머니한테 굳이 그걸 가르쳐줄 필요가 없다고 여기는 눈치였다.

"여기다 그냥 서명하세요." 어머니가 종용하면서 종이의 한 지점을 지적했다.

"이게 뭔데?"

"나중을 위해서예요." 어머니가 이르면서 미소 지었다.

"그렇지. 나중이 중요하지." 왕할머니가 웅얼대면서 자신의 이름을 휘갈겨 끼적끼적했다.

어머니가 왕할머니 손에서 종이를 날래게 빼내면서 말했다. "자, 이렇게 조립식 부엌을 우리한테 주신다고 할머님께서 서명하신 거예요. 아셨죠?"

왕할머니는 서글픈 표정으로 잠시 부엌으로 통하는 문에 시선을 두고 있었으나 일 분 후에는 증여에 대한 기억을 까마득히 잊어버렸다. 여느 방문 때와 마찬가지로 테라스 난간에 있는 까마귀가 그녀의 관심을 휘어잡았다.

"아유, 저기 우리 집 양반이 오시네." 까마귀가 테라스로 날아와 앉자 왕할머니가 반겨 맞았다. "여보, 이제 오셨어요."

나는 뭐든지 덮어놓고 믿고 속아 넘어가는 나이였다. 하지만 요한 형은 이제 어수룩하게 어른들의 이야기를 곧이곧대로 들으려 하지 않았다. "저건 새예요." 형이 바로잡아주었다.

왕할머니가 고개를 끄덕였다. "하지만 저 새 속에 우리 집 양반이 들어앉아 있거든."

아쉬르바트 형은 영문을 몰라 얼떨떨한 표정으로 창문에다 얼굴을 맞대고서 새를 들여다봤다.

"내 눈에는 보이는데 네 눈에는 보이지 않는 게 뭐게?" 요한 형이 비아냥댔다. "그건 바로 새 속에 들어앉아 있는 우리 집 양반이지."

이 난처한 상황을 극복하려고 해명을 시도한 건 어머니였다. "왕할아버지께서는 예전에 의사 선생님이셨어." 어머니 설명이 이어졌다. "재산이 아주 많으셨고 라런에 큰 빌라도 한 채 가지고 계셨어. 그런데 룩셈부르크 할아버지가 이제 그 빌라를 혼자만 상속받도록 법적으로 고쳐버렸거든. 그걸 막기 위해 왕할아버지께서 까마귀로 다시 돌아오신 거란다."

아쉬르바트 형도, 요한 형도, 그리고 나도 무슨 말인지 전혀 이해가 되지 않았다.

"그런 걸 환생이라고 불러." 어머니는 인도에서는 대체로 다들 환생을 믿고 있고 우리는 누구나 죽은 뒤에 사람, 동물, 혹은 식물로 환생해 다시 세상에 돌아오게 된다고 말했다. 여하튼 왕할아버지는 까마귀로 되돌아온 것이었다.

아쉬르바트 형이 말했다. "나는 다른 걸로 돌아오지 않을 거야. 나는 그냥 아쉬르바트로 행복해."

아버지가 몸을 앞으로 수그려 우리에게 소곤댔다. "자, 이제 집에 갈 시간이다. 왕할머니께 너희들이 먼저 인사드리도록 해야지?"

우리는 줄을 서서 왕할머니를 향해 걸어가서 부드러운 볼에 뽀뽀했다. 왕할머니는 거의 모든 게 다 텁터름한 맛이었지만, 양 볼만은 융단처럼 부드럽기만 했다.

어머니가 테라스로 나가는 창문을 열더니 까마귀를 꼬여가지고 거실로 들어오게 하려고 애를 썼다. "알브레흐트 할아버지, 어서 이리 오세요." 그녀가 구슬렸다. "어서 안으로 들어오세요."

알브레흐트 요하네스 환 데르 크봐스트. 왕할아버지의 호적상 이름이었다. 그가 의사였고 라런에 있는 궁전 같은 저택에서 살았던 것도 사실이었다. 그는 내가 태어나기 훨씬 전에 숨을 거두었다. 당신 서재의 책상 뒤에 앉은 채로. 심장마비. 환 데르 크봐스트 성을 가진 이들은 이렇게 세상을 떠난다. 영웅적인 광채도, 박수갈채도 없이. 극장 같은 특별한 자리가 아니고 그냥 자신들의 집에서. 얼마 전까지만 해도 그의 초상화가 왕할머니 침실에 걸려 있었다. 퉁명스러운 인상의 노신사. 대머리. 그리고 콧수염.

"알브레흐트 할아버님, 어서요!" 어머니가 목청을 돋워 초대했다. "들어와서 물건들을 지키셔야지요!"

174

조금 후 우리는 양로원 건물 앞의 전용구역에 주차한 라다를 향해 걸었다. 차가 도로를 달리는 동안 연보라색 하늘이 서서히 어둑해졌고 나는 뒷자석 위 선반에서 꿈나라로 빠져들었다.

하긴, 거금이 걸려 있는 문제이긴 했다. 루피로 환산하자면 더 더욱 말할 것도 없이.

거의 상상조차 하기 힘든 가능성이지만, 왕할머니는 어머니보다 더 인색했다. 내가 초등학교에 들어가 첫 번째 성적표를 왕할머니에게 보여드렸을 때 왕할머니는 내게 5센트짜리 동전을 하나 건넸다.

"가져가서 아이스크림 사 먹어라." 왕할머니가 말했다. "아니면 감자튀김을 사 먹든지."

나는 손바닥에 놓인 까만 동전을 믿기지 않는 눈으로 봤다. 내 성적표에 '최우수'라는 용어가 분명 다섯 개나 적혀 있었다.

이번에도 역시 어머니는 우리의 이해를 돕고자 이런저런 해명에 나섰다. "왕할머니께서는 전쟁을 겪으셨어." 어머니가 말을 이었다. "옛날에 화초뿌리로 겨우 끼니를 때우면서 살아야 하셨단다."

아쉬르바트 형이 화초뿌리들이 그렇게 맛있더냐고 왕할머니에게 물었다.

대답 대신에 그는 뺨따귀를 한 대 얻어맞았다. 가끔 한 번씩 왕할머니는 정신이 기막힐 정도로 초롱초롱 맑고 또렷해졌다. 몇 년 후였다면 형이 왕할머니를 휘갈겨 병원 신세를 지게 만들었겠지만, 지금은 어머니 위안에 자신을 맡기고 있었다. 어머니가 형 귀에다 대고 뭐라고 소곤대면서 다독거렸다.

전란과 평생토록 몸에 배인 절약. 우리는 그 인과관계에 대해 너무도 익숙했다. 원인과 치명적인 결과. 어머니는 화초뿌리를 먹는 대신 염소젖으로 연명했었다. 그 이후의 삶도 그리 많이 윤택하지 못했었다. 오늘날까지도 한 푼도 더 쓰는 법이 없었다. 왕할머니와 마찬가지로 어머니도 얼추 백만장자가 되었음에도 불구하고.

어머니와 왕할머니. 그들은 서로 훌륭한 팀을 이룰 수 있을 것 같았다. 둘 다 어두운 한쪽 구석으로 가서 오줌을 누고, 둘 다 세탁기를 오밤중에만 사용했다. 식사 후에는 모든 냄비 바닥을 남김없이 득득 긁어내고, 설거지를 찬물로 하고, 한겨울의 실내 온도는 절대 18도를 넘지 않았다. 안타깝게도 왕할머니는 우리 성적표를 또다시 보지 못했다. 정확히 말하면 그 후 딱 한 번 접할 수 있는 기회가 있긴 했다. 하지만 상금 같은 건 아예 없었다. 하다못해 단 1센트도.

치매가 더 심각한 형태로 진행되었고 건망증 증세가 매일매일 더 악화되었다. 식사, 이름, 내의. 양로원 운영진 측에서 보호자인 할아버지한테 호소했다. 이런 식으로는 더 이상 뒷감당하기 힘들다고. 왕할머니가 어느 날 아침 벌거벗은 몸으로 베란다에 나와 서서 힘껏 외쳐댔다고 한다. "알브레흐트, 어서 내 둥지로 와요."

할아버지는 자기 어머니를 즉시 노르트 브라반트 주의 오스터 르하우트에 있는 노인병원으로 옮기도록 조치를 취했다. 왕할머 니는 병원에서 사랑으로 간호를 받게 되며 늘 곁에서 지켜보는 간병인이 내의도 입혀드리게 될 터였다. 하지만 어머니는 그런 결정에 항의했다. 노인병원의 입원 환자 간호에 대해 적잖은 회 의를 품고 있었기 때문이다. 노인병원과 사랑은 애당초 상극이라 는 게 어머니 생각이었다.

"당신 아버지가 장차 발을 싹 빼버리려는 심보에서 자기 어머 니를 병원으로 데려다 가둬버린 거란 말이야!" 어머니가 아버지 에게 면박을 줬다. "말라비틀어진 식물인간 꼴로 단명하고 말 테 니 두고봐."

아버지가 고도의 신중을 기해 노인병원의 장점을 나열했다. 하 지만 어머니가 그걸 귀담아들을 리가 만무했다. 어머니가 아버지 말을 들어준 일례는 아버지의 청혼을 받아들인 것이며, 그게 그 러니까 처음이자 마지막이었다.

"인도에서는 가족을 그런 식으로 대하지 않아." 어머니 언성 이 높아졌다. "우리는 어르신을 집으로 모셔다 간병해드린단 말 이야. 우리는 공경하는 마음으로 어르신을 섬긴다고. 노인 처리 장에 갖다 버리는 식의 일 따위는 안 한다고." 이 단어가 처음 어

177

머니 입에서 떨어지는 순간, 얼핏 프로이트적인 실언으로 간주할 수도 있었다. 하지만 그렇지 않았다. 그 후에도 어머니는 처리장이라는 말을 입에 달고 다니다시피 되풀이했다.

할아버지의 결정은 순전히 돈 때문이라는 것이 어머니 주장이었다. 병실과 기저귀 값을 비롯해서, 먹고 마시는 식대 등 왕할머니의 전 입원비용은 보험에서 다 충당되었다. 그뿐만 아니라 새로 들어간 병실에는 사설양로원에 있었던 소지품들을 놓을 자리가 없었다. 왕할머니는 죽음을 기다리고 있는 다른 세 명의 시체들과 함께 그들에게 평화로운 무덤을 제공해주는 병실에 누워 있었다. 그녀가 가지고 있는 물건이라곤 핑크색 잠옷과 백발머리를 한데 모아 꼽아놓은 머리핀 하나가 전부였다. 나머지는 다 룩셈부르크로 옮겨버렸다. 그로 인한 어머니의 노발대성은 당연지사. 그걸 듣는 순간 고래고래 악을 쓰며 야단을 쳤다.

보아하니, 몇 년 전 티베리아스란의 우리 집에 와서 묵었을 적에 왕할머니가 외쳐대던 말들을 어머니는 잊어버린 모양이었다. 양로원 생활로 외출이 드문 걸 안타깝게 여긴 어머니가 주말을 같이 보내려고 왕할머니를 집으로 모시고 왔었다. 우리가 레고를 가지고 거대한 우주선을 만들던 시절이었고, 왕할머니는 그때까지만 해도 정기적으로 제정신이 찾아오곤 했다. 물론 정신이 아주 딴 데로 가버린 순간들이 잦았을망정.

우리 집에 손님방이 따로 없었으므로 어머니가 거실에다 침대를 하나 마련해놨다. 아쉬르바트 형이 자기 인형을 왕할머니 배게에 올려놓았고, 잠자리에 들기 전에 할머니 침대 머리맡에 가앉았다. 왕할머니가 형의 봉제 원숭이를 품에 꼭 껴안고서 그 주둥이에 뽀뽀했다. 인형에서 아직 럭비클럽의 탈의실 냄새가 나지 않던 시절이기도 했다.

"얘 이름이 뭐니?"

"아기곰." 큰형이 대답했다.

"그런데 이건 원숭이 아냐?"

큰형이 고개를 끄덕였다.

"그런데 왜 원숭이를 곰이라 불러?"

"이름이 그거니까."

왕할머니는 일순간 스스로를 의심했으나, 정신이 오락가락하는 건 자신이 아니라 아쉬르바트 큰형이라고 이내 결론 지었다. "내일 아침 너한테도 약을 한 개 주마." 왕할머니가 말했다. "우리 양로원에서는 너나없이 다 그 약을 먹거든."

다행스럽게도 큰형은 그 의미를 알아채지 못했다. "할머니, 안녕히 주무세요." 그가 말했다. "아기곰, 너도 잘 자."

왕할머니는 형 이마에 뽀뽀해주고 나서 옆에 누운 인형과 함께 잠이 들었다. 왕할머니는 한 고비를 용케도 무사히 넘긴 셈이었다. 그러나 다음 날 새벽 해가 뜨고 얼마 되지 않아 거실로부터 분노의 포효가 들려왔다.

제일 먼저 왕할머니 침대가로 가서 선 건 나였다.

"날 좀 가게 해줘." 왕할머니가 울부짖었다. "날 좀 풀어줘!"

나는 왕할머니를 진정시켜보려고 했으나, 내 얼굴로 베개가 날아왔다.

"아이고, 사람 살려!" 어머니도 침대가로 와서 서자 왕할머니가 화들짝 놀랐다. "납치범이 또 한 사람 있네!"

우리가 납치범들이 아니라 가족임을 왕할머니에게 설득시키는 데에는 오후 느지막히까지 시간이 걸렸다. 왕할머니한테서 전화를 빼앗은 게 오히려 상황을 더 악화시켰다. 왕할머니는 경찰에 전화를 해서 인질로 잡혀 있는 주소를 알리겠노라고 으름장을 놓았다. 우리가 최소 십 년의 징역을 받게 될 위기일발의 순간이었다.

며칠이나마 왕할머니를 집으로 모신다는 건 모두에게 고역스러운 일이었고, 그래서 두 번 다시 재연되지 않았다. 그 주말을 상기하면 왕할머니를 노인병원으로 옮긴 할아버지의 결정을 다른 관점에서 접근해봄 직했다. 하지만 어머니는 친척 이야기가 나오면 유별나게 수상한 눈으로만 보는 편이고, 환 데르 크봐스트라는 성을 가진 시집 식구들이라면 더더욱 심했다.

왕할머니가 입원하고 난 며칠 후에 우리는 오스터르하우트의 병원을 방문했다. 빨간 라다가 그사이에 청색 푸조로 바뀌었다.

차는 더 컸지만 내 몸이 더 이상 뒷자석 위 선반에 들어가지 않았다. 내 다리가 너무 자라버린 것이다. 차의 뒤창을 통해 관찰하는 동심의 세계로 다시는 들어가지 못하게 되었다. 시간은 잔인하다.

노인병원 안은 이상야릇한 냄새가 어려 있었다. 그게 콧구멍으로 흘러들었으며 심지어 옷에 와 질척질척 들러붙었다.

"이런 걸 송장 냄새라고 하는 거야." 두 노인네가 복도 한 귀퉁이 휠체어에 앉아 있는 걸 미처 알아차리지 못한 채 어머니가 그만 내뱉고 말았다.

우리는 먼저 접수대에 가서 병문안 수속을 밟아야만 했고, 거기에는 냉랭한 낯빛의 여자 직원이 팔짱을 끼고 앉아 우리를 맞았다.

"우리 휘르스트 할머니 보러 왔어요." 큰형이 말했다.

왕할머니가 이제 오스터르하우트에 살고 있는데도 우리끼리는 계속 이전에 살던 곳을 따라 휘르스트 할머니로 통했다. 그런 입에 익은 호칭은 하루아침에 변하지 않았다. 게다가 오스터르하우트는 임시 체류지에 불과했다. 그건 50킬로미터의 거리를 오면서 차 안에서 우리에게 여실히 주지된 사실이었다.

"우리 환자 명단에는 휘르스트 씨라는 분은 없습니다." 접수대에 있는 직원이 말했다.

"그게 그러니까 그분 성이 아니고요." 어머니가 말을 받았다.

181

"그리고 할머니 남편은 새 속에 들어 있고요." 아쉬르바트 형이 거들어주었다. 그러면 누군지 분명해지기를 바라는 마음에서. 그러나 직원은 눈썹을 추켜세우며, 심지어는 다소 노기가 드러나는 눈초리로 쏘아봤다.

우리 식구가 가는 곳에는 혼란이 뒤따르기 일쑤였다. 아버지가 앞으로 나서서 휘르스트 왕할머니의 정식 성과 이름을 밝히면서 문제가 해결되었다. 그렇게 해서 조금 후 우리는 H2-13 병실로 걸었다. 그러나 어머니는 자신의 소견을 피력하지 않고는 발을 뗄 수 없는 성미였다. "하기야 이런 노인 처리장에서는 웃는 얼굴이라곤 눈을 씻고 보려야 볼 수 없는 게 당연하지!"

이 말을 듣고도 직원은 웃을 시늉조차 하지 않았다.

왕할머니는 잠을 자면서 뭐라고 중얼중얼댔다. 그녀의 마지막 꿈속에서 그녀를 방문한 유령들을 향한 알아들을 수 없는 말.

아쉬르바트 형이 막 왕할머니를 깨우려고 하는데, 아버지가 때마침 나서서 가로막았다. 우리는 왕할머니가 잠에서 깰 때까지 그냥 기다려야 했다. 그녀는 잠이 필요했다. 그동안 어머니는 침대 옆에 비치된 낮은 수납장의 서랍을 모조리 뒤졌으나 전부 다 텅텅 비어 있었다.

"하나도 남김없이." 어머니가 외쳤다. "룩-셈-부-르-크로 싹싹 다 쓸어가버렸다니까."

이 문장이 끝나기가 무섭게 왕할머니가 괴성을 지르면서 잠에서 깨어났다. 망막이 눈부신 빛에 적응하기까지 약간의 시간이 걸렸다. 그런 다음 그녀가 막 다시금 체험한 전쟁의 악몽에서 용솟음치는 듯한 적개심으로 우리를 노려봤다. 곧이어 왕할머니는 욕설로 점철된 장황설을 펼쳤다.

우리는 들리는 욕들이 무슨 뜻인지 아리송했을뿐더러 줄줄이 쏟아져나오는 쌍욕에 우리의 귀를 의심하지 않을 수 없었다. 부모님은 연민에 가득한 눈길로 왕할머니를 바라보고 있었던 반면, 우리는, 형들과 나는 유령의 출현을 피부로 절감하고 있었다. 시간이 어린아이들에게 미치는 영향은 시간이 노인들에게 미치는 영향과는 견줄 바가 아니었다.

분란통에 간병인이 안으로 들이닥쳤다. 그는 침대에 왕할머니를 가로 눕히고 나서 주삿바늘을 챙겼다.

"쯧쯧, 델리 생쥐라도 저보다야 낫지." 어머니가 측은해했다.

왕할머니는 한결 숨결이 가라앉았다. 다시 우리들의 휘르스트 할머니로 되돌아왔다. 단지 한 가지, 손이 덜덜 떨리고 눈에는 눈물이 고여 있었다. 자포자기한 맹수. 우리 아버지가, 그녀의 손자가 그녀의 이마를 어루만졌다. 우리는 차례로 그녀의 부드러운 볼에 뽀뽀했다. 어머니가 인도 자장가로 침묵을 깼다. 영원불멸한 요람가. "찬다 마아마 도르 케." 어머니의 자장가가 가냘프게 이어졌다. "부예 파카연 보르 케. 아압 카엔 탈리 메인, 무너 코 덴 퍄알리 메인. 파알리 가이 투트 문나아 가야아 루트……."

왕할머니가 다시 자신의 꿈나라로 돌아갔다. 우리 삶의 막바지에서도 처음 모습을 그대로 간직할 수 있다면 얼마나 아름답고 온화하고 자비로울까? 호랑이보다 새들이 더 많고, 가시보다 과실이 더 풍성하던, 또 마침내 빛과 그늘 사이의 깊은 구렁 어딘가에서 인간의 혼이 순식간에 사려져버리는 그 아득한 옛날의 전설적 밀림.

그해가 끝나기 삼 주 전에 마지막 문병을 갔다. 요한 형과 나는 학기말 고사 성적표를 가지고 뒷좌석에 앉아 있었고, 아쉬르바트 형의 무릎에는 그림이 한 장 놓여 있었다. 그는 색칠놀이 책에서 나비를 빨간 사인펜으로 끼적끼적 칠했지만, 빈칸 선 안에 제대로 색칠하는 재능조차 타고나지 못했다. 그러나 형은 자기 그림이 마냥 대견스러워 요한 형과 내가 우리 성적표를 들고 있는 것과 똑같이 그걸 양손으로 붙들고 있었다.

노인병원 앞에는 소나무 한 그루가 장식되어 있었다.

"돈이 아깝지." 우리가 천사머리 모양의 나무를 지나갈 때 어머니가 내뱉었다. "대부분은 크리스마스까지 목숨을 부지하지 못할 게 뻔한데."

우리가 병실 안에 발을 디뎠을 때 이번에는 왕할머니가 잠이 깨어 있었다. 침대에 상체를 세운 자세로 앉은 왕할머니는 심지어 우리를 알아보는 것 같았다. 해적 무리가 아닌 일가족으로.

"아이고, 테오." 그녀가 아버지 이름을 부르며 반겼다. "내 대머리 손자."

형들과 나도 따뜻한 환영인사를 받았다. 왕할머니가 우리 이름을 혼동해서 부르긴 했을망정. 하지만 그건 자주 그랬었다.

유독 어머니한테만은 인사가 없었다. 더도 덜도 말고 왕할머니는 그저 어머니를 쳐다보려는 시늉조차 하지 않았다.

우리는 과일을 가지고 갔다. 사과며 바나나, 오렌지 그리고 포도 한 송이. 어머니가 전날 시장에 가서 사 온 것이었다. "아무리 험한 세상이라도 최소한 배곯아 돌아가시지는 않도록 해야지." 어머니가 차에서 말했었다. 어머니는 노인병원에서 배를 탈탈 곯리는 탓에 한 달을 제대로 채우는 환자가 한 명도 없다고 굳게 믿고 있는 판이었다. 그래서 왕할머니와 같은 방에 누워 있는 다른 노인네들 몫까지 아울러 챙겨 왔다.

아쉬르바트 형이 침대로 가 앉아서 자기 그림을 보여드렸다. "이거 할머니 주려고 내가 그렸어요."

왕할머니가 그림을 고맙게 받았다.

"나비예요." 큰형이 알려줬다.

"어디에?" 왕할머니가 되물었다.

"여기."

"이건 나비 아니잖아!" 왕할머니가 이번에도 다시 큰형에게 약을 권할지도 모른다는 생각이 순간적으로 내 뇌리를 스쳤다. 그러나 왕할머니의 시선은 경직되어갔다. 큰형이 색칠판에 아무렇게나 휘갈겨놓은 빨간 획들 속에서 뭔가 사악한 걸 본 듯했다.

어머니가 후다닥 큰형을 안아 침대에서 들어냈다. 큰형은 겁에 질린 얼굴로 자기 그림을 쳐다봤다.

왕할머니가 고래고래 악을 쓰기 시작했다. 지난번 방문했을 때와 동일하게 격분에 차고 상스러운 욕설을 내뱉었다. 그런데 이번에는 누군가를 지목해서 퍼붓는 것 같았다. 어머니를 향해서.

"자, 그만요." 어머니가 왕할머니를 진정시켜보려고 애를 썼다. "마음을 좀 가라앉히세요."

불에 기름을 붓는 꼴이었다. 왕할머니 입에서 길길이 욕설들이 쏟아져나왔다. 대개는 무슨 뜻인지조차 종을 잡지 못했다. 왜냐하면 나는 힌디어로 욕하는 법만 배웠기 때문이다.

그러던 어느 순간 왕할머니가 내뱉었다. "탄두리에 걸신들린 더러운 년!" 일련의 발악에서 마지막을 장식하는 말이었다. 팀파니 강타. 왜냐하면 그 말이 떨어지고 나서는 주위가 다시 조용해졌으니까.

"보나마나 당신 아버지가 하는 소리를 듣고 따라하는 거야." 어머니가 소곤댔다. "그 괴물."

우리는 감히 아무 말도 입 밖으로 꺼내지 못했다. 요한 형과 나는 떨리는 손으로 우리 성적표를 붙들고만 있었다. 우쭐대며 왕할머니에게 보이고 싶었던 우리 우등생 성적표. 그러면 왕할머니가 우리에게 아이스크림이나 감자튀김 사 먹으라고 5센트씩 안겨줄 것이고, 문밖으로 따라 나온 아버지가 언제나 그랬듯이 5센트를 거기에 더 보태줄 것이며, 그래서 우리는 진짜 아이스크림이나 감자튀김을 사 먹을 수 있을 텐데.

왕할머니는 더는 발악할 기력이 남지 않은 모양이었다. 그처럼 꼿꼿하게 앉아 있던 자세에서 시름시름 드러누웠다. 그러나 요한형은 물론 나 역시도 우리 성적표를 들고 앞으로 발걸음을 내딛고 가서 할머니 앞에 설 만한 순간이 아님을 직감했다.

병실 문턱에 간병인이 와서 섰다. 지난번과는 다른 사람. 새로운 얼굴.

아무 문제 없다는 언급과 함께 어머니가 그를 돌려보냈다. 놀랍게도 간병인은 군말 없이 어머니가 시키는 대로 따랐다. 그는 육감적 판단이 귀신같은 사람임에 의심할 여지가 없었다.

아마 약 오륙 분의 시간이 그렇게 흘렀다. 안정. 휴전. 그런 뒤 왕할머니가 천천히 상체를 일으켰다. 양손으로 매트리스 밑을 더듬거리는 걸로 미루어보아 분명코 뭔가를 찾고 있었다.

"제가 좀 도와드릴까요?" 요한 형이 조심조심 물었다.

"내 도끼." 왕할머니가 웅얼댔다. "내 도끼가 대체 어디로 갔지?" 매트리스 밑에서 아무것도 찾지 못하자 노기발발하여 울부짖었다. "어떤 인간이 내 도끼를 훔쳐 갔어? 누구야!"

치매에 억눌린 기억력으로 말미암아 한동안 묻혀 있던 그녀의 전투용 도끼가 경이로운 경로를 통해 용케 표면에까지 떠오르게 되었다. 그래서 이제 멈출 수 없는 상황이 돼버렸다. "모가지를 쳐!" 그녀의 아흔 살이 된 허파가 전신의 힘을 짜냈다. "모가지를 쳐버려!"

왕할머니 앞 침대의 피골이 상접한 환자가 벌떡 몸을 일으켜서 두리번거리더니 그녀 역시도 악다구니를 퍼부었다. 여태까지는 왕할머니 병실에 있는 다른 환자들한테서 끽소리 한마디 없었다. 만약 병실 사정에 어두웠다면 그들이 정녕 살아 있지 않다고 치부했을 정도였다. 그러나 이제 그중 한 명이 그동안 내처 이를 악물고 참고 참았던 걸 죄다 폭발해버리는 것이었다. 모든 불결함. 모든 추잡함.

초현실적인 상황이었다. 한 방에 투렛증후군* 환자가 두 명씩이나 있었다. 성기와 끔찍한 병으로 펼쳐지는 테니스 경기. 내가 어디선가 네덜란드어 욕을 정식으로 배웠다면 그건 바로 이 오스터르하우트라는 시골 마을의 노인병원에서였다. 형들도 마찬가지였다. 아쉬르바트 형은 지금까지도 그때 배운 금단의 열매 덕을 톡톡히 보고 있다.

마침내 당도한 간병인은 누구를 먼저 진정시켜야 할지 판단이

* 프랑스 심리학자 질 드 라 투렛(1857~1904)의 이름을 딴 일군의 증상으로, 틱 또는 일정한 소리나 말을 반복하는 강박신경증.

되지 않았다.

왕할머니를 가리킨 건 어머니였다.

사흘 후 왕할머니가 돌아가셨다. 크리스마스를 채 맞지 못하고. 레미히에서 연락이 왔다. 아버지가 전화를 받았다. 어머니는 부엌일을 하고 있는 중이었기 때문이다. 손에는 밀방망이가 들려 있었다. 잠시 후 그녀가 룩셈부르크를 향해 던진 밀방망이는 그만 스탠드에 맞아 중간에서 떨어지고 말았다. 우리 집에 이렇게 작살난 물건이 하나 더 늘어난 셈이었다.

장례식은 왕할머니가 삼십 년 만에 남편과 재결합하게 될 라런에서 거행하기로 했다. 우리 다섯 식구는 청색 푸조를 타고 그곳으로 향했다. 어스레한 겨울날, 을씨년스러운 바람, 살얼음판 도로.

우리는 하우다까지는 침묵으로 일관했다. 그런데 아쉬르바트 형이 더는 질문을 억누르지 못했다. "왕할머니도 새가 돼서 돌아올 거야?"

"내 생각으론 아닐 거야." 어머니가 대꾸하고 나서 응보를 운운하면서 뭐라고 웅얼댔다.

"그러면 뭐가 될 건데?"

"그건 나도 몰라."

"돼지?" 아쉬르바트 형이 의견을 냈다.

"어쩌면." 어머니가 대답했다. "어쩌면 그럴지도."

"아니면 델리의 생쥐?"

아버지가 느닷없이 페달을 깊게 밟는 바람에 우리는 앞좌석 머리받침으로 주르르 쏠렸고, 푸조가 흔들리기 시작했다. 속력은 이내 원상복구되었다.

그러고서는 장례식장에 도착할 때까지 우리는 침묵을 지켰다.

공동묘지 입구에 서 있던 수목들이 기억난다. 한겨울의 보리수나무들. 저쪽 끄트머리에 아우더봐터르에서 온 사촌들이 서 있는 길고도 긴 복도를 뚜벅뚜벅 걸어가던 우리의 발소리가 기억난다. 그들도 그동안 많이 자랐지만 곤충에 대한 관심은 여전한 모양이었다. 그들은 썩은 낙엽 밑에서 애벌레를 찾고 있었다. 우리는 생판 모르는 남처럼 서로를 멀뚱멀뚱 쳐다봤다. 친척이란 실은 별의미가 없었다.

가까운 집안이 다 참석했다. 룩셈부르크 할아버지의 전처인 울프트 할머니를 제외하고. 그녀는 집안끼리 아주 간혹가다 자리를 함께하는 결혼식과 장례식, 이 두 경조사에 더는 얼굴을 비치지 않았다. 가계도에는 그녀 이름이 여전히 명시되었으나, 그게 전부였다. 우리 어머니처럼 그녀 또한 환 데르 크봐스트 성을 가진 사람과 결혼했다는 사실을 스스로가 결코 용서하지 못할 것 같았다.

또 헤르버르트 삼촌도 참석하지 않았다. 실상 한번도 참석한 적이 없었다. 그는 넓은 캐나다 땅에서 떠돌이생활을 하고 있었다. 어깨에 배낭을 짊어지고, 뒷주머니에 위스키병을 넣고. 마지막 연락이 온 건 아주 오래전이었다.

할아버지는 물론 참석했다. 장례식장의 맨 앞줄에 앉아 있었다. 옆에는 할아버지의 두 번째 아내인 금발 여인이 있었다. 나와 나이가 엇비슷한 서자들도 동행했다. 삼촌 두 명과 고모 한 명. 그들은 몰래몰래 서로의 어깨를 똑 건드리는 어깨치기를 하고 놀았다. 우리도 해본 적이 있는 놀이. 아쉬르바트 형은 어김없이 뒤를 돌아보곤 했다.

어머니의 감시하는 눈을 피해 나는 살금살금 앞으로 이동했다. 한 줄 앞, 또 한 줄 앞으로. 그러다 돌연 할아버지 앞에 서버렸다. 그는 대머리이고 양끝이 위로 꼬부라진 나비 콧수염을 길렀다. 그의 눈이 빛났으며 나에게 웃음을 지어 보였다. 왕할머니 침실에 걸린 초상화에서 본 것 같은 그런 퉁명스러운 눈길이 아닌 전형적인 할아버지다운 친근한 미소.

"네가 바로 에른스트지?" 할아버지가 말했다.

내가 고개를 까딱했다.

"내가 누군지 알아?"

내가 다시 고개를 까딱했다.

"그래, 내가 누군데?"

"레미히의 괴물."

할아버지 얼굴에서 미소가 사라졌다.

'자기 어머니를 처리장에 집어넣은 레미히의 괴물'. 이게 어머니가 붙인 전체 명칭이었다. 하지만 아버지는 내게 '처리장'이란 단어는 사용해선 안 된다고 했었다.

불현듯 어머니가 나타나 날 단숨에 낚아채버렸기 때문에 할아버지에게서 어떤 대답이 나왔을지는 영영 알 수 없게 되어버렸다. 그녀는 형들이 아버지 옆에 앉아 있는 줄로 날 끌고 갔다. 요한 형에게 귓속말을 하고 싶었지만, 어머니의 엄한 "춥 호 드자오!" 명령이 떨어지는 통에 생각을 고쳐먹었다.

정적이 장내를 휩싸고 있었다. 자못 생경한 침묵이었다. 여태 껏 한번도 경험해본 적이 없는 그런 침묵. 교실에서도, 기도하는 다락방에서도 이런 엄숙한 분위기는 느끼지 못했었다. 연단에 놓인 관을 쳐다봤다. 어머니 말로는 카탈로그에서 제일 싼 것, 세일 중인 것이었다. 아쉬르바트 형은 왕할머니가 그 안에 누워 있다는 것을 믿지 못했다.

요한 형이 웅얼댔다. "내 눈에는 보이는데 네 눈에는 보이지 않는⋯⋯."

"춥!"

꾸깃꾸깃한 티슈로 눈가를 다독거리는 사람들이 있었고, 어머니 얼굴에도 눈물이 흘러내렸다. 슬픔을 감지하기에 우리는 너무 어렸다. 우리를 그냥 지나쳐 흐르는 강. 그건 아직 우리의 양 볼을

192

적시며 가슴에 와 맺히지 않았다.

몇몇이 나와서 왕할머니의 생애에 대한, 그리고 룩셈부르크 할아버시에 대한 경험담을 들려줬다. 하지만 아무도 그녀의 마지막 시간에 대해서는 언급하지 않았다. 테라스에서의 촌극, 고함, 욕설 등에 대해서는. 또 우리가 목격했던 자포자기의 맹수에 대해서도. 죽음에는 자고로 격에 맞는 다른 양상의 이야기가 뒤따르기 마련이다. 완곡한 표현, 화려했던 날들의 추억.

모든 게 순조롭게 진행되었다. 무덤을 향해 걷는 조문객들의 느릿느릿한 발걸음만큼이나 만사가 마냥 평화로웠다. 도끼나 밀대를 들고 대결을 벌이는 사람들도 없었다. 영면의 평온이 왕할머니 관에 내려앉았다. 거무스름한 흙을 떠내는 커다란 삽질. 조객들이 눈물을 흘렸고, 무덤 위에 꽃송이들이 놓였다. 어느 날 아침 에바렌트 아저씨 장례식과 엔딩 아주머니가 매장될 때처럼 거행되었다.

만약 아쉬르바트 형에게 재채기발작만 일어나지 않았다면 모든 게 그런 식으로 순조롭게 끝났을지도 몰랐다. 첫 번째 재채기는 별로 큰 힘이 없었다. 어쩌다 실수로 나온 것처럼 단순히 지나가는 재채기. 그러나 이내 귀에 익은 폭탄이 파열하기 시작했고 콧물이 친척들에게 튀었다.

아버지 입에서 튀어나오는 욕설이 내 귓전을 때렸다.

"그건 내가 한 게 아니라고요." 한쪽 귀에 콧물 한 줄기가 엉겨 붙어 있는 숙모한테 큰형이 변명하고 있었다. "저절로 나온 거란 말이에요." "에구머니나!" 숙모가 비명을 질렀다. "어서 손수건."

어머니는 이런 혼란을 틈타 할아버지에게로 향했다. 막 단장된 묘지를 성큼성큼 가로질러서. 나는 어머니가 핸드백에서 종이를 꺼내는 걸 봤다. 그녀는 그걸 펴더니 할아버지 면전에 들이댔다. 그는 아연실색하여 그걸 바라봤다.

"조립식 부엌." 어머니가 언성을 높였다. "조립식 부엌을 가질 권리는 우리에게 있습니다."

할아버지는 머리를 절레절레 흔들면서 자리를 뜨려고 했으나 어머니가 길을 막았다.

어머니 목소리가 공동묘지 전역에 메아리쳤다. "할머니가 사인을 했단 말이에요!"

죽음은 왕할머니에게 평온한 무덤을 마련해주었으나, 무덤 위는 평온과는 거리가 멀었다.

아우더봐터르 사촌들 말에 따르면 왕할머니가 구더기와 벌레들에게 다 먹혀 부식되려면 다음 봄이 지나야 할 거라고 했다. 그런 다음에야 그녀는 비로소 완전한 평온 상태에 들어가게 될 터였다. 영원히.

나는 부디 짧고 푸근한 겨울이 되기를 바랐다.

수염을 기른
삼촌

어머니가 네덜란드에 도착한 직후에 헤르버르트 삼촌이 캐나다로 떠났다. 이 두 사실 간의 인과관계가 석연찮게 보인다. 그들의 첫만남. 고양이 사료 통조림. 그러나 우리 부모가 그로부터 삼년 후에야 처음 만나게 된 점으로 보아 어머니가 도착한 직후에 헤르버르트 삼촌이 이민한 것은 순전히 우연의 일치라 하겠다.

헤르버르트 삼촌의 가방에 팔찌나 목걸이, 귀걸이 같은 건 들어 있지 않았다. 그는 가방에 광고인쇄물과 옛날 신문들을 가득 채웠다. 총 40킬로그램. 그가 중요한 사람이라는, 재산이 상당한 사람이라는 인상을 풍겨야만 했다.

헤르버르트 삼촌은 편협한 사고방식과 퍽퍽한 감자 냄새에 찌든 환경의 조국에서 벗어났다. 그는 중학교 졸업장을 따고 나서 알크마르에 있는 농업고등학교에 진학했다. 그러나 고등학교 과정을 끝내 마치지 못했다. 헤르버르트 삼촌은 다른 계획이 있었다. 야심 찬 계획.

"사업." 이민 이유를 캐묻는 캐나다 관리들에게 그가 대답했다. 그런 다음 네덜란드에서 준비해온 서류를 보여줬다. 여권, 노동허가서. 아무도 그의 여행가방을 열어보라고 하지 않았다. 모든 게 무사통과.

일 년 전에도 헤르버르트 삼촌은 캐나다를 다녀갔다. 농고 교환학생 프로그램의 일환으로 뉴브런스윅의 농장에서 일했었다. 잭이라는 농부 밑에서. 삼촌은 그에게서 언어, 농장일, 비지땀을 배웠으며, 마지막으로 꿈꾸는 것도 아울러 익혔다. 농부 잭은 손바닥만 한 땅덩어리를 가지고 있었는데, 거기서 나온 수익금으로 새 땅을 샀고, 거기서 나온 수익금으로 다시 더 큰 땅을 샀고, 그렇게 해서 갑부가 될 때까지 더 크고 더 넓은 땅을 사들였다.

헤르버르트 삼촌이 뉴브런스윅에서 보낸 여섯 달은 그의 나머지 인생을 좌우하는 시간이었다. 네덜란드로 돌아온 그는 제도에 갇히고 얽매인 느낌이었다. 교실 안 사면의 벽에 눌려 공부에 집중하기 어려웠다. 선생님들이 수업하는 동안 그는 공상 속으로 달아났고 허허벌판의 캐나다를 염원했다. 모든 게 가능한 나라, 캐나다.

그 당시는 할아버지가 아니었던, 쥐트펜에 거주하고 있던 룩셈부르크 할아버지는 아들의 계획을 일언지하에 묵살해버렸다. 무슨 일이 있어도 농고를 마쳐야 하고, 그런 다음에는 볼스와르드 전문대학에 가야 한다고. 집안에 모험가가 설 자리는 없었다. 대학은 나와야 마땅하며, 사람 구실 하려면 도서관 밖은 백해무익이었다.

헤르버르트 삼촌은 자기 아버지 말에 순종하지 않았다. 유월의 어느 새벽 그는 홀연 종적을 감췄다. 말 한마디 남기지 않고, 손을 흔드는 작별의 제스처 하나 없이. 집에서 여행가방이 두 개 없어졌고, 더는 가져간 흔적이 보이지 않았다. 일주일 후 고물장수가 헌 신문을 가지러 대문 앞에 와서 섰다. 그는 약소한 신문 뭉치에 실망하는 눈치였으나, 어느 한 사람도 헤르버르트가 헌 신문지를 몽땅 싸가지고 갔다는 결론에 이르지 못했다. 누가 그런 소행을 하겠는가? 가방 두 개를 헌 신문지로 가득 채워 들고 대양을 횡단할 사람이 어디 있겠는가?

요컨대 환 데르 크봐스트 집안에 그래도 시적인 영혼을 지닌 사람이 있는 것 같았다. 헤르버르트 삼촌은 대머리이고 콧수염을 길렀다. 그러나 나머지는 어느 면에서도 자기 혈육을 닮지 않았다. 그는 질척거리는 네덜란드의 진흙땅에 적응할 수 없었다. 그는 어디에도 적응할 수 없었다. 그의 전기는 숭얼숭얼한 빈구석들, 공백들, 빈방들 그리고 황무지들로 구성된다.

내가 헤르버르트 삼촌처럼 될까봐 어머니는 늘 걱정했다. 기생 인간, 더부살이, 방랑자. 집안의 골칫거리. 하지만 고백하자면, 세상을 등지고 걷는 헤르버르트 삼촌의 길을 좇는 게 언제나 나의 은밀한 염원이었다. 인가에서 점점 더 멀어지는 발걸음. 멀고 먼 황야를 향해 내딛는 거대한 발걸음.

사업. 이것을 목적으로 헤르버르트 삼촌은 1969년 캐나다로 이민했다. 구체적인 계획 같은 건 없었고, 필요하지도 않았다. 변수는 무궁무진했다. 그는 자기가 백만장자가 될 거라고 친구들과 학우들에게 호언장담했다. 하지만 그들은 일제히 고개를 내저었다. 편협함, 꽉꽉한 감자들. 그들 동의 없이도 그는 자기의 청운만리 꿈을 실현하리라 자신했다. 언젠가 소유하게 될 그 땅을 전부 둘러보려면 비행기를 타지 않으면 안 되리라.

헤르버르트 삼촌이 처음 모습을 드러낸 곳은 온타리오 주, 램톤 카운티 소속의 페트롤리아였다. 주민 오천 명의 소도시. 고등학교 하나, 교회 다섯 개. 한 세기 훨씬 이전에 제임스 밀러 윌리엄스가 여기서 석유를 발견했다. 땅에서 분출되는 검은 에너지원. 북아메리카 대륙 석유 산업의 초창기. 행운을 잡으려고 전 대륙에서 몰려든 사람들로 페트롤리아는 넘쳐났다. 도처에서 파고 뚫는 시추작업이 성황을 이뤘다. 지금 이 시각에도 같은 자리에서 원유를 뽑아 올리고 있다. 펌프는 영원히 작동하리라.

헤르버르트 삼촌이 근처에서 제일 큰 사무실 앞에다 여행가방을 내려놓고 문을 두드렸다. 뚱뚱한 남자가 문을 열자 삼촌이 손을 내밀면서 자신을 허비라고 소개했다. 농부 잭이 부르던 이름이었다. 그래서 그는 캐나다에서는 허비라는 이름을 쓰기로 작정했다. 허비 환 데르 크봐스트, 사업가.

헤르버르트 삼촌이 자기소개를 했다. 어디에서 왔으며, 페트롤리아에서는 비전을 가진, 대망을 품은 사업가에게 큰 기대를 걸고 있다고 들어서 왔노라고.

"내가 바로 당신이 필요로 하는 사람입니다I'm your man." 헤르버르트 삼촌이 말했다.

뚱뚱한 남자는 즉각 반응하지 못했다. 콧수염을 한 대머리 남자가 불쑥 나타나서 다짜고짜 "내가 바로 당신이 필요로 하는 사람입니다"라고 자기소개를 하다니, 난생처음 겪는 일이었다. 그는 지역 신문 〈페트롤리아 토픽〉에 실린, 암스테르담의 자유분방한 성관계에 대한 기사를 떠올렸다.

뚱뚱한 남자는 엉겁결에 문고리를 움켜잡으면서, 공석이라곤 비서 자리 하나밖에 없는데 주당 사흘 일하는 파트타임이라고 대답했다.

헤르버르트 삼촌은 소중한 시간을 내주셔서 고맙다고 인사한 후 신문이 든 여행가방을 집어들었다. 그는 다른 사무실로 갔다. 덜 크고 덜 높은 건물이었지만 여기서도 그는 역시 어리둥절하다 못해 어이없다는 표정으로 그저 쳐다보기만 하는 남자를 마주했다. 헤르버르트 삼촌은 용기를 잃지 않고 여행가방을 집어든 다음 이 사무실에서 저 사무실로 전전했다. 가는 곳마다 같은 반응이었다. 페트롤리아에는 일거리가 없었다.

헤르버르트 삼촌은 시기를 놓쳤다. 한 세기 이상이 늦었다. 어쩌면 헤르버르트 삼촌이 우리 어머니 같은 설득력을 갖추지 못한 탓인지도 모르겠다. 혹은 어머니의 밀방망이를 갖추지 못한 탓인지도.

그에게 일자리를 마련해준 유일한 사람은 도시의 경계를 막 벗어난 구획에 사는 농부였다. 장로교 신자이며 곡물 농사를 짓는 농부. 추수철이 눈앞에 다가왔으므로 헤르버르트 삼촌은 당장 일을 시작할 수 있었다.

"내가 바로 당신이 필요로 하는 사람입니다." 그가 신바람이 나서 말했다. 신문 배달하는 소년이 능히 백만장자가 되는 마당에 농사꾼의 머슴이 백만장자가 되지 말라는 법은 없잖은가. 언젠가 사람들이 그에 대한 전기를 출판할 터였다. 스스로도 믿겨지지 않을 만큼 성공을 거둔 허비 환 데르 크봐스트의 전기.

나는 지금 그에 대한 이야기를 쓰고 있다. 다른 누구도 쓰지 않기 때문에, 다른 누구도 그를 모르기 때문에. 나 자신도 모든 내력을, 모든 상세한 점을, 모든 사실을 속속들이 알고 있는 건 아니다. 하지만 그건 필요치 않다. 이건 그의 생애의 내면을 간추린 윤곽이다. 그리고 이건 그 어두운 그림자 속에 어려 있는 영혼이다.

농장, 트랙터, 전봇대.

농부는 헤르버르트 삼촌에게 작은 다락방을 정해주었고 여기저기 구릿빛 고리와 단추가 달린 데님 작업복을 그에게 건넸다. '노동자 전용'이라는 라벨이 가슴의 판판한 부분에 붙어 있었다.

매주 엿새 동안 헤르버르트 삼촌은 탈곡기를 돌렸다. 작열하는 태양 아래, 무한대의 농작물 들판으로 둘러싸여. 눈을 감으면 탈곡기에 앉아 있는 그의 모습이 선하게 떠오른다. 이역만리에 온 행복. 자립. 그러곤 나의 상상의 기세에 내가 압도되는 기분이다. 상상이 그 황금의 벌판으로 날 이끌고 간다. 와르릉와르릉 풍구 돌아가는 소리. 누런 지푸라기 부스러기가 사방으로 퍼져나가 먼지가 자욱하다. 탈곡기 뒤에서는 새들이 땅에서 이삭을 쪼고 있다. 내가 짚단을 밟고 다가가도 새들은 놀랄 생각도 하지 않는다. 해방감, 이탈감. 헤르버르트 삼촌이 뒤로 돌아서 자기가 들판에 남긴 궤도를 바라본다. 하루가 끝날 무렵이면 더 이상 존재하지 않게 될 자취. 내가 그를 향해 손을 흔들지만 그에게 나는 보이지 않는다. 환상의 그림자.

일곱 번째 날에 교회의 종이 울리면서 자고 있는 헤르버르트 삼촌을 깨웠다. 농부와 농부의 아내가 다니는 교회 예배에 그도 함께 가야만 했다. 나무의자에 앉아 그는 예수가 인간에게 선정해주신, 그러므로 만인이 걸어야만 하는 길에 대한 설교를 들었다. 농부와 농부의 아내가 고개를 끄떡끄떡했고, 헤르버르트 삼촌은 손톱을 깨물었다. 교회는 그에게 알크마르에 있는 학교 교실을 연상시켰고, 목사가 설교하는 동안 그는 공상 속으로 달아났다.

일요일 예배를 세 번 치른 후에 추수가 끝났다. 농부의 발걸음이 달라졌다. 느슨해졌다. 황막한 벌판에 차츰 어둑한 빛이 드리웠다. 생활 무대가 기계들을 분해하는 실내로 옮겨졌다. 헤르버르트 삼촌은 모터 작동법을 익혔다. 기름과 타르로 범벅된 육중한 농기구들의 나날. 그들의 손도 얼굴도 기름투성이로 검게 물들었다. 그들의 허리가 뻑적지근 쑤셨다.

땅거미가 내리면 헤르버르트 삼촌은 나무 밑에 지친 몸을 기대고 앉아서 창공을 주시했다. 그는 하늘에 떠 있는 구름의 의미를, 돌연 방향을 바꾸는 바람의 의미를 터득했다. 그는 이제 기계 부속품들의 이름을 꿰고 있을뿐더러 날씨도 예측할 수 있게 되었다.

일요일은 종일 실내에서 보냈다. 교회의 나무 의자에서, 그런 다음엔 다른 사람들 집으로 가서. 농부와 농부의 아내가 헤르버르트 삼촌을 교인들 집으로 데리고 갔는데, 그들의 인생길은 그들의 옷에 난 주름만큼이나 반듯했다. 그들은 헤르버르트 삼촌이 함께 가정을 꾸려나갈 배우자를 만나기를 바랐다. 그들은 헤르버르트 삼촌을 친자식처럼 생각했다. 그들 스스로는 갖지 못한, 하나님께서 그들에게 점지해주시지 않은 아들.

주일마다 그들은 가장 단정한 옷으로 차려입고 나들이를 갔다. 헤르버르트 삼촌은 차를 마시고, 끝없이 저어대는 찻숟갈이 찻잔에 부딪히는 소리를 들었다. 여느 때처럼 그는 소파에, 농부와 농부의 아내 사이에 앉았다. 왼쪽 팔걸이의자에는 안주인이, 오른쪽에는 바깥주인이 앉았으며, 그의 맞은편에는 그들의 딸이 앉았다. 아주 드물게 어쩌다 한번 예쁘장하게 보이는, 그러나 십중팔구는 못생긴 스무 살이 안 된 여자아이. 덥수룩한 눈썹, 뻐드렁니. 인가가 너무 드문 촌락, 닫힌 지역사회. 동종 번식.

"과자 하나 더 드실 분?" 반복되는 안주인의 질문이었다.

일 년이 지났을 때 농부가 눈물을 글썽이면서 제안했다. 그는 헤르버르트 삼촌이 동업자가 되기를 원했다. 장차 헤르버르트 삼촌이 모든 재산을 인계받을 수 있도록. 농토, 기계, 농장.

농부는 자기의 금싸라기 땅을 가리켰다. 다 자기 '아들'에게 물려줄 땅이었다.

쥐트편에서 사라질 때와 똑같이 헤르버르트 삼촌은 사라졌다. 말 한마디 없이, 양손에 가방을 하나씩 들고. 밤에, 어둠이 가시지 않은 꼭두새벽에 떠나는 그의 발소리에 나는 귀를 기울인다. 헤르버르트 삼촌 말고는 인기척이라곤 없는 적요한 길, 별들 아래 환영. 결혼하고 자식 낳는 삶을 원치 않는 남자. 저만치에서 먼동이 희끄무레 밝아오기 시작했다. 한 시간쯤 후에 농부와 농부의 아내가 깨어나서 그들 머리 위에서 발소리가 나기를 기다리고 있다. 오래된 마룻바닥이 삐꺽대는 소리. 삼거리 건널목에서 헤르버르트 삼촌이 여행가방을 길가의 모래에 내려놓는다. 선택의 길은 두 갈래였다. 그러나 지나던 차가 멈춰서 무수한 가능성을 지닌 나라의 머나먼 길로 그를 데리고 갈 것이다. 나는 지평선을 응시하는 그를 본다. 조금 후 그는 하얀 픽업트럭 안으로 들어간다. 타이어가 움직이기 시작하고, 모래가 먼지바람을 일으킨다.

그의 전기의 첫 공백은 그 후의 세 달 동안이다. 어쩌면 헤르버르트 삼촌이 해밀턴에서 사업가로 일했을지도 모른다. 아니면 마컴 피터버러 혹은 벨빌에서 모텔에 그의 여행가방을 맡겨두고 낮에는 토네이도 사이렌을 만드는 공장으로 사라졌거나. 출퇴근 기록카드를 찍고 단조로운 일을 하는 직공.

쥐트편의 집에서는 편지를, 살아 있다는 표증을 기다렸다. 동시에 그가 어느 날 집으로 돌아오기만을, 문턱에 와서 서기만을 간절히 빌었다. 엄동설한에 외투도 없이 돌아다닐 아들, 동생.

한밤중에 전화벨이 울렸다. 그의 목소리가 멀게 들렸다. 꿈속에서처럼. "헤르버르트?" 룩셈부르크 할아버지가 물었다. "너니? 헤르버르트니?"

"네, 저 오타와에 와 있어요." 헤르버르트 삼촌이 큰 소리로 알린다. 그는 웰링턴 스트리트의 공중전화 부스 안에 서 있었다. 차들이 질주하고 있었다. 저녁 때였다. 귀가하는 사람들의 발걸음이 바빴다. "저, 직업을 찾았어요." 그가 말했다. "여기 실험실에서 일해요." 낙농품공장의 실험실에서 기술분석자로 취직했다고 헤르버르트 삼촌이 전했다. 그는 유산균에 대한 연구를 하고 있었다. 풀타임, 이주일 간격으로 받는 봉급지불수표.

그러곤 통화가 끊겼다. 전화가 헤르버르트 삼촌의 동전들을 다 삼켜버렸다. 네덜란드에서는 수화기를 계속 붙들고 있었다. 지하에 배선된 전선에서 나오는 잡음 이외에는 들리는 게 없었음에도.

그가 뜬금없이 실험실의 기술분석자로서 존재를 드러냈다. 페트롤리아에서 북동쪽으로 자그마치 600킬로미터가량 떨어진 오타와로 가서. 헤르버르트 삼촌은 농고에서 습득한 지식으로 관찰과 실험을 했다. 코에 안경을 걸치고, 기다란 흰 가운을 둘러쓰고서. 사면의 벽 안에 갇힌 생활, 그러나 익명. 주위의 기대도, 그에 대한 의무도 없었다. 언제 어떤 순간이라도 자기 여행가방을 챙겨 떠나면 그만이었다. 아무것도 그를 오타와에 얽매지 않았다.

그는 화분도, 개도, 빨랫줄도 없었다.

어느 날 동료 한 사람이 헤르버르트 삼촌에게 천연자원의 유가증권에 투자해보라고 권했다. 혹은 헤르버르트 삼촌은 그 정보를 지방신문에 실린 어떤 기사에서 본 것일까? 혹은 엘진 스트리트에서 핫도그를 파는 상인의 지나가는 말을 귀담아듣고서? 이렇듯 헤르버르트 삼촌의 정보는 대개 그 출처가 모호했다. 그는 투

명성을 선호하지 않았다. 그랬다가는 너나없이 백만장자가 될 수 있을 테니까.

아무튼 헤르버르트 삼촌은 모든 현금을 농작물 채권에 투자하기에 이르렀다. 밀, 고기용 돼지, 옥수수, 감자. 엄청난 분량, 대량, 거의 천만 킬로그램. 가격이 일단 상승했다 하면 떼돈 버는 사업. 몇 달 만에 헤르버르트 삼촌은 거금을 수중에 넣게 되었다. 그 수익금으로 그는 새 증권을 사들였고, 거기서 나온 수익금으로 또다시 다른 증권을 구입했다. 그렇게 해서 부자가 되려는 야심에서.

허비 환 데르 크봐스트, 사업가.

그는 부자가 되었다. 비록 극히 짧은 시간에 불과했을망정.

단기간에 그는 집과 사무실을 구입했고, 또 서머싯 스트리트 웨스트 789번지에 커다란 생선가게를 열었다. 오늘날의 차이나타운, 그리고 하룽 피시 앤드 시푸드 마켓. 그러나 이곳이 한때는 콧수염을 기른 대머리 남자가 소유한 '내가 바로 당신이 필요로 하는 생선입니다I'm your fish' 가게였다. 헤르버르트 삼촌은 녹색 작업복을 걸치고 오타와 강에서 그날 잡은 싱싱한 생선을 팔았다. 잉어, 쏘가리, 뱀장어, 메기. 이른 새벽에서 늦은 저녁까지 눈코 뜰 새 없이 바빴고, 악취가 진동했다. 환 데르 크봐스트 족보에 생선가게를 운영한 사람은 한 명도 없었다. 친족 누구 하나도 살아 있는 뱀장어를 팔았다는 말은 금시초문이었다. 하지만 그런 일에는 시적인 영혼이 필수불가결한 듯했다.

헤르버르트 삼촌은 하루아침에 파산하고 말았다. 감자가 그의 파멸의 계기였다. 퍽퍽한 네덜란드 재래 품종이 아니라 껍질의 캐나다산 헌터 종. 폭락세를 타고 가격이 떨어진 약 10만 킬로그램의 감자. 옥수수가 뒤를 잇고, 밀도 그랬다. 고기용 돼지만 이익을 남겼으나 그걸로는 헤르버르트 삼촌을 구할 수 없었다. 그는 집을, 사무실을, 그의 녹색 작업복과 생선을 다 날려버렸다. 그의 수중에 남은 건 오로지 두 개의 여행가방이었다. 그는 그걸 들고 야밤에 사라졌다.

두 번째 공백은 더 크다. 무언 속의, 격리 속의 수년. 공허한 허공, 백설에 덮인 발자취. 나는 앨버타에 있는 아담한 집을 상상해 본다. 혹은 스완 힐스, 캔모어, 혹은 힌턴에 있는 집. 겨울에 영하 40도까지 내려가는 황무지와 연접한 지역들. 헤르버르트 삼촌이 큰 머그에 담긴, 김이 모락모락 오르는 커피를 마신다. 부엌에는 여자가 서 있다. 키는 자그마하고 피부는 표피 내의 혈색이 내비쳐 불그레한 빛을 띠고 있다. 그녀는 꼬박꼬박 일기를 쓰는, 잠자리에서 담담한 형이다. 그녀는 스스로를 내맡길 줄 모르며, 언제나 스스럽고 주저함과 망설임이 앞선다. 그들은 서로 부둥켜안고 자본 적이 없다. 새벽녘이면 여자가 헤르버르트 삼촌보다 먼저 일어나 그의 얼굴빛을 살펴보곤 한다. 그의 입가 주름에서 그녀는 길조를, 행복을 더듬어 찾는다. 그러나 여전히 변화란 없다. 아무엇도.

여름에는 헤르버르트 삼촌이 지붕을 고친다. 웃통을 벗어젖히고 손에는 망치를 쥐고서. 그녀는 피아노 개인지도를 한다. 음악성도 없는 아이들에게.

그녀는 기다린다. 그가 그녀 곁을 떠날 날을. 그녀는 알고 있다. 처음부터 알고 있었다. 그가 여행가방을 들고 그녀의 집으로 발을 들인 그날, 그녀는 부지중에 그걸 직감했었다. 그렇지만 자신들에게 기회를 주고 싶었다. 그저 믿어보고 싶었다. 헤르버르트 삼촌도 그랬다. 사실 누구나 그러지 않는가. 우리는 아니라는 걸 알면서도 서로에게 매달리곤 한다.

몇 년이 지난다. 길고도 혹독한 예닐곱 번의 겨울을 난다. 그리고 봄으로 접어들자 그들은 서로를 놓아준다. 그들은 침묵으로 일관한다. 할 말이 없다. 유일한 소리는 축축이 젖은 오솔길을 걷는 그의 발소리. 그는 바람을 따라 사라진다.

여자가 집을 대청소한다. 그녀는 침대 시트를, 카펫을, 커튼을 빤다. 그가 사용했던 수건들을 버린다. 그리고 일기에 쓴다. "이제부터 나의 인생이 시작되기를 빈다."

그 후의 공백은 작은할아버지 덕분에 메워졌다. 빌럼 환 데르크봐스트. 통나무처럼 뻣뻣한 엉덩이, 대머리, 콧수염. 친족의 일반 특성을 두루 겸비한 전형적 인물. 하지만 나머지 친족과는 다른 일면이 엿보인다. 그는 가는 도시마다 전화번호부에서 자기 성을 조사했다. 네덜란드 흐로닝헌, 벨기에 루뱅, 도이칠란트 함부르크는 물론 캐나다 밴쿠버에서도. 마침 출장길에 오른 그가 헤르버트 환 데르 크봐스트를 추적해냈다. 캐나다 해안. 독신.

작은할아버지는 전화번호부 한 장을 찢었고 그 길로 바로 택시를 타고 그의 주소로 달렸다. 밴쿠버 서부 클라이드 애비뉴의 허술한 건물, 그 이층 아파트. 아무도 문을 열어주지 않았다. 하지만 이웃 여자가 친절하게도 창문에서 몸을 내밀고 작은할아버지에게 응대해주었다.

"허비, 그 사람 괴팍한 사람이에요." 그녀가 앙칼지게 말했다. "데면데면 지나가는 인사말도 하는 법이 없거든요."

그는 세 가지 정보를 얻었다. 미혼이고, 페니스톡° 거래상이고 파이프를 피운다는 것.

작은할아버지는 아파트 앞 벤치에 앉아서 밤이 늦도록 기다렸다. 그러나 헤르버트 삼촌은 나타날 기미가 보이지 않았다. 혹시 벤치에 앉아 있는 작은할아버지 모습을 먼발치에서 단박에 알아보고 그만 기겁을 한 나머지 피해버렸는지도 모를 일이었다.

"아마 어디서 죽었나 보군요." 잠옷 차림의 이웃집 여자가 외치더니 불을 껐다.

• 1달러 미만의 투기적 저가 주식.

작은할아버지는 전화번호부에서 찢은 그 종이 한 장을 가지고 네덜란드로 돌아왔고, 그를 발견한 사실을 친족들에게 알렸다.

"뭐, 파이프?" 레미히에서도, 로테르담에서도, 아우더봐터르에서도 반신반의했다.

집안 누구도 담배를 태우지 않았다. 집안 누구도 파이프를 피우는 사람을 알지조차 못했다. 그런데 헤르버르트 삼촌이 그 전통을 일격에 깨뜨려버린 것이었다. 환 데르 크봐스트 가문에 그보다 더 충격적인 혁명의 바람을 일으킬 만한 일이 있을까? 헤르버르트 삼촌의 엉덩이가 흐늘흐늘 풀려 엘비스처럼 춤을 추게 되는 것?

그로부터 서너 달 후 아버지가 밴쿠버의 동생을 만나는 데 성공했다. 그동안 아쉬르바트 형이 태어났고, 요한 형은 엄마 뱃속에서 새와 과실 꿈을 꾸고 있었다. 나는 아직 태어나지 않은 상태였고 어머니는 행복했다.

헤르버르트 삼촌은 이제 허술한 아파트가 아니라 허술한 보트에 살고 있었다. 선실은 스카치테이프와 시장 보는 비닐주머니로 대강 때웠고, 실내는 젖은 마분지와 곰팡이 냄새를 풍겼다. 삼촌은 아버지더러 단 한 개밖에 없는 의자에 앉도록 배려해주었다. 가족들이 보내서 왔다고 아버지가 알렸다. 다들 걱정이 컸다. 헤르버르트 삼촌이 저녁을 준비했다. 가스버너에서 데워지는 강낭콩 통조림. 보글보글 끓는 소리, 너울대는 물결. 헤르버르트 삼촌은 묵묵히 입을 다물고 있었다.

"여기 산 지 오래됐어?" 아버지가 입을 열었다.

"반년, 대략."

"여기 계속 있을 거야?"

"아니."

뱃고동 소리가 울렸다. 아주 먼발치에서.

"배 정박세를 올린대." 헤르버르트 삼촌이 말을 이었다. "그래서 곧 이사해야 할 것 같아."

아버지가 선실 한 귀퉁이에 널려 있는 음식물 찌꺼기를 응시했다. 이게 우리네 인생살이를 세 마디로 요약하지 않을 경우에 띠게 되는 삶의 모습이었다. 직업, 아내, 아이.

헤르버르트 삼촌이 아버지 앞에 첫 번째 통조림을 내려놓았다. 그러나 먹기에는 너무 뜨거웠다. 아버지는 동생이 맞은편에 와서 자리 잡기를 기다렸다. 그가 침구로 사용하는 매트리스에 와서 앉기를. 그래서 그들은 함께 숟가락 위를 호호 불었다.

"나 한때 백만장자였어." 헤르버르트 삼촌이 한입 삼키고 나서 다른 한입을 넣기 직전에 막간을 이용해 말했다. "한동안은 피아노 치는 여자와 동거도 했고."

"어머니가 널 무척 보고 싶어하셔."

"나 혼자 사는 게 모두에게 더 편해."

"이후엔 어디로 갈 건데?"

"어디든지. 캐나다는 어딜 가나 자리가 남아돌아."

"돌아올 생각은 없고?"

헤르버르트 삼촌이 자리에서 일어나 모퉁이로 눈길을 던졌다. 그가 파이프를 찾아왔다. 살담배를 담는 데 시간이 한동안 흘렀다. 그는 살담배를 다 담고 나서야 입을 뗐다. "방금 뭐라고?"

"아냐." 아버지가 대꾸했다. "아무것도 아냐."

다음 날 아버지는 네덜란드로 되돌아왔다. 아기 아쉬르바트와 어머니 곁으로. 포근한 가정의 품, 입에 길든 인도 음식.

"이거 또 웬 냄새?" 어머니가 식탁에서 물었다.

"냠냠." 아버지가 말했다. "탄두리 치킨 냄새."

어머니가 고개를 흔들었다. 아버지가 일주일 내내 사체해부를 하지 않았음에도 어머니는 죽음의 냄새를 맡았다. 임신부는 후각이 예민하기 마련이다.

"송장 냄새잖아!"

헤르버르트 삼촌은 그 후 오래 지나지 않아 밴쿠버를 뜰 준비를 했다. 페니스톡이 그를 파산의 수렁으로 몰고 갔다. 정박세는 오른 반면, 아파트 월세금을 치를 만한 형편은 더더욱 못 되었다. 딴 데로 가서 행운을 찾지 않으면 안 될 참이었다. 그때 그에게 우연이 힘이 되어주었다.

헤르버르트 삼촌이 밴쿠버를 떠나려던 날, 슬로컨 밸리에 있는 대리석 채석장을 매수한 오스트리아 남자와 우연히 마주쳤다. 그는 400킬로미터 남짓 내륙 쪽으로 들어간 산악지역의 계곡으로 가서 직접 대리석을 채굴해 시장에 내놓을 계획이었다. 그러나 혼자서는 감당하기 힘들었다. 오스트리아인이 뒤로 한 발자국 물러서더니 헤르버르트 삼촌을 위에서 아래로 훑어봤다. "당신이 바로 내가 필요로 하는 사람입니다!" 그가 말했다.

헤르버르트 삼촌은 애시당초 자신하고 있었다. 여행가방이 마침내 그 임무를 완수해주었다. 그가 십 년을 끌고 다녔으며 대륙의 반 정도를 횡단한 40킬로그램의 신문들.

이리하여 그는 난생처음 듣도 보도 못한 대리석 채석장의 엄연한 동업자가 되었다. 오스트리아인은 여행가방을 들어 차의 짐칸에 실었고 그들은 함께 슬로컨 밸리를 향해 달렸다. 장장 아홉 시간을 주행했다. 캐나다의 대자연을 가로지르는 한적한 아스팔트 길, 꼬불꼬불 험준한 산길, 진흙 샛길. 좋은 소식이라면 그곳 대리석 질이 뛰어나게 좋다는 점이었다. 나쁜 소식은 흑자를 보기에는 운송비가 너무 많다는 점이었다.

"헤르버르트 삼촌다운 이야기지. 그 사람이 한 일인데 어련하려고." 나중에 전갈을 들은 어머니의 반응이었다. 그녀가 마침내 그를 만나게 되었을 때도 그의 허탕 치는 재주는 여전히 남달랐다. 장소는 좋았는데 때가 잘못되었다든가, 그 반대로 때는 좋았는데 장소가 잘못되었다든가, 아니면 으레 그렇듯이 때도 장소도

다 잘못되기 일쑤였다.

대리석 채석장은 반년 만에 결단이 나버렸다. 헤르버르트 삼촌은 심갱 속으로 침잠해버렸다. 그는 온데간데없었다. 그는 어딘가에 있는 동시에 아무 데도 없었다. 캐나다의 어느 전화번호부에도 그의 이름은 나오지 않았다. 샤르마 이모부는 그의 꿈이 실현되기 전에 태양과 먼지의 허구한 나날을 극복하지 않으면 안 되었었다. 헤르버르트 삼촌은 정처 없이 이리저리 떠돌며 나그네 생활을 했다. 강풍과 얼음의 나날들. 그러던 중 아마도 꿈을 포기했음 직했다. 그는 평야와 산지를 부유했다. 그가 거쳐간 자리를 다 둘러보면 아닌 게 아니라 비행기를 타지 않으면 안 될 판이었다. 그는 인적이 드문 산간벽지에 가 있었다. 그러나 그건 그의 땅이 아니었다. 그건 순록과 영양과 곰에 그리고 고독에, 또한 서서히 목소리를 돋우기 시작하는 산바람에 예속된 땅이었다.

그러던 어느 날 그가 불현듯 예리코란의 우리 집 대문 앞에 와 섰다. 수염을 늘어뜨린 깡마른 남자. 머리에 쓴 까만 빵모자. 어머니는 소스라치게 놀랐다. 헤르버르트 삼촌이 집으로 들어오려는 걸 어머니가 가로막았다.

"에구머니나!" 어머니가 외쳤다. "부랑자잖아!"

"저예요, 허비예요."

"경찰에 전화할 거예요." 왕할머니가 우리를 납치범들로 착각하고 외치던 식으로 어머니가 외쳤다.

헤르버르트 삼촌은 자기가 우리 아버지 동생이며 저 만리타국 캐나다에서 오는 길이라고 밝혔다.

"말도 안 돼요." 어머니가 반박했다. "우리 집안에는 수염 늘어뜨리고 다니는 사람은 한 명도 없다고요."

그 말은 맞았다. 환 데르 크봐스트 성을 가진 이들은 그 누구도 턱수염이 자라는 걸 용납하지 않는다. 콧수염이 우리의 상표였다. 턱수염은 상상도 못 할 금기였다.

어머니는 도무지 믿으려 들지 않았다. 그래서 아버지가 퇴근할 때까지 헤르버르트 삼촌은 문밖에서 기다려야만 했다. 형들과 나는 하루 종일 집 안에 갇혀 있었다. 그러지 않으면 부랑자가 우리 신발을 빼앗아갈 거라고 어머니가 겁을 주었다.

우리는 이층 창문 뒤에 서서 수염을 늘어뜨린 남자의 동징을 살피고 감시했다. 그는 여행가방도, 아무것도 들고 있지 않았다. 헤르버르트 삼촌이 우리를 보고는 우리를 향해 손을 흔들었다. 어머니가 냉큼 커튼을 닫아버렸다.

"쳐다보지 마." 어머니가 으름장을 놓았다. "쳐다보지도 마! 액이 옮아 붙는다고."

저녁 6시에 퇴근한 아버지가 헤르버르트 삼촌과 함께 거실로 들어왔다. 우리에게 악수하라고 했으나 손을 내밀 용기가 있는 사람은 아무도 없었다.

"캐나다에서 온 너희 삼촌이야." 아버지가 소개했다.

그러자 우리는 셋 다 그만 울음을 터뜨렸다. 어머니가 부엌에서 나와 우리를 달랬다. "겁 내지 마. 헤르버르트 삼촌은 겉모습만 부랑자처럼 보일 뿐이야."

그에게서 흙냄새가 났다. 진흙 냄새? 아무튼 나로서는 뭐라고 꼬집어 말하기 힘든 그런 냄새였으나, 어머니는 꼬집어냈다.

"이게 웬 냄새지?" 어머니가 식사 중에 물었다.

"냠냠." 아쉬르바트 형이 말했다. "뱀밥 냄새." 그의 얼굴이 얼추 불그레 상기되었다. 그는 스파게티 가락들을 입으로 호로록호로록 몰아넣었다. 이따금 열 가락을 동시에.

"무슨 이런 냄새가 나지?"

아버지는 새삼 양팔을 옆구리에 대고 눌렀고, 애써 최대한 태연함을 유지하며 식사를 계속했다.

"쓰레기통 악취야!" 어머니가 말했다. "쓰레기통 악취가 내 음식 맛을 다 망쳐놓고 있다고!" 어머니는 냄새를 하나하나 나열했다. 바나나껍질, 곰팡이가 슨 치즈, 닭뼈다귀.

나도 그런 냄새를 맡았다. 쓰레기 악취. 헤르버르트 삼촌에게서 나는 냄새였지만, 그 자신은 조금의 거리낌도 없이 사뭇 편안해 보였다. 그는 태연하게 식사에 열중했다. 몹시 허기진 강아지 같았다. 어머니가 그의 접시에다 세 번이나 그득그득 떠주었다. 어머니가 내게 속말을 털어놓은 적이 있었다. "헤르버르트 삼촌은 델리 생쥐보다 훨씬 더 지긋지긋하게 가난해." 그러자 아버지

216

가 내 귀에 대고 소곤댔다. "하지만 아주아주 행복하거들랑. 결혼 같은 걸 아예 안 했으니까."

식사 후 헤르버르트 삼촌이 파이프를 꺼내서 대통에다 살담배를 쟀다.

"그게 뭐예요?" 아쉬르바트 형이 궁금해했다.

"건강에 해로운 거야." 어머니가 대답을 대신했다. "저게 네 몸속을 까맣게 만들어서 너도 모르게 쓰러져 죽어."

헤르버르트 삼촌이 물부리를 입속에 넣은 채 식탁에서 일어나 정원으로 걸어 나갔다. 나는 뒤로 돌아서 잔디에 서 있는 그를 바라봤다. 잿빛 연기가 그의 입을 빠져나갔다. 샤르마 이모부 것보다 작고 구불구불한 데다 문구들도 없는 대신에 점들만 있는. 마치 들려줄 얘깃거리가 아무것도 없다는 듯이.

"부랑자들은 으레 다 저래." 어머니가 일렀다. "흡연자들."

요한 형과 아쉬르바트 형은 평생토록 담배, 시가 혹은 파이프라면 절대 만져보려고 하지 않을 터였다. 그들은 꾸준히 그걸 멀리하며 살아갈 것이다. 심하게는 누가 곁에서 담뱃불을 붙일라치면 아쉬르바트 형은 분노를 터뜨릴 지경이다. 버스 정류장에서 버럭 고함을 지르는 일도 더러 발생한다. "저리 꺼져! 안 그러면 내 몸속도 까맣게 되어버린단 말이야!"

가족 중에 연초가 주는 위안을 폐부 깊이 스며들도록 받아들인 사람은 나 하나이다. 하물며 대마초와 마리화나의 신비로운 연기까지도. 그러나 내 체질에는 어울리지 않았다. 제도의 구속을 거부하는 그 모든 젊은이들 틈에 끼고 싶은 마음이 그토록 간절했음에도. 세상을 적대시하며, 남루한 차림새의, 닳고 단 외투에다 너덜너덜해진 바지 차림의 멋져 보이는 젊은 청년들. 나는 품행이 너무 단정한, 어머니 치마폭에서 벗어나지 못하는 소심꾸러기였다.

헤르버르트 삼촌은 예리코란에서 두 밤을 더 묵은 다음에 레미히로 떠났다. 할아버지 집으로. 어머니가 헤르버르트 삼촌에게 밀방망이를 주면서 가지고 가라고 권했다. 그걸로 치는 방법도 몸소 시범 삼아 보여줬다. "이렇게 공중으로 휙 올린 다음에. 아주 힘껏 머리를 후려치세요."

우리는 그 후 헤르버르트 삼촌을 다시는 만나지 못했지만, 어머니는 수시로 우리에게 그를 상기시켰다. 우리가 이 닭기를 꺼려할 때 그녀의 목소리가 욕실 안에 쩌렁쩌렁 울려 퍼졌다. "너희 다 헤르버르트 삼촌처럼 되고 싶어?" 우리가 제시간에 귀가하지 않거나, 과일을 안 먹으려고 하거나, 취침 시간을 거역할 때도 역시 고함이 울렸다. 교육적인 면에서 헤르버르트 삼촌은 무척 유익했다. 언제고 겁을 집어먹게 만드는 일종의 괴물이었다.

내 학교 성적이 떨어졌을 때 어머니가 소리를 지르면서 내 방으로 쳐들어왔다. "헤르버르트 삼촌도 학교 다닐 때 늘 성적이 나쁘더니 결국 저 모양 저 꼴이 되어버렸다고." 얼마 후 내 턱에 수염이 윤곽을 드러내기 시작하자 어머니가 면도칼을 들고 내 앞으로 다가왔다. "십중팔구 거리에 나앉게 생긴 꼬락서니! 이러다가 빌어먹는 신세가 되고 말지!"

어쩔 땐 그게 꼭 어머니의 유일한 임무 같아 보였다. 우리가 헤르버르트 삼촌처럼 되지 않도록 우리를 보호하는 일. 기생 인간, 까만 빵모자를 눌러 쓴 부랑자. 우리가 정상 궤도에서 엉뚱하게 일탈해버려서 어머니가 한평생 바친 공로가 수포로 돌아갈 가능성이 없지 않았다. 헤르버르트 삼촌이 그랬듯이.

수염을 늘어뜨린 남자가 모습을 드러낸 곳이 두 군데 더 있다. 첫 번째 장소는 실버튼. 브리티시컬럼비아 주에서 가장 작은 마을. 6번 고속도로를 따라 모여 있는 몇 채 안 되는 가옥들. 그냥 지나쳐버려도 크게 애석할 게 없는 곳.

헤르버르트 삼촌이 거기에서 발길을 멈췄다. 그리고 이번에는 한번도 동원될 필요가 없었던 소방서의 자원봉사자 팀에 합류했다. 그는 화요일에는 마을 주치의 사무실에서 비서로 일하며 이따금 앰뷸런스 운전사를 대리하기도 했다. 그리고 아이가 둘 딸린 주디라는 이름의 이혼녀와 동거했다. 우리 집을 방문한 지 몇 년 후에 우리 현관 매트에 떨어진 편지에 그런 소식이 모두 적혀 있었다. 큼지막한 우표와 에어메일Airmail이라는 파란 딱지가 붙은 네모난 봉투.

어머니는 처음에는 그 편지를 감추었지만 그 내용이 아무래도 교훈적일 수 있다는 결론에 다다랐다.

"이 모든 게 다." 그녀가 힘주어 설교했다. "이 모든 게 다 이를 잘 안 닦고, 학교 성적이 나쁘고, 수염을 기르고, 바나나껍질 악취를 풍기고 다닌 탓이야. 그러다가 저렇게 애가 둘씩이나 딸린 이혼한 여자하고 산간벽촌에 박혀 사는 걸로 끝을 맺게 되었다고."

어머니 눈에는 이혼보다 더 망신스러운 일은 없었다. 그게 그녀가 할아버지를 증오했던 이유 중 하나였다. 또한 이웃의 이혼 가정들도 경원시했다. 우리가 그런 환경의 아이들과 놀면 난리가 났다. 그런 애들이 우리 대문 앞에 와 서면 어머니로부터 훈계를 들었다. 두말할 나위도 없이 "인도에는 이혼하는 사람은 하나도 없다!"로 끝나는 훈계. 우리 부모님이 여태껏 붙어 사는 이유가 바로 이것인지도 몰랐다. 왜냐하면 이혼이란 수치였으니까.

"헤르버르트 삼촌다운 얘기지." 흥분이 약간 가라앉자 어머니가 말했다. "아니나 다를까 잘못된 때와 잘못된 장소에!"

그러나 헤르버르트 삼촌은 실버튼에서 끝장을 맺지 않았다. 그건 중간 정차역이었다. 모든 곳이 그에게는 지나가는 중간 정차역이듯이. 어쩔 때는 며칠을, 어쩔 때는 몇 년을 머물렀다. 그가 얼마 동안이나 더 주디와 함께했는지는 사람마다 추측하는 바가 다르다. 만약 그녀가 그를 단단히 붙들고 있었다면 삼촌의 다음 공백은 작아진다. 하지만 그녀의 마음과 팔이 그를 부여잡는 데

실패했다면 공백은 입을 쩍 벌린 절벽 상태가 된다.

이런 공백 기간에 우리는 어른이 되었다. 헤르버르트 삼촌이 캐나다를 떠돌며 나그네 생활을 하는 동안 나는 로테르담 에라스무스 대학교에서 경제학을 전공하고 있었고, 요한 형은 지리학자가 되어 모로코에서 연구 중이었다. 아쉬르바트 형에게는 시간이 제자리걸음을 하고 있었다. 그는 자기 방 창가에 앉아서 물끄러미 밖을 내다보고 있었다. 그가 결코 차를 몰고 다니지 못할, 결코 나무 밑에서 여자친구와 키스를 나누지 못할 바깥세상을 관망하고 있었다.

어머니가 곁에 앉아서 큰형의 질문에 대답해주었다. "요한은 어디 있어? 에른스트는 지금 뭐 해?"

"요한은 모로코에 가서 연구 중이고 에른스트는 경제학을 공부하고 있어." 어머니가 자랑스레 들려줬다. 그리고 나서 꼭 덧붙였다. "너도 언젠가 꼭 대학교에 가게 될 거야."

요한 형이 모로코에서 수염을 늘어뜨리고서 사막의 모래를 차에 가득 싣고 돌아오자 어머니의 자랑거리가 순식간에 사라져버렸다. 형 옆자리에는 눈부시게 아름다운 미인이 앉아 있었다. 기다랗게 나풀나풀하는 새까만 머리채, 튀어나온 광대뼈, 취옥 같은 선명한 녹색의 눈. 사하라 사막의 공주. 그는 서훌 지방의 어느 촌락에서 그녀와 결혼식을 올렸다. 움막과 모래. 불모지.

"모든 게 다 허사가 되고 말았네!" 어머니는 애통해했다.

사막에서 온 공주에게는 인사말 한마디 건네지 않았다. 어머니는 다짜고짜 부엌으로 들어갔다. 그다음 순간 요한 형 머리에 혹이 하나 붙었다. 그의 최초의 혹. 당분간 식단에는 로티가 오르지 못하게 되었다.

이혼보다 더 망신스러운 게 하나 있었다. 바로 무슬림과의 결혼. "설마하니 이럴 수가!" 어머니가 요한 형에게 대고 악을 썼다. "무슬림 악당들이 우리 가족을 우리 집에서 몰아냈어. 전 재산을 약탈했다고. 강간당하지 않으려고 여자애들은 죄다 머리를 깎고 남자 옷으로 변장을 하고 다녀야만 했다고. 우리는 먹을 것도 잘 곳도 없는 피난살이를 해야 했단 말이야!"

열 번째 입이 열변을 토했다. 염소의 우유를 마셔야만 했던 입. 쪽쪽.

"엄마, 하지만……." 형이 겨우 입을 뗐지만 어머니는 고개만 흔들었다.

"엄마." 형이 한 번 더 입을 뗐다.

"나는 더 이상 네 어미가 아니다."

요한 형은 자기 아내를 데리고 떠났다. 그들은 부릉부릉 엔진 소리를 남긴 채 티베리아스란에서 멀어졌다.

그래서 그녀는 다시금 혼자가 되었다. 홀로 그녀의 눈물과 그녀의 아쉬르바트를 떠안고서.

일주일 후 나도 혹을 하나 얻었다. 보아하니 깨진 밀방망이라도 치는 데는 별 상관이 없는 모양이었다. 내가 집으로 향한 것은 자취방에 음식이 다 떨어진 데다가 부모님한테 알려야 할 중요한 결정이 있어서였다.

"공부를 그만두기로 했어요." 내가 식탁에서 알렸다. "작가가 되려고요. 내년에 제 첫 작품이 출간될 예정이에요."

어머니가 주먹으로 식탁을 두드렸다. 식탁의 식기들이 덜거덕덜거덕거렸다. 토마토 스파게티 대신에 펜네 파스타였다. 보나마나 마침 세일 중이었을 것이다. 아쉬르바트 형은 잔뜩 마뜩찮아했다. 펜네를 입속까지 옮기는 일이 여간 고역스럽지 않았다. 원통의 미끌미끌한 펜네가 연방 그의 포크를 빠져나갔다.

"염병할 파스타." 어머니가 냅다 부엌으로 들이닥치는 순간 그가 시부렁거렸다. "에잇, 염병할 파스타!"

나는 강타를 모면할 도리가 없었다. 어쩌면 의도적으로 혹을 하나 얻을 작정이었던 것 같기도 했다. 요한 형은 벌써 하나가 있으니, 나도 하나 얻어야 하는 게 당연했다. 어머니에게서 떨어져 나오는 다른 방법은 없었으니까.

"모든 게 다 허사가 되고 말았네!" 어머니가 다시 애통해했다. "내 평생을 너희를 위해 희생했단 말이야. 무슨 일이 있어도 꼭 너희 하교 시간에 집에서 기다렸고, 어디든 안 데리고 다닌 곳이 없었지. 너희를 위해 모든 걸 바쳤다고."

"제가 책을 쓰겠다는 거예요." 내가 말했다. "제가 죽겠다는 게 아니잖아요."

그래도 어머니는 내 말에 귀를 기울이지 않았다. 그녀의 인생이 산산조각이 나 와르르 무너져버렸다. 작은형은 무슬림과 결혼을 했는가 하면, 나는 학업을 중간에 포기했다. 게다가 아쉬르바트 형은 그 상태 그대로 제자리걸음만 하고 있을 터였다.

"낯을 들고 밖에 나갈 수 없는 신세가 되다니." 어머니가 흐느꼈다.

아버지가 팔을 뻗쳐 어머니를 감싸려고 했으나, 어머니는 팔을 홱 뿌리쳤다.

"내 몸에 손대지 마!"

아버지가 식탁에서 와락 밀방망이를 움켜잡았다. 아버지는 그동안의 풍부한 실전 경험을 통해서 강타를 미리 막는 방법을 터득하고 있었다.

하지만 던질 무기는 그것 말고도 수두룩했다. 첫 번째 슬리퍼가 공중으로 휙 날아오르기까지는 오랜 시간이 걸리지 않았다. 아버지가 적시에 몸을 숙이긴 했으나 그다음 짝이 와서 그의 코 위에 착륙했다. 두 번째 슬리퍼는 매번 적중했다. 일 초 후에는 쇠로 된 접시 밑받침이 식탁 위를 날았다. 그러자 아쉬르바트 형도 덩달아 던지기 시작했다. "이 염병할 파스타." 그가 자기 접시를 건너편으로 던지면서 외쳤다. 파스타가 담긴 내 접시마저도 행렬 뒤에 따라붙지 않을 수 없었다. 아버지 얼굴에서 토마토소스가 흘러내렸다.

올 것이 오고야 말았다. 폭탄이 터지고 말았다. 우리 집안은 끝장이 났다.

"헤르버트 삼촌." 어머니가 통곡을 했다. "이게 다 헤르버트 삼촌 탓이야. 얘들한테 못된 본보기가 되어가지고 다 이렇게 돼버렸다고. 요한은 수염을 기르고 에른스트는 공부를 집어치우고. 내 평생이 이렇게 물거품이 될 줄이야!"

나는 머리를 내저었다. 나에게 세상길을 가르쳐준 장본인은 바로 헤르버트 삼촌이었다. 직선으로 뚫린 길이 아니라 황무지를 헤쳐나가는 꼬부랑길. "난 모든 걸 남들이 하는 식으로 따라하고 싶지 않다고요." 내가 울부짖었다. "난 떠돌아다니는 부랑자가 되기를 원해요. 난 바나나껍질 악취를 풍기며 살기를 원해요. 난 가난뱅이가 되기를 원해요."

그날 밤 어머니는 테라스에서 쓰레기봉투를 태웠다. "악귀야, 물러가라! 에른스트의 몹쓸 귀신아, 냉큼 사라져버려라!"

나는 온데간데없이 종적을 감춰본 적이 없다. 나는 아직도 여기 이렇게 컴퓨터 앞에 붙어 있다. 나는 글을 쓰고, 모니터를 주시하고 있다. 나는 존재하지 않는 것들을 본다. 푸르스름한 안개, 무한대의 이방세계에 대한 동경. 그럼에도 나는 외부의 드넓은 세상이 아닌 집 안에 두문불출 앉아 있다. 내 인생은 세 마디로 요약할 수 있다. 직업, 아내, 아이.

헤르버르트 삼촌이 수년 후 앨버타 주에 모습을 드러냈다. 그는 애서배스카 오일샌드에 고용되었다. 타르샌드, 유사油砂 채취. 여름에는 진흙과 모기들 등쌀에 작업이 불가능했다. 그래도 겨울에는 땅이 어는 덕분에 비행기가 후미진 광산에 착륙할 수 있었다. 헤르버르트 삼촌은 날이 달린 불도저에 앉아서 까만 모래밭을 파내고 있었다. 얼어붙은 손, 얼어붙은 뼈마디. 어쩌다 야근하는 주도 있었는데, 안팎으로 들락날락하는 대형 트럭에서 나오는 헤드라이트를 빼고는 천지가 암흑에 잠겼다.

그는 온타리오에서 지냈던 시절을 이따금 떠올릴까? 그의 상상력이 타작기에 앉아 일하던 페트롤리아의 황금의 벌판으로 그를 이끌고 갈까? 혹은 응접실에서 자기 맞은편에 앉아 끝없이 찻숟가락 부딪치는 소리를 내던 여자애를 기억할까? 그가 날이 달린 불도저의 운전석에 홀로 앉아 향수에 젖을 때도 있을까?

그의 행적은 여기에서 끝난다. 헤르버르트 삼촌의 마지막 편지는 포트 맥머리에서 부친 것이었다. 애서배스카 오일샌드의 유일한 도시. 룩셈부르크 할아버지가 편지를 받았다. 봉투 위에 박힌 단풍잎. "유사 채취가 영혼을 좀먹게 만듭니다." 편지의 한 구절이었다. 헤르버르트 삼촌은 직장을 그만뒀다. 더 견딜 수가 없었다. "어디로 갈 건지 아직 정확히 모릅니다. 북부 지역에 마음이

끌리긴 합니다. 노스웨스트 준주, 유콘, 알래스카…… 선택지는
많습니다."

나는 그가 쓸쓸하게 아스팔트를 걷는 모습을 본다. 그의 손에
는 여행가방이 들려 있지 않다. 그는 중요한 인물처럼 보이지 않
는다. 그는 보잘것없는 한 사내이다. 어쩌면 산림감독관이 그를
태워다줄지도, 어쩌면 그가 사흘 동안 내리 버스를 타고 가다가
다른 주에 가서 내릴지도 모른다. 황무지에는 언제나 일거리가
있다. 겨울에 직원을 투입해야만 하는 응급의료 초소. 육 주 내내
위성전화만이 유일한 외부와의 접촉인 곳.

유콘 서부에 의료 초소가 하나 배치되어 있다. 이전의 미국 공
군기지이다. 황폐한 벌판, 허물어진 화물창고 위로 듬성듬성 서
있는 낮은 건물들. 백여 개의 녹슨 비행기들과 탱크들. 헤르버르
트 삼촌이 망원경으로 허허벌판을 관망한다. 곰들이 산다던데 그
는 아직 발견하지 못했다. 그의 차 디젤모터가 밤낮으로 돌고 있
다. 그러지 않으면 추위 때문에 기름이 굳어버린다.

아주 드물게 호출이 오면 출동해야 한다. 도움이 필요한 사냥
꾼들, 덫을 놓는 사냥꾼들, 에스키모. 나머지 시간은 헤르버르트
삼촌 혼자서 채운다. 간이침대에서 눈을 붙이고, 장작불 옆에서
몸을 녹인다. 그는 기상을 예측한다. 근무기간을 연장하는 때도
있다. 두 달 반 동안 지속되는 동빙한설. 그의 식량은 비행기에서
떨어뜨려진다. 드넓은 영토를 내려다보는 비행기.

그는 모자도 말도 가축도 없는 호젓한 카우보이이다. 잘못된 곳에, 꽝꽝 얼어붙은 늪의 대초원에 와 있는 카우보이.

"헤르버트 삼촌답구만" 하고 어머니는 말할 것이다.

어머니는 애당초 캐나다로 이민할 의향이 없었다. 그녀는 헤르버트 삼촌을 만나게 될 거라는 생각만으로도 숨이 넘어갈 지경이었다.

"우리는 토론토로 가잖아." 아버지가 설득했다. "헤르버트는 정반대편 끝에 가 있어."

그래도 어머니는 완전히 마음이 놓이지 않았다. 그녀는 지금 이 시각에도 여전히 우려하고 있다. 느닷없이 어느 순간에 수염을 늘어뜨린 남자가 문 앞에 와 서게 될 것을. 머리에는 빵모자를 둘러쓰고, 자기 주변으로 쓰레기장 악취를 내뿜으면서. 지긋지긋한 시집 식구들.

헤르버트 삼촌은 더 나타나지 않으리라고 나는 믿는다. 그는 어느 농부의 토지에 서 있는 이동주택에서 여름을 난다. 그는 과묵하고 담담하다. 그는 직접 기른 야채를 거두어들인다. 풀들이 청청하게 우거지고 푸른 하늘이 드높은 계절들. 그러다가 겨울이 되면 그는 몇 주 동안 혼자서 북쪽에 가 있다. 나는 그가 걸어가는 모습을 본다. 등에 배낭을 메고서, 뒷주머니에서 꺼낸 위스키 병을 입으로 가지고 가면서. 나는 그의 발소리를 듣는다. 터벅터벅, 터벅터벅. 소리는 점점 멀어진다.

상상은 소망으로 가는 첫걸음이다. 그러나 나는 그의 길을 좇지 못한다. 내게는 집을 나갈 용기가 없다. 게다가 시적인 영혼도 없다.

터벅터벅, 터벅터벅.

정적이 잇따른다. 모든 게 가능한 나라에서는 홀연히 종적을 감추는 것도 가능하다.

인도에서

체크인 카운터 위의 모니터에 '델리'가 명시되어 있다. 늘어선 줄에서 내 앞에 한 인도 가족이 서 있다. 아버지, 어머니, 아이들 넷, 열여덟 개의 여행가방. 그들 차례가 되자 탑승수속하는 여자 직원이 한숨을 길게 내쉰다. 아버지가 첫 번째 가방을 들어 수화물 컨베이어 벨트에 놓는다. 중량이 디지털로 나타난다. 32.4킬로그램.

"초과입니다." 직원의 말소리가 들린다. 규정이 최근에 강화되었다. 무료 수하물 허용량인 일인당 20킬로그램을 초과해서는 안 되었다.

시비가 붙었다. 어머니가 가족을 대변한다. 그녀는 먼저 아이 넷을, 그리고 나서 수화물 벨트의 엄청난 여행가방을 가리킨다.

직원에게는 그 상관관계가 모호하다. 어머니는 침착함을 유지하려고 노력하지만, 카운터 뒤의 직원이 고개를 흔들자 인내심을 잃고 만다. 욕설을 퍼붓기 시작한다.

직원은 요지부동이다.

아버지가 수화물 벨트에서 짐을 들어낸다. 그의 아내가 다른 가방을 지적한다. 그러나 이것도 역시 너무 무겁다. 숫자는 다시금 가차 없는 판결을 내린다.

짐이 재정리되기 시작한다. 가방이 일일이 열리고, 부피가 큰 짐은 휴대수화물로 옮겨지고 또 그 반대로도 옮겨진다. 아버지 외투 속으로도 물건들이 사라진다. 장난감과 식품을 그의 주머니에 쑤셔 넣는다.

언제나 천근만근 나가는 외투를 입고 세관을 거쳐야만 했던 우리 아버지 생각이 난다. 어머니가 초과량을 죄다 주머니에 넣도록 강요했다. 대개는 무난하게 통과했지만, 몸수색을 받고 10킬로그램의 초콜릿을 압수당하거나 외투 안주머니에서 프라이팬을 꺼낸 일도 서너 차례 있었다.

어머니의 닦달: 그러니까 내가 머리를 좀 단정하게 빗으라고 계속 말했잖아!

아버지의 대답: 나한테 빗고 자시고 할 머리가 어디 있어?

"그러면 이건 뭔데?" 어머니가 그의 귀 위에 난 흰 머리카락 몇 개를 잡아당겼다. 아버지가 머리를 잘 안 빗으면 쫓기는 범죄자처럼 보여서 세관의 눈길을 끈다는 게 어머니 생각이었다. 아버지 생각으로는 보안검색대를 통과할 때 외투의 초과 중량으로 인해 균형을 잃고 비트적대는 자세 때문에 생긴 문제였다.

인도 아버지가 재차 엄청난 여행가방을 수화물 벨트에 얹는다. 이번에는 28킬로그램을 웃돈다. 여전히 초과.

직원은 초과량 1킬로그램당 요금 100유로가 부과된다고 알려준다. 어머니가 수화물 벨트에서 가방을 휙 끌어내면서 직원을 인도 남부 거지의 딸로 몰아세운다.

인도 사람치고 초과 수화물료를 지불하는 사람은 없다.

네덜란드에 거주하는 친척을 부른다. 삼촌 혹은 사촌. 수십 개의 물건이 그의 손에 쥐어진다. 이 재정리도 영겁의 시간이 걸린다. 인도 가족의 아이들은 바닥에 주저앉아서 놀이를 한다. 그들에게는 전혀 생소한 일이 아니다. 예전에 우리 가족도 똑같은 상황이었다. 탑승수속을 기다리는 동안 우리끼리는 예사로이 '화내지 마세요!*' 보드게임 한 판을 거뜬히 끝내고도 남았다.

마침내 중량이 통과된다. 직원이 수화물표를 달고, 열두 개의 가방은 하나씩 컨베이어 벨트를 타고 공항의 뱃속으로 사라진다.

• 윷놀이와 비슷한 보드게임.

나머지는 휴대용 짐으로 들고 간다.

"잘디." 어머니가 아이들을 재촉한다. "잘디! 잘디!"

그제야 내 차례다. 나는 두 개의 수화물을 가지고 있다. 여행가방 두 개. 큰 여행가방을 수화물 벨트에 올려놓자 가슴이 세차게 뛰기 시작한다. 디스플레이가 17.7킬로그램을 표시한다. 중량에는 아무런 문제가 없다.

"여권은요?" 직원이 말한다.

내가 여행지갑에서 여권을 꺼내 카운터에 놓는다.

직원이 여권을 뒤적거리더니 말한다. "비자를 받지 않으셨군요."

"그게 필요한가요?" 나의 첫 반응이다.

"네." 더도 덜도 말고 딱 한마디.

"실은 제가 인도에서 태어났는데요. 봄베이에서요."

직원이 웃는다. 약간 위로 치오르는 입 가장자리, 눈언저리에 맺히는 주름.

내가 한 말이 너무 무안하다. 비자 없이 입국해도 된다고 믿는 인도 혼혈아.

"죄송합니다만, 탑승권을 발급할 수 없습니다." 직원이 말했다.

"공항에 도착해서 비자를 받을 수는 없습니까?"

"비자를 받으시려면 헤이그 주재 인도 대사관으로 가셔야 합니다."

233

울컥 치욕적인 말들이 홍수가 되어 치솟는다. 사생아를 저주하는 열 개의 인도 욕지거리. 그러나 나는 두말없이 수화물 벨트에서 가방을 집어 들었다. 숫자가 재깍 0킬로그램으로 되돌아간다.

"1번에서 티켓을 변경하실 수 있습니다."

나는 줄에서 빠져나와 출국 홀 1번에 있는 여행자 안내소를 향한다. 날짜 변경은 터무니없이 비싸다. 어머니가 있었다면 그 금액으로 인도에서는 비행기를 한 대 살 수 있을 거라고 외쳤을 게 뻔하다. 나는 결제기에 카드를 긁어 계산을 끝내고 불한숨을 내뿜으며 일단 헤이그로 후퇴하기로 결정한다.

인도 대사관은 문이 닫혔으나, 인도 비자 서비스라는 업체에서 업무를 대행하고 있다. 직원이 신청서류를 건네면서 그걸 한쪽 탁자로 가져가서 작성해달라고 부탁한다. "아무 이상이 없을 경우엔." 그녀가 덧붙인다. "내일 비자를 받으실 수 있습니다."

나는 서류의 질문에 대답을 써서 제출한다. 직원이 머리를 흔든다. "이렇게 쓰시면 몇 주일도 더 걸립니다." 그녀가 직업란에 작가라고 적힌 줄을 손가락으로 가리킨다.

새 신청서가 내 손에 쥐여진다.

"공인회계사, 전기 기술사, 웨이터." 직원이 말한다. "뭐든 작가보다는 낫습니다."

"저는 인도에서 태어났습니다"라고 나는 말하고 싶다. "그러니 친척 방문하는 것쯤은 문제가 될 게 없지 않겠습니까?" 그러나 아무 소용없는 짓임을 자각하고 말을 삼킨다. 작은 탁자에 앉아 내 신상에 대한 정보를 또다시 작성한다. 이름, 주소, 여권 번호, 출생지, 국적. 그런 다음 직업을 작성해야 하는 줄에 이른다. 어머니가 떠오른다. 어머니의 꿈. 그녀의 아이들 중 하나도 이뤄주지 못한 꿈. 아쉬르바트 형도, 요한 형도, 나 역시도. 점선 위에다 내가 되지 못한 것을 쓰면서 손이 덜덜 떨린다. 박사.

이번에는 인도 비자 서비스의 직원이 고개를 끄덕인다. "내일 오후 퇴근 시간쯤에 비자를 받으러 오십시오."

이틀 후에 나는 델리로 가는 비행기에 몸을 싣는다. 내가 태어나고 이십 년 이상을 가보지 못한 나라를 향해.

인디라 간디 국제공항은 어머니 부엌과 같은 냄새가 난다. 양파, 허브들, 고추. 무덥고 번잡하다. 나는 내 여행가방을 들고 목에 이름판을 건 채 담을 둘러치고 서 있는 남자들을 향해 걷는다. 그 남자들 중 한 사람이 카카르 이모부이다. 시타라 이모의 남편. 어머니와 자스린 이모의 바로 위 언니.

"저 기억나세요?" 나는 네덜란드에서 시타라 이모에게 전화해 영어로 물었다.

그녀가 약간 생각에 잠겼다. "그럼……. 아주 작고 무척 심술궂었지!"

나의 마지막 인도 방문에 대한 기억은 거의 다 지워져 자욱하게 서린 어슴푸레한 연무밖에 남지 않았다. 그러나 그건 봄베이 샤르마 이모부 집에서였다. 우리는 그때 카카르 이모부가 살던 노이다에도 들렀었다고 한다.

내가 친척 몇 사람을 만나보고 싶어 인도에 가려고 한다는 의사를 밝혔다. "대환영이지." 전화선 다른 쪽에서 선뜻 응했다. "우리 친척은 언제나 대환영이야."

그래서 나는 이렇게 여행가방 두 개를 들고 델리 공항을 걷고 있다. 내가 기억하지 못하는 친척을 찾아서. 이름이 적힌 수많은 종이판들을 눈으로 더듬고, 마침내 '에른스트 박사'라고 쓰인 걸 찾아낸다. 자그마한 종이판이 홀쭉한 남자의 목에 걸려 있다.

"이모부?" 내가 말한다.

남자가 미소 짓는다.

우리는 악수한다. 그러나 무슨 말을 해야 할지 몰라 서먹서먹하다. "자, 이리 오게." 잠시 후 이모부가 입을 연다. 나는 그를 따라 출구로 간다. 그는 '에른스트 박사'라고 적힌 종이판을 그대로 걸고 있다. 몇몇 사람들이 나를 관심 있게 훑어본다. 밖으로 나오니 택시 승차장에서도 대우를 받아 우리는 다른 사람들보다 먼저 택시를 탄다.

노이다까지는 약 한 시간 거리이다. 고속도로를 달리면서 이모부가 편한 여행을 했느냐고 묻는다. 그는 그때까지 계속 이름판을 목에 걸고 있다. 내가 네덜란드에서 유명한 피부과 전문의라고 어머니가 거드름 피우지 않았을까 싶어 갑자기 겁이 난다. 어머니의 자존심으로 보아 충분히 그러고도 남을 판이다. 그런데 내 학위는 경제학 전공으로 드러난다. 그것도 최우등으로.

"그런데 이제 작가가 되었다며?" 카카르 이모부가 말했다. 놀라워하는 어조가 완연하다. 그로서는 사뭇 이해하기 힘든 결단이다. 박사에서 작가로의 전향. 그가 힌디어로 뭐라고 웅얼댄다. 내가 여태껏 배운 적이 없는 모국어로.

어둡다. 거의 자정에 가깝다. 나는 밖을 내다보며 내 고향의 정취를 조금이나마 맛보려고 노력한다. 수십 명의 사내들이 손에 붓을 들고 길가에 서 있다. 그들은 갓길 안쪽의 시멘트 보조레일을 칠하는 중이다. 하얗고 까만 선으로. 우리는 칠하는 일꾼들을 지나 막힘없이 질주한다. 얼마 후에 길이 정체된다. 도로에 어떤 남자가 누워 있다. 우리는 사고 현장을 느릿느릿 지나간다. 차량이 그의 머리를 치고 지나갔음이 명백하다. 그의 뇌가 눌려 깨진 모양이다. 바로 이 참상이 인도에 대한 내 첫인상이다. 불현듯 공포가 엄습한다. 낯선 이국땅, 생면부지의 사람들, 의사소통이 불가능한 언어. 내가 도대체 뭐하러 여기 왔는가? 뭘 발견하기를 원하는가?

시타라 이모가 잠옷 차림으로 문을 연다. 그녀가 어딘지 쑥스럽게 날 얼싸안는다. "어른이 되어버렸구나. 그땐 이렇게 작았었는데⋯⋯." 그녀가 말끝을 얼버무린다. 그러곤 "우리 투투 베이비"

하며 빙그레 웃는다.

우리는 부엌으로 간다. 카카르 이모부가 식탁 앞에 앉으라는 몸짓을 해 보인다. 이름판은 여전히 목에 걸고 있다. 목에 걸고 있다는 걸 잊어버린 건 아닐까? 혹은 내가 체류하는 내내 그걸 걸고 다닐 작정인가? 내가 옛날에 내 메달을 꼬박 일주일 동안 걸고 다녀야만 했던 것처럼. 내가 상을 탄 것을 모든 사람들이 알아야만 했다. 이웃들, 선생님들, 덴 톰 슈퍼마켓의 계산원들까지.

이모가 요기할 걸 좀 만들어줄지 내게 묻는다. 다시 저 서글서글한 웃음. 그러나 그녀의 눈에는 잠이 잔뜩 서려 있다.

나는 고맙다는 인사와 함께 배가 고프지 않다고 대답한다.

"혹시 다른 건?"

"파니." 그녀의 심기를 좀 편하게 해주고 싶은 마음에서 내가 답례한다. 물. 내가 기억하는 몇 마디 안 되는 힌디어 중 하나이다. 어릴 적 어머니가 가르쳐준 단어임이 분명하다.

내가 묵을 방에는 작은 침대가 놓여 있고 천장에 팬이 달려 있다. 이모부가 상인 같은 열성으로 그 사용법을 자상하게 설명해준다. "그리고 여기 리모컨." 그가 건넨다. "이렇게 하면 3단이 되거든." 내가 머리 위에서 빙빙 도는 선풍기를 바라본다. 날개들이 더 세게 회전한다. "선풍기는 밤새도록 켜놔도 괜찮아."

그러다가 이모는 "너 피곤할 테니까 우리 그만 나갈게" 하고 말하며 살갑게 덧붙인다. "푹 쉬도록 해." 그런 다음 내 방문을 뒤로 끌어당겨 닫고 나간다.

나는 곧장 깊은 잠 속으로 빠져든다. 나를 꿈의 해저로 침강시키는 파도.

다음 날 새벽, 거실에 나와 있는 이모부와 이모를 본다. 그들은 여전히 잠옷을 입은 채로 바닥에 누워서 눈을 감고 몸을 푸는 운동을 하고 있다. 텔레비전이 켜져 있다. 어떤 천주교 신부가 마이크에 대고 노래를 하는데 화면에는 금박으로 치장된 지붕들이 비친다.

나는 소파로 가 앉아서 어머니의 언니를 바라본다. 그녀는 깊게 숨을 들이쉬고 머리 위로 양팔을 쭉 펼친다. 나는 어머니와 닮은 외형적 특성을 발견해보려고 한다. 그러나 자매 간의 유사점은 모든 인도 여자들이 어머니를 닮은 정도 그 이상도 이하도 아니다. 아담한 체구, 길고 까만 머리카락 그리고 밀크초콜릿색 피부. 이모가 남이라고 해도 믿고도 남을 만하다.

잠시 후 우리는 부엌 식탁 앞에 앉는다. 나는 구운 빵을, 이모부와 이모는 야채를 곁들인 로티를 먹는다. 그들이 옷을 갈아입는다. 이모부는 다행히도 목에 이름판을 걸고 있지 않다. 이모가 잘 잤느냐고 묻는다. 그녀가 다시 웃는다. 그 순간 닮은 점이 드러난다. 치아가 영락없이 어머니의 치아이다. 똑같이 하얗고, 똑같이 가지런하다. 서서히 더 많은 공통점이 눈에 띈다. 눈 밑에 난

까무스름한 반점, 양 볼에 난 솜털, 코 위에 난 잔주름들. 마치 어머니의 얼굴이 그녀의 얼굴에 감춰져 있는 듯하다. 그럼에도 이모의 분위기는 천양지차이다. 평온함. 조화로움. 이모부는 안간힘을 다해 양팔을 옆구리에 대고 오므린 모습이 아니다. 그는 편안한 자세로 앉아 아침식사를 한다. 이 집에서는 오로지 부엌 안에서만 밀방망이가 사용된다.

차를 한 모금 들이마시던 중 내 찻잔에 박힌 아베엔-암로 은행*의 로고가 시선을 끈다. "이거 다 너희 어머니가 지난번에 올 때 가져와서 우리에게 선물한 물건들이야." 시타라 이모가 말한다. 그녀가 두리번거리며 이곳저곳을 가리킨다. 나는 그녀의 손가락을 따라서 같은 은행의 시계를, 스탠드 램프를, 그리고 디지털온도계를 본다. 어제 그것들이 눈에 띄지 않은 게 신기하다.

"그게 전부가 아니라고." 이모부가 말한다.

나는 고개를 끄덕인다. 충분히 상상이 가고도 남는 얘기. 어머니는 아베엔-암로 은행에 계좌를 스무 개쯤 가지고 있을 것이다. 어릴 적 나의 수많은 은행 나들이가 기억난다. 은행에서 통장을 개설할 경우 어쩔 때는 팬 세트를, 어쩔 때는 전기파리채를 사은품으로 받았다. 이런 행사는 물론 신규고객 유치를 위한 거였지만 어머니는 제도의 허점을 발견했다. 그녀는 흔연스레 은행 밖

---

* ABN-AMRO. 아베엔 은행과 암로 은행이 1990년 통합된 은행.

에 서서 현금인출기에서 현금을 출금했고, 그걸 들고 안으로 들어가 새로 통장을 열어 그걸 다시 입금시키곤 했다. 무료는 무조건 좋은 것. 그런 식으로 우리는 매번 다른 사은품을 들고 집으로 갔다. 이미 집에 쟁여둔 물건들이 아직도 성에 안 찬다는 듯이.

결국 이모와 이모부가 그런 물건들에 둘러싸여 살게 되었다. 그들은 그런대로 만족해하는 눈치이다. 어머니가 아베엔-암로가 유명한 디자이너 브랜드라고 둘러댔을 확률도 적지 않다.

"참, 우리 집에 초콜릿와플이 아직 남았는데." 시타라 이모가 말한다.

나는 오후에 산책을 나간다. 노이다는 델리에 연한 비교적 신도시이다. 이곳 주민들은 일반적으로 부유층에 속한다. 자가용에는 운전사가 딸리고, 의자에 앉아 졸고 있는 경비원이 배치된 고급 저택도 여기저기 보인다. 반면 작은 움막집에서는 한 여자가 안에다 석탄을 넣은 다리미로 옷을 다리고 있다. 나는 흙먼지 길을 빠져나와 아스팔트를 걷는다. 릭샤 운전사들이 타고 가라고 나를 부르고, 소들이 경적을 잇달아 울리는 차들 한가운데에서 한가로이 풀을 뜯고 있다. 교복 입은 아이들이 나에게 손을 흔든다. 나도 그들에게 손을 흔들어준다. 그들이 깔깔대며 웃는다. 그들이 이방인이 아니라 내가 이방인이다. 조금 더 가자 여자들이 커다란 장바구니를 들고 야채상 옆에 서 있다. 흥정이 계속된다.

집에 돌아오니까 이모가 베란다에 나와 있다. "어디 갔었는데?" 그녀가 아래를 향해 큰 소리로 묻는다. "가뜩이나 걱정하고 있던 참이야."

내가 그녀 옆에 서자 그녀가 나를 껴안는다. "아무 일 없어요." 내가 말한다. "햇볕 쬐면서 산책 좀 했어요."

그녀의 팔이 나를 풀어주기까지 약간의 시간이 소요된다. 이모가 부엌으로 가서 물을 끓인다. 우리는 식탁에 앉아 차를 마신다. 이모는 우유를 탄 밀크티를, 나는 그냥 차를 마신다. 이모부는 침대에 누워 낮잠을 잔다.

"보통은 나도 오후에 낮잠을 한숨 자곤 해." 이모가 말한다. "그런데 얼마나 걱정이 되던지." 그녀가 눈시울을 적신다. 왼쪽 바다, 오른쪽 바다. "우리 아들이 집으로 돌아오지 못하고 말았어." 그녀가 입을 뗀다. "퇴근하는 길에 술에 취한 운전자에게 치였어." 나도 알고 있는 사고였다. 어머니가 내게 이야기해주었었다. 그는 지금의 나와 동갑이었다. 스물여덟 살.

그녀의 눈도 어머니의 눈과 닮았다. 까만 비애의 호수. 그러나 나는 그 속에서 불사불멸의 희망 대신에 평화를, 마음의 평정을 읽는다.

침실에서 코 고는 소리가 들려온다. "아흘루왈리아 집안을 통틀어서 크게 코 골기 시합을 하면 네 이모부가 단연 일등일 게다." 그러면서 시타라 이모는 또다시 웃는다. 그러고는 자리에서 일어서서 잠시 눈을 붙이러 간다.

나는 내 방으로 가 뭔가 써보려고 노력한다. 이 소설의 첫대목. 잘 되지 않는다. 너무 이른 감이 있다. 작품을 어떻게 구상해야 할지 오리무중이다. 인도에서 시작? 그런 다음엔? 머리 위에서 선풍기가 돈다. 횡횡, 횡횡, 횡횡. 그러나 아무런 영감도 떠오르지 않는다.

어쩌면 내게 낯설기만 한 평온한 분위기 때문인 것 같기도 하다. 공중으로 날아오르는 슬리퍼도 없고 독살당하는 이웃남자도 없다. 시타라 이모는 온화하게 변한 어머니이다. 말씨도 다소곳하고 요리에 독한 고추도 넣지 않는다. 그녀는 남편을 사랑한다. 저녁에 그녀가 내 침대 발치에 앉아서 그녀의 영적인 생활에 대해서 이야기꽃을 피운다. 매일 아침 4시에 일어나서 두 시간 동안 명상에 잠긴다. 그런 다음 남편과 함께 산책을 하고 나서 몸을 부드럽게 풀어주는 운동을 한다. 이렇게 한가로이 그들은 한 해 또 한 해를 보내면서 노년을 즐긴다.

어머니는 아주 다르다고 내가 말한다. 이모가 웃는다. "네가 아직 자스린 이모를 못 만나서 그렇지."

자스린 아흘루왈리아. 여덟 자매 중에서 발이 가장 빠르고 원반던지기에서는 타의 추종을 불허하는 왕년의 스타.

"걔가 우리 집에 찾아오면 숨을 곳을 찾지 않으면 안 될 때도 있어."

며칠 후 전화벨이 울린다. 자스린 이모이다. 단도직입적으로 왜 자기한테는 오지 않느냐가 그녀의 첫 질문이다. 내게 대답할 시간적 여유조차 주지 않으면서. "지금 당장 오도록 해!" 그녀가 명령조로 이른다.

채 한 시간도 되지 않아 그녀가 문 앞에 와 선다. 그녀의 키는 어머니와 시타라 이모만큼 작은데 흰머리가 성깃성깃하다. 염색을 하지 않았다. 그녀의 이마에는 주름도 더 많이 맺혀 있다.

마치 납치 당하는 기분이다. 칫솔, 노트북, 책 한 권. 가까스로 몇 가지 물건을 주섬주섬 챙기기가 무섭게 나는 곧장 이모에게 이끌려 부엌으로 간다. 이모는 내 팔목을 풀어주지 않는다.

그녀의 언니가 나를 위해 로티를 만든다. "가다가 요기하라고." 시타라 이모가 말한다. 나는 미처 점심을 하지 못했다.

"아니, 우리 집에 가면 먹을 게 아무것도 없을 것 같아서?" 자스린 이모가 빈정댄다. "내가 쟤를 굶기기라도 할 것 같아서?"

이모부가 얼른 빠져나가 화장실로 들어가서 문을 잠그고 내처 눌러앉아 있다.

시타라 이모 손에 밀방망이가 들려 있지만 그걸로 자기 동생을 한 방 올려붙이지는 않는다. 그녀는 차분하게 밀가루 반죽을 납작하게 민 다음 철판에서 로티 세 개를 구워낸다. 마지막 로티에서 작게 한 조각을 뗀다. "셋은 불행을 가져오니까." 그녀가 말하면서 미소 짓는다.

"자, 어서 빨리." 자스린 이모가 서두른다. 나는 이모에게 이끌려서 노란 토요타가 대기하고 있는 밖으로 나간다. 이모가 먼저 차 안으로 들어가면서 문을 사정없이 닫는다.

나는 뒤로 돌아서 시타라 이모를 본다. 그녀가 양팔을 펼쳐 나를 부둥켜안는다. "메라 바차." 그녀가 내 귀에 대고 소곤댄다. "온전한 몸으로 돌아와."

아주 예전에 어머니도 내게 "메라 바차"라고 말했었다. "내 아들."

우리가 막 떠나려는 순간 이모부가 밖으로 나온다. 그는 자기 아내와 함께 손을 흔든다. 자스린 이모가 으르렁거린다. 먹잇감에게 경고하는 호랑이처럼, 다음번에 당신은 끝장이라는 듯이.

나는 뒷좌석에 등을 기대고 앉아 긴장을 풀려고 애를 쓴다. "뭐니 뭐니 해도 한집안 친척끼린데." 내가 내심 스스로를 안심시킨다. "설마 무슨 일이 있을라고."

"여기 내 운전사야." 자스린 이모가 소개하면서 그녀 옆 운전석에 앉은 소년을 가리킨다. "내가 운전 연습을 시키는 중이야."

소년이 백미러를 통해 내게 미소 짓는다. 열여섯 살도 넘지 않아 보인다.

"아주 소질이 있어." 내가 뒷좌석 밑 어딘가로 들어가버린 안전벨트를 더듬더듬 찾고 있는 와중에 이모가 말한다. "내가 길거리에서 데려왔어. 구두닦이였거든. 이제 이렇게 내 운전사가 되었지."

벨트를 찾긴 찾았으나 어딘가에 꽉 끼여 있다.

"방향지시." 소년에게 말하고는 이모는 내게 말한다. "노상 깜빡이등 사용하는 걸 잊어버린다니까."

나는 정신없이 벨트를 잡아당긴다. 꼼짝도 하지 않는다. 1센티미터도 미동이 없다.

그사이 이모에게서 새로운 지령이 떨어진다. 힌디어로. 그래서 나는 알아들을 수가 없다. 짐작건대 "변속기어는 서서히 단을 높이도록 해"라고 말한 듯하다.

아버지가 황량한 공장지역에서 내게 처음 운전을 가르쳐주었었다. 나는 큰길을 시속 30킬로미터로 달렸다. 주변에 인적이라곤 구경도 할 수가 없었다. 그러나 여기는 인도이다. 이차선 도로에 차량 다섯 대가 옆으로 나란히 서 있다. 그 사이사이에 있는 트럭들, 만원버스들, 트랙터들, 세탁기를 뒤에다 실은 자전거들, 물통 혹은 날짐승을 나르는 자전거들, 평범한 릭샤들, 모터 릭샤들, 거지들, 소들, 낙타들, 염소들. 코끼리도 몇 마리 서 있다. 게다가 아주머니들과 아이들이 여기저기서 불쑥 길을 건넌다. 다들 경적을 울린다. 한 번이 아니라 줄기차게. 인도 사람이 차를 사면 맨 처음 실험해보는 건 클랙슨을 울리는 일이다. 뛰뛰빵빵! 뛰뛰빵빵! 뛰뛰빵빵!

"브레이크." 이모가 소리쳤다.

내 몸이 와락 앞으로 쏠리면서 앞좌석 머리받침에 머리를 찧는다. 다음 순간 이모는 나도 완벽하게 이해할 수 있는 긴 사설을 내쏟는다. 단지 그게 누구를 향한 긴 사설인지가 애매할 뿐이다. 운전교습을 시키는 소년? 우리 앞에 서 있는 차? 우리 바로 옆에 서 있는 차? 우리 옆에 서 있는 모든 차들?

나는 가지고 온 로티를 떠올린다. 로티 두 개와 팔분의 일 조각이 떨어져나간 한 개가 힘을 모아 우리에게 불행이 닥치지 않도록 막아줘야만 한다. 그 힘으로 넉넉히 막아낼 수 있기를 바랄 뿐이다.

"아직 멀었어요?" 내가 묻는다.

"응, 거의 다 왔어." 이모가 대답한다. "그런데 교통이 워낙 번잡해서."

이윽고 우리는 목숨을 부지한 채로 칸지아바드에 도착한다. 노이다처럼 델리의 위성도시이다. 우리는 현대식 주택이 들어선 구역을 한 바퀴 돈다. 자스린 이모가 득의양양 저택들을 가리킨다. "여기는 다 의사들만 살아." 우리는 하얀 빌라 앞에서 멈춘다. 그러나 차에서 내리지 않는다. 이모가 내게 어서 사진을 찍으라고 권한다. "그래야 집에 돌아가거들랑 내가 어떤 지역에서 사는지 보여줄 수 있잖아."

나는 가방에서 카메라를 꺼내고 이모의 성화에 못 이겨 빌라

정면 사진을 연이어 찍는다.

그런 다음 우리는 다른 지역으로 달린다. 현대식 건축 양식으로는 좀 부족해 보이지만 주택의 크기는 변함없이 널찍널찍하다. 빈 공터에는 천 조각들로 덮개를 씌운 텐트들이 쳐져 있고, 모닥불이 타고 있으며, 그 위에서 음식이 만들어지고 있다. 나는 벌거 벗은 아이들이 푸석푸석한 모랫길 위를 달리는 모습을 본다.

차가 아직 지어지고 있는 집 앞으로 가서 선다. 제일 위층은 공사가 한창인 듯싶다.

"이게 내가 사는 집이야." 자스린 이모가 말한다.

우리는 차에서 내리고 집 앞의 울타리로 걷는다. 그 뒤에서 개가 풀쩍 뛴다. 이모가 울타리를 열고 나서 개를 어루만진다. "밋두." 노래를 부르듯이 개를 부른다. "오, 우리 밋두야." 개가 그녀의 다리에 몸을 비벼댄다.

나는 다시 사진을 찍지 않으면 안 된다. 그녀와 그녀의 개가 아니라, 건물 정면에 달린 간판. 병원을 상징하는 빨간 십자가와 그 밑에 달린 도안문자로 명시된 명판. "자스린 아홀루왈리아 의사."

"잘 찍었어?" 그녀가 묻는다.

그녀에게 카메라 액정디스플레이에 나타난 것을 보여준다. 이모는 독서용 안경을 꺼내 쓰고 나서 감탄사를 연발한다. "아유, 내 집! 내 명판!"

안으로 들어가자 조목조목 소상히 집 안내를 받는다. 일층은

병원이다. 대기실과 진찰실이 있다. 탁자 위에 놓인 청진기에는 먼지가 수북이 쌓여 있다. 의자들도 돌먼지로 뒤덮여 있다.

"나 정년퇴직했잖아." 이모가 말한다. "게다가 청소부도 도망가버렸지 뭐야."

그녀의 자랑거리는 특이한 현관홀이다. 우리는 전에 그녀의 환자들이 진찰을 받기 위해 지나가야만 했던 복도를 통과한다. 나는 마지막으로 한 번만 더 문을 여는 박물관의 단독 방문객이다. 나의 발걸음이 타일 바닥에 쌓인 먼지에 자취를 남긴다.

위층의 살림집에서 음식 냄새가 풍긴다. 드넓은 공간에 가구는 그리 많지 않다. 어느 방은 텅 비어 있는 상태이다.

"집이 상당히 넓은 편이지." 이모가 말한다. 그녀의 눈에서 나는 온타리오 호수의 전경을 굽어보는 우리 어머니를 발견한다.

위에 한 층이 더 있는데, 미처 마무리되지 않은 상태이다. 창틀에는 창문이 달려 있지 않고, 벽에 회반죽을 바르는 공사도 남아 있다. 도처에 커다란 자루들이 널려 있다.

자스린 이모가 연장들로 터져나갈 듯한 장롱을 연다. "이거 다 내가 압수해놓은 거야." 그녀가 말한다. "그런 인간들은 뜨거운 맛을 봐야지만 정신을 차린다고!"

내가 고개를 끄덕인다. 뭔가 짐작이 간다. 뭔가 불미스러운 일. 어머니가 인부들과 벌이던 수많은 실랑이가 떠오른다. 어머니는 공사가 끝난 후 번번이 꼬투리를 잡곤 했다. 아니면 공사로 인해 생긴 다른 하자들을. 티베리아스란 집의 이층에 제2의 목욕탕을 설치하는 공사를 맡았던 테오가 떠오른다. 세금 신고 안 하고 일하는 불법노동자였던 그가 목욕탕 공사를 끝낸 후 거실 천장에서 물이 샜다.

"어, 비가 온다." 요한 형이 위층에서 샤워를 하는 중인데 아쉬르바트 형이 말했다.

어머니가 바닥의 물을 걸레로 닦아내면서 스스로를 원망했다. "다 내 잘못이지." 어머니가 웅얼댔다. "테오라는 그 인간 이름만 듣고도 척 알아차렸어야 하는데."

다음 날 새는 곳을 수리했다. 그러나 세금 미납부 범행자는 돈 받을 생각은 애시당초 하지 말아야 했다.

"물이 새서." 어머니가 말하면서 층층이 쌓인 비디오를 가리켰다. "다 고장 나버렸다고요."

테오가 비디오들을 바라본다. "저것들 원래부터 다 고장 난 것들 아니었어요?"

"이 비디오로 내가 수많은 인도 가족을 행복하게 만들어줄 수 있었단 말이에요." 그녀가 고함을 질렀다. 그러더니 부엌으로 내달은 다음 어머니 특유의 상투적 수단으로 불법노동자를 집 밖으로 쫓아내버렸다.

아버지가 결국 테오에게 임금을 계산해주었다. 그동안 많은 인부들에게 그렇게 뒷손질을 해온 것처럼. 그는 노상 어머니와 칠공들, 배관공들, 목수들 그리고 청부업자들 사이에 끼어들어 쌍방을 화해시키곤 했다. 법정소송으로까지 끌고 간 사건도 있었다. 아버지는 전립선암 연구의 많은 시간을 이런 일들에 허비하지 않으면 안 되었다.

자스린 이모는 배우자 없이, 중재인 없이, 뒷전에서 살짝 임금 문제를 해결해주는 후원자 없이 단독으로 이런 일을 다 감당해야만 한다. 이런 일을 다 그녀의 자존심 하나로 처리해야만 한다. 그녀에게 해를 끼치거나 그녀를 속이려는 청부업자에게 그녀는 결코 굽히지 않을 성미이다. 그러자니 그녀의 근사한 저택은 영영 미완성으로 있을 수밖에 없다.

집 구경이 끝난 후 우리는 거실에서 차를 마신다. 자스린 이모가 묻는다. "어디가 더 좋아? 여기? 아니면 시타라 이모 집?" 다행히 그녀는 자문자답한다. "당연히 여기서 사는 게 월등히 낫지. 얼추 마하라자°가 된 기분이거든." 만면에 득의연한 웃음이 번진다. 저 아득한 과거에서, 우리 어머니만큼이나 아득한 먼 과거에서 연유된 웃음이다.

내가 조심스레 옛날에 대해, 초기 가족사의 어두운 부분들에 대해 묻는다.

"네 책에 필요해서 그래?" 자스린 이모가 되묻는다.

• 산스크리트어로 '대왕'.

"어쩌면요."

"너희 어머니는 화가 머리끝까지 올라 밤잠을 못 이룬대. 네가 네 책에다 자기를 우스꽝스럽게 그릴지 고민이 이만저만이 아니라고 하더라고."

"그냥 소설인걸요, 뭐."

자스린 이모가 내 눈을 빤히 들여다보다가 쐐기를 박는다. "만약 내 이야기를 쓰면 널 죽여버릴 테다."

내가 고개를 끄덕인다. 나는 내게 무슨 일이 벌어질지 안다. 아주 영광스러운 일은 아닐 것이다.

이모가 이야기한다. 시작은 마치 익살극 같다. 어머니의 아버지의 아버지가 경찰관이었고 교도소에 파놓은 샘을 시찰해야만 했다. 깊은 샘구멍 안을 내려다보느라 상체를 앞으로 좀더 숙인다는 것이 그만 미끄러져 샘 속에 빠지고 말았다. 다음 날 위로 끌어올렸으나 이미 늦었다. 그의 장남이 가족을 부양해야만 했다. 그는 어린 나이에 인도 우체국에서 일하기 시작했으며 상당히 빠른 속도로 진급했다. 우리 할머니와의 결혼은 중매였으나 행복했다. 그들은 열 명의 자식을, 아들 둘과 딸 여덟을 낳았다. "네 어머니가 태어난 날 눈이 왔어." 자스린 이모가 알려줬다. "그게 내 첫 번째 기억이야. 그러고 나서 얼마 되지 않아 우리는 파키스탄을 탈출해야 했지. 힌두교도들은 고문과 살해를 당했거든. 수백만 인파가 살던 집, 살림살이, 그리고 가축들을 고스란히 놔두고 피난길에 올랐지. 우리는 먼저 카슈미르에 이르렀지만, 그때 공교롭게도 전쟁이 터졌어. 다시 피난을 가야 했고, 다시 기아에 시달렸어. 그리고 다시 죽음의 공포에 떨었지. 기차 몇 대를 채우고도 남을 만한 수많은 힌두교도들이 무참히 살해당했어. 우리는 그래도 운이 좋은 편이었어. 천행 중의 천행이지. 우리는 아그라에 정착했어. 부모님과 형제자매, 온 가족이 다 성한 몸으로."

어머니는 인도가 아니라 파키스탄 태생이었다.

자스린 이모가 내게 아그라 집에서 살던 시절의 사진 몇 장을 보여준다. "이게 네 어머니이다." 이모가 말하면서 머리채를 길게 늘어뜨린 여자애를 가리킨다.

"어머니가 아이 때에는 어땠어요?"

"지금하고 똑같았어." 자스린 이모가 말한다. "우리가 간혹 아버지한테서 루피 얼마를 용돈으로 받았거든. 그러면 페이나는 그걸 절대 쓰지 않았어. 시타라 언니가 뭐 맛있는 걸 사 먹으려고 페이나한테 돈을 빌리거든 어김없이 이자를 붙이곤 했어. 자기 친언니한테 말이야!"

아그라 집은 여전히 가족 소유로 있다. 현재 살아 있는 자매 중에서 가장 나이가 많은 푸시팔라타 이모가 거기 살고 있다. 아그라 집에는 여전히 자스린 이모의 물건들이 보관되어 있다.

"내가 카지아바드로 이사할 때 내 물건들을 거기 두고 왔거든." 그녀가 말한다.

나는 다시 고개를 끄덕인다. 분명 수송비가 너무 비싸기 때문
이었을 게다.

자스린 이모가 자리에서 일어선다. "자, 우리 밋두 데리고 밖에
나갔다 오자."

밖에서 그녀는 개의 목에 담황색 줄을 맨다. 우리는 동네 근처
를 산책한다. 나는 자스린 이모의 손을 잡는다. 그러나 그녀의 손
이 이내 내 손에서 빠져나간다. 애정표현이란 그녀에게는 퍽이나
어설픈 무엇이다.

자그마한 공원에 이르러 이모가 입구의 벽을 조사한다. "아, 금
이 갔네!" 말이 떨어지기가 무섭게 그녀가 밋두를 끌고 벽을 쌓
고 있는 어느 집 안으로 사라진다. 잠시 후 그녀가 흙손을 든 사
내와 함께 밖으로 나온다. 그는 벽을 다시 수리해야만 한다. 사내
는 그리 내키지 않은 얼굴로 금을 쳐다본다.

"그런데 왜요?" 그가 웅얼댄다.

"왜라니?" 이모가 말을 받는다. 그녀는 왼쪽 신발을 벗어 그걸
로 그를 마구 때리기 시작한다.

"이래서!" 그녀가 큰 소리로 꾸짖는다. "그리고 또 저래서!"

다음 순간 사내는 좀더 성의 있게 금을 살핀다. 그는 금을 잘
손봐 고쳐놓겠다고 자스린 이모에게 약속한다.

이모는 공원 안으로 들어가서는 잡초를 지적하면서 정원사에

게 말을 건다. 제초 작업을 좀더 충실하게 해야 할 게다. 그러잖으면 이모가 앞장서서 시청에 전화할 것이다.

이모는 사사건건 누구의 일에나 참견하며 나선다. 가는 곳마다, 내딛는 걸음마다 자스린 이모 눈에는 문젯거리가 띈다.

그녀의 운전사가 전날 바나나를 사 온 노점에 도착해서 불평을 늘어놓는다. "바나나 두 개에 5루피를 받다니!" 자스린 이모의 목소리가 쩌렁쩌렁 울린다. "이건 순전히 사기예요."

상인이 노대 밑으로 몸을 숨긴다. 이모가 밀방망이를 주머니에 넣어 다닌다 한들 나는 별로 놀라지 않을 것이다.

"사내장부라면 어서 떳떳하게 나와요." 그녀가 호통을 친다.

상인에게서 얼굴을 내밀 기미가 보이지 않는다. 그는 그대로 그 밑에서 이모에게 흥분을 가라앉히기를 애걸한다. 그러나 그녀는 큰일을 터뜨리고 말 기세이다. "안 나타나면 여기 있는 바나나를 다 내던져버릴 테니 알아서 해요." 이모가 윽박지른다. "내가 왕년에 천하제일 원반던지기 선수였다고요."

급기야 상인이 나와서 이모에게 바나나 두 개를 배상하자 그녀는 비로소 가라앉는다. 못해도 꼬박 한 시간은 소요된 협상.

이제 나는 탈진 상태가 되어 어떤 대결도 벌일 자신이 없다. 밋두는 혈기 왕성하게 폴짝폴짝 뛰면서 자기 주인 곁을 맴돈다. 자스린 이모 곁을 견디는 유일한 존재.

"바나나 네 개에 5루피라면 괜찮은 가격이야." 우리가 다시 발을 옮길 때 이모가 말한다.

내부를 찌르는 듯한 아픔이, 복통이 나를 엄습한다. 자스린 이
모네 매운 음식 때문이라는 생각이 언뜻 뇌리를 스친다. 그러나
큰 저택으로 돌아와서는 고통을 느끼지 않는다. 나는 그 찌르는
듯한 아픔의 정체를 가늠하기 힘들다. 일종의 향수병일까? 이탈
리아에 있는 십칠 개월 된 아들 녀석이 그리워서 그러는 걸까?

이모는 침대에 누워 텔레비전 영화를 보는 중이다. 이모 자신
의 말을 옮기자면 텔레비전도 탐탁하지 않는 건 매일반이련만 그
래도 어쨌든 남정네보다는 훨씬 더 낫다. 나는 침대로 가서 그녀
곁에 앉아 그녀의 얼굴을 본다. 눈 아래 거무스름한 반점들, 그녀
에게도 있는 솜털들. 그 순간 나는 내가 느낀 아픔이 무엇이었는
지 깨닫는다. 슬픔. 마치 우리 어머니를 보고 있는 것 같다. 아버
지도 자식들도 없는 외톨이 어머니를. 마무리되지 않은 텅 빈 집
에서의 고독. 그녀의 무한대에 가까운 자존심이 파놓은 수렁에서
헤어나오지 못한 채, 누구도 그녀를 위해 해결해주지 않는 문제
들 속으로 점점 더 깊게 가라앉는 일.

훗날 누가 그녀를 보살펴줄 것인가? 자기 힘으로는 모든 것이
힘들어질 노년에는 누가 그녀의 머리를 빗겨줄 것인가?

소싯적 자스린 이모에게 남자가 한 사람 있었다고 시타라 이모
가 들려주었다. 결혼할 예정이었고 양가의 합의도 이뤄졌다. 그
러나 자스린 이모는 친정아버지에게서 받은 결혼지참금이 너무

적다고 원망했다. 4만 5천 루피. 그녀는 최소한 10만 루피를 원했다. 그래서 혼담은 깨졌고, 그래서 주변 모두와 마찰이 생겼고, 그래서 오늘날까지 미혼으로 남게 되었다.

나는 그녀를 부둥켜안고 싶다. 내 팔로 그녀를 꼭 감싸 안고 싶다. 그녀는 여러모로 우리 어머니를 쏙 빼닮았다. 한 가지 차이라면 그녀의 성깔은 우리 어머니보다 더 강퍅했다.

이틀 후 우리는 델리를 향해 달린다. 자스린 이모가 찬드니 초우크 바자르로 날 데리고 간다. "우리 쇼핑하러 가는 거야!" 그녀가 차 속에서 외친다. 나는 창문 위 손잡이를 붙들어 잡는다. 델리의 교통보다 더 위험천만하고 아슬아슬한 건 없다. 길가의 교통 표지판이 집에 돌아간다는 보장은 누구에게도 없다고 경고한다. 이모는 운전대 앞의 소년에게 한시도 쉬지 않고 지시를 내린다. 왜 이모가 직접 운전하지 않느냐고 묻자 이모는 면허증이 없다고 한다.

"유효기간이 지났어요?" 순진하기 짝이 없는 내가, 인도 혼혈아가 묻는다.

"아니." 이모가 대꾸한다. "운전사가 있는데 면허증 같은 게 무슨 필요가 있어?"

보호자 통행증이 있는데 우리 어머니에게 대중교통 할인카드가 무슨 필요가 있겠는가?

차량들이 정체되어 있는 동안 어떤 조그만 아이가 차창을 두드린다. 그는 홀라후프를 가지고 재주를 부린 다음 돈을 달라고 한다. 아이 뒤 갓길에 아이 어머니가 앉아서 갓난아기에게 젖을 물리고 있다. 그녀가 배고프다는 몸짓을 해 보인다. 지갑에서 돈을 꺼내 아이에게 주려던 참인데 차가 움직이기 시작한다. 뒤창을 통해 아이 어머니를 돌아본다. 나는 차에서 내려 그들 인생이 하루만이라도 살맛 나게 만들어주고 싶다. 단 하루라도 기아를, 갈증을, 모든 끼니 걱정을 잊을 수 있는 날. 그러나 도로변에는 그런 빈민들이 천지에 널려 있다. 맨발의 어린아이들, 젖먹이를 안고 있는 앳된 어머니들. 우리가 버린 폐기물로 어머니가 그토록 행복하게 만들어주고 싶어하던, 타고난 몸뚱이 하나 빼고는 가진 거라곤 아무것도 없는 사람들. 어머니의 또 하나의 꿈. 하지만 어머니의 어느 꿈도 실현되지 못하고 말았다.

"여기가 붉은 요새란다." 이모가 오른쪽을 가리킨다.

나는 붉은 모래성의 드높은 성벽을 바라본다. 입구에 관광객 행렬이 장사진을 이루고 있다. 우리는 그냥 지나친다. 자스린 이모에게는 할인권도 보호자 통행증도 없다.

나는 여행책자에서 아쉽게도 놓치고 지나치는 것들에 대해 읽는다. 청록의 정원들, 대리석 목욕탕들, 영국인들에 의해 손상된 오색영롱한 궁전.

"스톱!" 자스린 이모가 외친다. 우리는 찬드니 초우크에 도착한다. 한 치의 빈틈도 없이 건물이 다닥다닥 들어선 대로. 거리 한 복판에서 물건을 싣고 내리는 와중에, 차들이 요리조리 피해서 거리를 빠져나간다. 반대 방향으로 주행하는 차들도 있다. 이런 생지옥에서 이모가 주차할 만한 데를 찾아낸다.

"후진." 그녀가 운전자에게 지령을 내린다.

내가 뒤를 보니까 릭샤 두 대가 오고 있다. 운전사도 백미러를 통해 그걸 본다. 그런데도 그는 후진을 계속한다. 자스린 이모의 분부를 받들고.

릭샤꾼들이 약간 뒤로 물러나다가, 더 이상은 뒤로 뺄 틈이 없다는 몸짓을 해 보인다.

이모가 차창을 열고 고함을 지르기 시작한다. 더 나갈 수 있다고 고함을 지른 것이 분명하다. 아닌 게 아니라 릭샤가 서너 발 더 뒤로 물러나고 있는 거였다. 그리하여 차 뒤꽁무니의 반절을 끼어넣을 수 있는 공간이 생긴다. 이걸로는 충분하지 않은데 이젠 정말 더 후진할 틈바구니가 없다. 바지와 양말을 파는 노점상이 자리를 비켜주지 않는 한. 자스린 이모가 다시 차창 밖으로 고함을 지른다. 상인이 투덜투덜 볼멘소리를 내며 자기 노점을 뒤로 끈다. 그는 다른 자리를 찾아 나선다. 역시 모든 게 가능한 나라이다.

"잘됐다. 이렇게 바로 시장 코앞에다 대다니." 차에서 내리면서 이모가 쾌재를 올린다.

우리는 시장 안으로 걸어간다. 어머니가 밥에 넣는 향신료들, 백두구와 정향 냄새가 코를 찌른다. 이모는 가게를 하나하나 들러 훑고 지난다. 일단 가격을 묻고 나서는 언짢은 표정으로 가게를 나선다.

"너나없이 간교한 장사치들이군." 이모가 내게 이른다. "다들 속여먹으려고 혈안이 되어 있어."

일곱 번째 가게에 가서야 거래가 이루어진다. 상인이 여러 향신료의 가격을 죽 주워섬기자 이모가 고개를 끄덕이고 자기 가격도 제시한다. 상인의 얼굴에 주름살이 잡힌다. 깊게 파인 주름살. 그 순간 나는 커민* 자루 위에 앉아 죽치고 기다리다가 상인이 굴복하거든 그때서야 일어날 수 있는 신세가 될까봐 조바심이 난다. 그런데 예상외로 쉽게 가격협상이 이뤄진다.

"내가 누군지 좀 아는 사람들이야." 자스린 이모가 우쭐댄다. 그러곤 주먹을 불끈 쥔다.

다른 가게에 들러 쌀을 5킬로그램 산다. 나는 등에 짊어진다.

"캐나다에 비하면 여기는 모든 게 다 헐값이지." 이모가 콧노래를 부른다.

"캐나다요?"

"너희 어머니가 전화했거든. 사서 보낼 물건들이 상당히 많아."

• 　미나리과에 속하는 식물의 씨로, 혼합향신료 중 하나이다.

우리는 쌀과 향신료를 차로 옮긴 후 다른 시장으로 향한다. 자스린 이모가 일용품 가게에 가서 선다. 내 시선이 직사각형의 빨간 상자에 고정된다. 콜게이트 슈퍼 덴탈 크림. 내가 어머니 젖을 떼게 만든, 그리고 그 후에는 줄곧 내 이를 닦았던 치약. 나의 청소년 시절 내내 우리는 무수한 양의 튜브를 네덜란드로 수입했다. 재고량이 얼마나 되느냐고 이모가 상점 주인에게 묻는다.

덴 톰의 폐업 마지막 날, 어머니가 매번 그득그득한 장바구니를 끙끙 들고 집으로 날랐던 것과 같은 식으로 나는 연방 차와 다른 시장들 사이를 왔다 갔다 한다. 짐칸이 물건들로 터져나갈 듯하다. 화장지, 면도용 비누, 냄비, 주전자, 접시, 각종 밑받침들. 인도에는 모든 게 언제나 세일이다.

끝으로 우리는 새 여행가방도 두 개 산다. "그러잖으면 네가 이 물건들을 어떻게 비행기로 다 가지고 가겠니? 게다가 너희 어머니는 여행가방이 얼마가 더 있어도 성이 안 찰 사람이잖아."

나는 고개를 끄덕인다.

다음 날 인질에서 풀려난다. 자스린 이모가 날 노이다로 데려다준다. "자, 어때?" 이모가 자기 언니에게 던지는 첫 번째 질문이다. "내가 조카애 배곯아 죽이진 않았지?"

시타라 이모가 날 두 팔로 안는다. 내가 온전한 몸으로 돌아온 것이다.

"우리한테 차 한잔 대접 안 할 거야?" 나는 다시 찌르는 듯한 복통을 느낀다.

시타라 이모의 팔에 힘이 느슨해진다. 그녀는 나를 풀어준 다음 부엌으로 가서 주전자에 물을 듬뿍 채운다.

잠시 후 나는 온유한 유형의 어머니와 강퍅한 유형의 어머니 사이에 자리를 잡는다. 잠자코 아베엔-암로 은행의 큰 컵에 담긴 차를 마시면서.

욕실 문이 닫혔다. "이모부가 샤워 중이셔." 시타라 이모가 말하면서 웃는다.

차를 다 마신 뒤 나는 운전사와 함께 차에서 짐을 내린다. 네덜란드에 가서 슈퍼마켓을 열어도 될 만하다. 내 방이 상자와 가방으로 가득 채워진다.

이별의 시간이다. 우리는 밖으로 가 선다. 따가운 오후의 태양 아래에서 자스린 이모가 나에게 손을 내민다. 그러나 나는 그녀를 내게로 끌어당겨서 얼싸안고, 내 품속에 꼬옥 품는다. 그녀가 본능적으로 자기방어 자세를 취하자 그녀 머리가 내 가슴에 부딪힌다. 제발 마음을 녹이고, 한번 기를 꺾고 그리고 날 포옹해주기를. 하지만 그렇게 되지 않는다. 그녀는 그렇게 할 수 없다. 자스린 이모가 내 팔에서 허둥지둥 헤쳐나가 차 속으로 들어간다. 그녀와 재회할 기회가 또다시 주어질까 자문해본다.

내가 인도에 머무는 마지막 며칠이 시작된다. 계속되는 여름날들. 나는 시타라 이모와 카카르 이모부와 함께 명상에 잠긴다. 해가 뜰 무렵 우리는 긴 산책을 한다. 나는 그들이 내게 들려주는 이야기를 구구절절 새겨듣는다. 이 방문에 대한 기억이 공중누각이 되어서는 안 된다.

이윽고 내가 떠나지 않으면 안 될 순간이 온다. 택시가 기다리고 있다. 카카르 이모부가 여행가방 나르는 것을 거들어준다. 납덩이처럼 무거운 가방 네 개. 그가 날 감싸안으며 좋은 여행이 되기를 빈다. 그는 공항까지 동행하지 않는다. 시타라 이모 눈에 눈물이 글썽인다. 그녀는 두 팔로 날 거머안고 힘주어 누른다. 그녀가 내 뺨에 뽀뽀한다.

"자, 이제 시간이 됐어요." 내가 소곤댄다. "집으로 돌아갈 시간요."

그녀는 날 놓아주려 하지 않는다.

체크인 카운터 위 모니터에 암스테르담이 명시되어 있다. 수화물 벨트 위에 가방을 얹어 놓을 때 심장이 어찌나 방망이질하던지, 나는 거친 숨을 몰아쉰다. 그러나 여자 직원은 한숨을 쉬지 않는다. 그녀가 미소 짓는다. 인도에는 초과중량이란 말은 존재하지 않는다. 여행가방이 하나씩 인디라 간디 국제공항의 뱃속으로 미끄러져나간다. 나는 지체 없이 탑승구를 향해 걷는다.

한 달 후에 아버지가 네덜란드 학술대회에 참석할 예정이다.

그는 칫솔과 전립선암에 대한 논문 한 편이 든 작은 손가방 이외에 다른 짐은 가져오지 않을 것이다. 인도 물건들을 캐나다로 가져가야 하기 때문이다. 여행가방 두 개.

아버지가 있는데 어머니에게 수송업체 같은 게 무슨 필요가 있겠는가.

체크인 카운터에서 그는 수화물 신규 규정에 따른 문제를 겪게 될 것이며 가방에서 물건 몇 가지를 내 가방으로 넘겨줄 것이다. 그래 봤자 중량에는 별 차이가 없다. 암담한 나머지 수화물 일부를 그의 외투 주머니에 쑤셔 넣는다. 그런 다음 화장실에 가서 머리를 귀 위로 단정하게 빗고 10킬로그램의 치약을 가지고 세관을 통과해보려 한다.

이탈리아에서

이처럼 거기서 여기로, 델리에서 암스테르담으로, 암스테르담에서 볼차노*로, 과거에서 현재로. 아들이 희한한 듯이 휘둥그레진 고리눈으로 날 올려다본다. 내가 아이를 한동안 못 봤다가 보게 되는 경우가 이따금 있다. 우리는 서로 다른 나라에 산다. 내 여자친구와 아들은 이탈리아에, 나는 네덜란드에. 나도 까다로운 편이다.

"그거." 아들이 말하면서 펜을 가리킨다. 대개의 사물에는 아직 이름이 없다.

내가 아이에게 뽀뽀해주려고 한다. 그러나 사흘 된 내 턱수염

* 이탈리아 북부 도시.

이 따갑다. 아이가 고개를 흔든다. 뽀뽀 사절.

"그거." 아이가 반복한다.

"펜." 내가 일러준다.

아이가 눈웃음을 짓는다. 언어는 사물 위에 칠한 광택을 내는 얇은 막이다. 땅을 덮은 가루눈. 잠깐만 더 그러면 만물이 덮이게 될 것이다.

덮이게 되는 것. 그건 자연현상이다. 바람이 세차게 일 필요도 없다. 우리가 여기 앉아 있는 동안 우리는 저절로 그 속에 파묻히게 될 것이다. 말 한마디에 눈 한 송이. 나 자신에 대해 뭔가 기록할 시간이 되었음을 알면서도 조끼를 벗고 신발을 복도에 내놓는 일 외에 나는 다른 신통한 생각이 떠오르지 않는다.

"아빠." 녀석이 부른다. 단어가 소용돌이를 치며 뱅뱅 돌다가 내 위로 내려앉는다.

"두려워하지 마." 내가 소곤댄다. "우리는 숨지 않아도 돼."

녀석에게서 단내가 돈다. 카밀레 향과 아주 아득하게나마 엷게 배인 배냇냄새. 녀석은 아직까지도 잠자기 전에 젖을 빤다. 내가 먹었던 것보다 한 달이나 더. 어쩌면 치약 한 통을 이탈리아로 가져왔어야 했나 보다. 그 대신 나는 녀석에게 주려고 목제 코끼리를 하나 들고 왔다. 하지만 동물은 녀석의 환심을 사지 못했다. 녀석이 그걸 옆으로 밀쳐버렸다.

"그거." 아이가 말하면서 다시금 펜을 가리킨다. 내 품에서 미끄러져나가 펜이 놓인 작은 진열장을 향해 걷는다. 아이는 한껏 위로 팔을 뻗지만 닿지 않는다. 마치 발끝으로 서서 춤을 추는 모양새이다. 흥미로운 정경. 통나무처럼 뻣뻣한 엉덩이를 가진 소형 환 데르 크봐스트.

내가 녀석에게 걸어가 녀석을 들어 올린다. 녀석이 고사리손으로 펜을 덥석 움켜쥔다. 어느 틈에 녀석의 볼에는 파란 줄이 하나 그어져 있다. 녀석이 펜을 입속으로 넣으려 하자 나는 녀석의 손에서 펜을 빼앗는다. 삽시간에 얼굴이 험악하게 일그러지면서 울기 시작한다. "엄마!" 녀석이 새되게 악을 쓴다. "엄마, 엄마, 엄마!" 쏟아지는 단어들의 폭설.

그녀가 녀석을 팔에 안는다. 그녀가 녀석을 달랜다. 녀석의 눈물이 가시고 다시 쌩긋 웃는다.

"그거." 녀석이 자기 엄마에게도 같은 말을 되풀이한다. 녀석은 내가 오른손에 쥐고 있는 펜을 가리킨다. "그거."

"당신이 자기를 위해서 뭐든지 좀 써야 한다는 의미 같은데요."

생텍쥐페리가 어딘가에 쓴 환상적인 문구가 떠오른다. "아가씨, 네, 맞습니다! 저는 당신에게 이 장을 바칠 의무가 있습니다."

이 마지막 장은 나의 아들, 나의 첫 옥동자, 나의 자랑거리를 위한 공간이다. 너를 위한 글.

나는 한 손을 공중에 올리고 다른 손으로 펜을 놀려 글을 쓰고

있다. "너는 평생을 손바닥만 한 땅덩어리 한 곳에만 묻혀 살지라
도 많은 걸 경험할 수 있다. 모든 건 다 너의 앎을 지향하는 열의
와 너의 날카로운 시선에 달려 있다."

"뭐라고 써?"

"콘스탄틴 파우스톱스키*의 말을 인용하고 있어." 그리고 내가
네 귀에 대고 소곤거린다. "관찰하는 눈을 가진 자는 존재하지 않
는 것까지도 알아차릴 수 있단다." 네 눈이 퉁방울처럼 휘둥그레
진다. 네 눈이 뭔가 더 많은 걸 표현하고 싶어하는 것 같다.

"인용문은 그만." 너의 어머니가 말한다. "당신 자신의 글을
써봐."

"절대 인도 여자와는 결혼하지 마라." 내가 허공에 쓴다. 그러
나 곧바로 휙 불어서 그걸 지워버린다.

네가 머리를 돌려 햇볕이 내리쬐는 밖을 내다본다. 너는 지혜
로운 조언은 원치 않는다. 너는 모든 걸 스스로 직접 발견하기를
원한다.

다짜고짜 갈겨쓰기 시작하는 내 모습이 네 관심을 끈다. 길고
구불구불한 문구들. 문구의 중간쯤에서 네가 내 손에 쥐여진 펜
을 쳐다본다. "……아래로 내려가는 엘리베이터를 타고 공항으

• 러시아 작가(1892~1968). 인간의 용기, 선의, 이상향에 대한 동경 등을 주제로 한 소설뿐
  만 아니라 전기문, 기행문, 희곡 등 다양한 글을 썼다. 말년에는 소련에서 숙청된 희생자
  의 복권에 힘썼다.

로 직행하고 있어. 여행가방도 없고, 밀방망이도 없이. 그동안 가족이 다 너를 만나봤어. 아쉬르바트 형, 요한 형, 아버지. 오직 어머니만 빼고 다. 어머니는 널 아직 한번도 품에 안아주지 않았어. 어머니는 아직 한번도 너를 위해 자장가를 불러주지 않았어. '찬다 마아마 도르 케. 부예 파카연 보르 케.' 과자를 먹지 않으려고 투정을 부리는 달에 관한 자장가. 그 이상은 무슨 내용인지 몰라. 나는 고작 힌디어로 욕을 할 적에나 어머니의 말을 알아듣거든."

네가 이마에 주름을 만든다. 정상이 아니라는 건 나도 인정하고 있다.

"그녀가 비행기를 타고 대양을 건너. 어찌나 크게 코를 골던지 비행사는 모터에 무슨 이상이 생긴 거라고 생각할 정도이지. 그러나 비행기는 추락하지 않고 무사히 이탈리아에 착륙하게 되고 너의 할머니는 볼차노로 가는 기차에 몸을 실어. 그렇게 도착한 역에서 우리 집까지 쭉 걷기로 결심하지. 할머니 눈에는 택시 요금이 여전히 터무니없이 비싸기만 하거든."

마치 내가 쓰는 글을 읽을 줄 안다는 듯이 네가 경이로운 눈으로 날 바라본다. 차문에 잠금장치를 누르고 성마르게 창문을 돌려 닫는 택시운전사.

"이윽고 탄두리 엄마가 우리 현관문 앞에 와서 서. 그녀의 손가락이 초인종을 누르네."

"어!" 너의 입에서 터져나오는 외마디. 그러곤 너는 불현듯 공

포에 질린 눈빛이다. 당장이라도 울음과 고함이 터져나오고 말
듯한 기세.

"두려워하지 마." 내가 쓴다. "우리는 숨지 않아도 돼."

우리는 함께 문으로 걸어간다. 네가 앞장을 서서. 왜냐하면 네
가 직접 문고리를 아래로 당겨 여는 일을 유별나게 즐기곤 하니
까. 네 손이 이제 막 거기에 닿을 만큼 네가 자랐거든. 네가 문을
열어주면 어떨 때는 내가 거기 서 있지. 어떨 때는 아무도 서 있
지 않고. 드디어 현관문이 열리고 너는 호기심과 기대에 가득 찬
눈으로 열린 문틈을 올려다본다.

MaMa TaNDooRI

옮긴이 지명숙

1953년 전주에서 태어났다. 한국외국어대학교 네덜란드어과 1회 졸업생이고, 1975년부터 1983년까지 네덜란드 레이던 국립대학교의 국문학과에서 문학을 전공했다. 한국외국어대학교(1983~1985)와 벨기에 루뱅 대학교(1987~1991)를 거친 후 1992년부터 네덜란드 레이던 대학교 한국학과 교수로 일하고 있다. 《막스 하뷜라르》《천국의 발견》《필립과 다른 사람들》《호프만의 허기》등 네덜란드 현대소설을 번역했고 직접 쓴 《보물섬은 어디에?: 네덜란드 공문서를 통해 본 한국과의 교류사》는 2003년 최우수 학술도서로 선정되었다. 최근에는 벨기에 노벨문학상 수상자 마테를링크의 《파랑새》를 비롯하여 《늑대단》《몬스터, 제발 날 잡아먹지 마세요!》《나도 같이 끼워 줄래?》《내 똥 어디 갔지?》《누군가를 사랑하고 있다는 걸 어떻게 알까요?》등의 청소년문학과 그림책도 번역했다.

"어머님, 그립고 그립습니다. 이 번역을 1년 전에 가신 어머님 영전에 바칩니다."

마마 탄두리

1판 1쇄 인쇄 2019년 3월 4일 **1판 1쇄 발행** 2019년 3월 13일
지은이 에른스트 환 데르 크뵈스트 **옮긴이** 지명숙
펴낸이 고세규
편집 신종우 **디자인** 박주희

발행처 김영사
주소 경기도 파주시 문발로 197(문발동) 우편번호 10881
등록 1979년 5월 17일(제406-2003-036호)
구입 문의 전화 031)955-3100 **팩스** 031)955-3111
편집부 전화 02)3668-3290 **팩스** 02)745-4827 **전자우편** literature@gimmyoung.com
비채 카페 cafe.naver.com/vichebooks **인스타그램** @drviche
트위터 @vichebook **페이스북** facebook.com/vichebook **카카오톡** @비채책
ISBN 978-89-349-9499-2 03850 책값은 뒤표지에 있습니다.

비채는 김영사의 문학 브랜드입니다.

이 도서의 국립중앙도서관 출판예정도서목록(CIP)은 서지정보유통지원시스템 홈페이지(http://seoji.nl.go.kr)와 국가자료공동목록시스템(http://www.nl.go.kr/kolisnet)에서 이용하실 수 있습니다. (CIP제어번호: CIP2019006469)